Friedrich Jacobsen

Elfe

Roman

Nordfriesland im Roman

Husum

Umschlagabbildung: Hans Fuglsang, Schobüll bei Husum, Dorfstraße, Öl
auf Leinwand, 1914.

Bibliografische Information der Deutschen Nationalbibliothek

Die Deutsche Nationalbibliothek verzeichnet diese Publikation in der Deutschen Nationalbibliografie; detaillierte bibliografische Daten sind im Internet über http://dnb.dnb.de abrufbar.

Gesamtherstellung: Husum Druck- und Verlagsgesellschaft
Postfach 1480, D-25804 Husum – www.verlagsgruppe.de
ISBN 978-3-96717-095-5

Herausgegeben von
Arno Bammé und Thomas Steensen

Nordfriesland ist ein Land der Vielfalt – in Natur, Geschichte und Kultur. Schriftstellerinnen und Schriftsteller sowohl aus der Region als auch von außerhalb wählten diese Kultur- und Naturlandschaft immer wieder zum Schauplatz ihrer Werke. In der Reihe „Nordfriesland im Roman“ werden Romane und umfangreiche Erzählungen neu zugänglich gemacht – bekannte, aber auch fast vergessene. In einem Nachwort erläutern die Herausgeber den historischen Hintergrund, Orte der Handlung sowie Leben und Werk der Autorin bzw. des Autors. Die Romane werden als Zeugnisse ihrer Zeit betrachtet.

Nordfriesland im Roman

Band 18

1. Kapitel

Eine meiner frühesten Erinnerungen knüpft sich an einen sonnigen Hochsommertag in der friesischen Marsch.

Vielleicht ist sie nur besonders lebhaft, denn ich bin bereits acht Jahre alt und daher schon zu jener Selbstständigkeit gediehen, die sich gleich in der Folge offenbart.

Ich sitze nämlich am Staket des väterlichen Pfarrgartens, der bis dahin meine ganze Welt ausgemacht hat. Über mir neigen sich die dichten Fliederbüsche zusammen, und sie sind wie ein Urwald oder auch gleich jenen Bäumen des Gartens Eden, denn ihre Zweige flüstern im leisen Westwind von der Erkenntnis des Guten und des Bösen. Die Schlange aber lauert noch draußen im Wegestaub. Sie hat die Gestalt eines zehnjährigen Knaben, dessen hübsche, kühne Züge und braune Locken keine Ähnlichkeit mit der alten Verführerin tragen, dessen rote Lippen aber dennoch zu mir sprechen: „Sollte dein Vater wirklich gesagt haben . . .?“

Mein überaus besorgter Vater hat mir nämlich verboten, ohne seine oder Tante Annas besondere Erlaubnis den Garten zu verlassen. Aber mein Freund Jakob Hansen, der draußen vor dem Staket am staubgrauen Rasen des Wegerains hockt, berichtet mit leuchtenden Augen von einem wunderschönen „muddrigen“ Graben, der bei Bonke Nielsens Fenne liegt und sich ganz besonders dafür eignet, die Füße zu baden oder Aale zu fangen. Man kann auch hinüberspringen und bei der Gelegenheit hineinfallen – ganz nach Belieben. Diese Schilderung hat für meine Vorstellung etwas unendlich Verlockendes, und ich übersteige deshalb kurz entschlossen das Staket, um gemeinsam mit Jakob den friesischen Rubikon aufzusuchen.

Wir müssen auf unserem Wege hinter das Dorf und über eine Fenne, die Jakobs Vater, dem Krämer Christian Hansen, gehört, und am Heck derselben steht gedankenvoll ein alter ruppiger Gaul, an dessen hervorragenden Hüftknochen ich im Vorbeigehen meine Mütze aufzuhängen versuche.

Das Ross ist ein Symbol für die ganze lottrige Wirtschaft des Krämers, aber Jakob meint, die Magerkeit käme nur vom Alter, meine Tante Anna sei auch nicht fett; und so gelangen wir unter lehrreichen Betrachtungen an den besagten Graben, dessen schlammiger Inhalt in die heiße Sommerluft hinaufduftet. Hier aber stellt sich unserer Badereise das erste Hindernis in den Weg.

Mitten im Graben steht ein etwa sechzigjähriger Mann in Arbeiterkleidung – ich sehe ihn im Geiste bisweilen noch heute so vor mir – und wirft mit einem großen Spaten emsig den Mudder aus der Tiefe auf den grünen Rain. Sein Gesicht ist dabei so ernst und nachdenklich, dass wir einen Augenblick schweigend zuschauen, jeden Moment erwartend, dass irgendein geheimnisvoller Gegenstand von da unten herauf an das Licht des Tages gefördert werde.

Das ist Bonke Nielsen, der Eigentümer der Fenne, die zu dem Graben gehört. Er trägt an den Füßen plumpe Holzschuhe mit großen, bis zum Knie reichenden Schäften; sein breiter Rücken ist nicht nur jetzt, sondern beständig etwas gebeugt, und das faltige bartlose Gesicht kann keinen Anspruch auf Schönheit erheben.

Aber wie er jetzt den Grabscheit einstemmt und, die Hände über dem Griff kreuzend, zu uns emporschaut, da haben seine blauen Augen einen stillen, freundlichen Ausdruck, der heutzutage auf der Welt immer seltener zu werden beginnt.

„Na, Jungens“, sagt er, „wollt ihr auch mal sehen, was *das* für eine Arbeit ist?“ Und ich entgegne: „Das ist wohl bannig schwer, Bonke, in all dem Mudder?“

Er blickte uns an und nickte ein paarmal vor sich hin. „Wohl nicht so schwer wie das Kleien, mein Junge, und doch um ein gut Teil saurer. Aber das könnt ihr nicht verstehen – du und der Jakob.“

„Kommt denn da gar nix heraus als Dreck?“, fragte Jakob neugierig. „Ich meine, so was wie neulich bei der Presterfenne, wo sie einen ganzen Haufen Knochen fanden?“

Bonke Nielsen hatte sich wieder an seine Arbeit gemacht,

und er biss ordentlich die Zähne zusammen, wie er den Spaten in den zähen Schlamm stieß.

„O ja“, sagte er, „das kann schon vorkommen – es ist schon vorgekommen, hier an dieser selbigen Stelle, oder ein bisschen weiter hinauf. Warum fragst du mich danach, Jakob?“

Mein Gefährte war plötzlich ganz blass geworden und fasste mich an die Hand. „Komm“, flüsterte er, „wir wollen gehen, sonst schmeißt Bonke uns einen Hümpel Dreck an den Kopf. Ich will dir was erzählen.“

Und als wir dann zurückgingen, fuhr er fort: „Du kannst dich nicht mehr erinnern, aber ich weiß das noch ganz gut, ich hatte es nur wieder vergessen. Da an derselben Stelle haben sie Bonkes Sohn aus dem Graben gezogen; er hatte im Südwesthörner Krug zu viel Teepunsch getrunken und war duhn geworden – weißt du, so wie mein Vater mitunter ist.“

„Und er war ganz tot, Jakob?“

„So tot wie eine versoffene Katze, du kannst ‚Eid‘ fragen, die weiß alles.“

Es ist mir noch heute, als ob damals ein Schatten über die Sonne gegangen wäre, und es war doch einer der schönsten Tage, die man sich vorstellen kann.

Freilich, uns mochte wohl ein heimliches Grausen bei der Vorstellung beschleichen, dass da unten in der modrigen Tiefe jemals ein Mensch gelegen hatte; aber vielleicht schwebte auch ohne unser Ahnen eine jener Sekunden über uns, in denen eine unsichtbare Hand an das Gespinst unseres Lebens einen Faden knüpft.

Wir gingen am Heck unter den melancholischen Augen der alten Rosinante auseinander, und ich hätte mich von Rechts wegen nach Hause begeben sollen, aber das Verbot war nun einmal übertreten, und es kam auf eine Handvoll mehr oder weniger nicht an.

Zehn Schritte von mir entfernt lag Bonke Nielsens kleines Haus am Kirchensteig, der hinter dem Dorfe entlangführte; es war rings von einem Gärtchen umgeben, und die Fliederbüsche der Hecke neigten sich über das brackige Wasser einer verschilften Kuhle. Das war schön und geheimnisvoll, besonders in jenen Tagen, wo die Sonne das Gras ausdörrte und die Wege in Staub zermürbte – aber damals zogen mich andere Dinge unter das niedrige Strohdach.

Rechts vom Hauserker lagen Stube, Pesel und Kammer; links war noch ein Gelass angebaut, in welchem „Eid“ zur Miete wohnte und den Haushalt des alten, verwitweten Bonke nebenbei besorgte. –

Meine Eid!

Sie mag wohl ursprünglich einen anderen Namen geführt haben, es ging im Pfarrhaus sogar die Sage von einer „Editha“; aber mit Gestalt und Gesicht schrumpften auch die Laute zusammen, und niemand kannte sie anders als unter dieser feierlichen Beschwörungsformel.

Sie war meine Wärterin gewesen, und es bestand zwischen uns beiden noch heute ein geheimer Liebesbund. Wenn sie am Pfarrgarten vorüberging, zwängte sie oft ihre alten, welken Lippen durch das Staket, um einen Kuss von mir zu erhaschen, und dann pflegte ich zu sagen: „Eid, wenn ich groß bin, dann baue ich dir ein Haus!“

Sie erzählte das freudestrahlend den Leuten und setzte regelmäßig hinzu: „Gott segne ihn! Ich glaube wahrhaftig, er hat es im Sinn, aber ich werde das wohl nicht mehr erleben.“

Zu *meiner* Eid stand der Weg allezeit offen, aber sonderbarerweise kam jedes Mal, wenn ich bei ihr eintrat, eine Frage über meine Lippen, die nichts mit Alter und Runzeln und Küssen und Häuserbauen zu tun hatte – eine Frage, die aus dem Märchen herausklingt: „Ist Elfe zu Hause?“

„Nein“, sagte die Alte bisweilen lächelnd und zog mich an die Seite ihres Spinnrades auf den kleinen Schemel nieder – oder sie entgegnete auch ernster: „Lauf nur in den Garten, sie wird schon unter den Stachelbeerbüschen hocken.“

Elfe war das Enkelkind des alten Bonke Nielsen und hieß eigentlich Elfriede. Mit der friesischen Neigung zu Namensverdrehungen hatte man ihr jene Abkürzung beigelegt, ohne sich der eigentlichen Bedeutung derselben bewusst zu werden. Es gab in der Marsch wohl Sümpfe genug, über denen nachts die Irrlichter schwebten, es wurden abends am Herdfeuer Geschichten erzählt von Niss und Puck, und der beständige Wind weckte in den Eibenbäumen ein geheimnisvolles Rauschen – aber von Elfen berichtete keiner, denn die Poesie des Volkes war zu herb, um jene zarten Wesen auszusinnen.

An diesem Tage fragte ich nicht nach meiner kleinen, damals sechsjährigen Gespielin.

Ich trat atemlos bei Eid ein, setzte mich ohne Weiteres neben das Spinnrad und sagte: „Eid, der alte Bonke muddert draußen seinen Graben aus, und Jakob hat gesagt, an derselben Stelle wäre sein Sohn in den Graben gefallen und wäre so tot gewesen wie eine versoffene Katze, und du solltest mir davon erzählen!“

Die Alte schüttelte den Kopf und hielt ihr Spinnrad an. „Kind“, entgegnete sie, „was sind das für Geschichten, die passen ja gar nicht für so einen Grashüpper, wie du einer bist. Aber der Jakob weiß immer mehr als andere Leute, das ist gar kein passlicher Umgang für dich, und du bist gewiss wieder über das Staket gestiegen, denn du hast ein Loch in den Büxen.“

„Dann näh mir das zu, Eid, sonst krieg ich Schelte.“

Sie legte mich quer über ihre Knie, die mich so oft geschaukelt hatten, und ich hing zu ihren beiden Seiten herab. Ich schlenkerte ein bisschen mit den Beinen und fuhr fort: „Aber wahr ist es doch, Eid, und duhn ist er auch gewiss gewesen, denn sonst fällt man nicht in den Graben, sagt mein Vater – au!“

Eid hatte mich irgendwohin gestochen und zog nun ihren Faden aus, wie eine Norne.

„Dein Vater ist sehr gegen die Teepünsche“, entgegnete sie langsam, „und davor ist er Prester. Aber du sollst man nicht glauben, dass Niss Nielsen ein Schlumperjahn gewesen ist, wenn er sich auch *das* Mal übernommen haben mag. Denn wahr ist es, dass er an jenem Abend mit Christian Hansen im Südwesthörner Krug gesessen hat und dass er am anderen Morgen tot aus dem Graben gezogen wurde. Aber das liegt dann daran, weil er beinahe niemals zu Wirtshaus ging und deshalb auch nicht viel vertragen konnte; denn er soll nur zwei bis drei Teepünsche getrunken haben, und das schmeißt sonst keinen um.“

Ich stand auf und befühlte meine mittlere Rückseite. „Elfe hat mir nie davon erzählt; das ist dumm von Elfe.“

„Sie weiß es gar nicht, und sie soll das auch nicht wissen. Dass du ihr auch nie davon sagst, hörst du!“

Ich dachte ein wenig nach und setzte mich wieder. „War Elfes Mutter auch schon tot, Eid?“ Und die Alte nickte.

„Auch schon, mein Junge, darum hat Bonke mich gerade ins Haus genommen, dass ich ihm und dem Kinde aufpassen tue. Das ist just wie mit dir und Tante Anna, mein Süßing. Niss Nielsens Frau ist am Marschfieber gestorben, als Elfe noch *so* klein war.“

Sie hielt ihre Hände einige Zoll voneinander und nickte dazu mit dem Kopf.

„Das ist dumm, Eid, am Marschfieber zu sterben; das hat man doch nur ein um den anderen Tag.“

„Ja, sie war nicht von hier, mein Junge.“

„Wo war sie denn her? Von Tondern?“

„Viel weiter, aber ich kann es nicht benamsen. Es soll da ordentlich Berge geben, und dein Vater hat es mir mal auf dem Geografiebuch gezeigt. Die Gegend sieht ganz bunt und klackerig aus.“

„Das habe ich neulich in der Schule gehabt, Eid. Ich glaube, es heißt Thüringen, und da fängt der Wald an.“

„Ja, so war der Name, und gleich dahinter kommt die Türkei.“

Nach dieser geografischen Feststellung setzte Eid ihr Spinnrad in Gang, und ich tippte nach der schnurrenden Spule, wofür ich einen Klaps auf die Finger bekam. –

Da hörte ich die Haustür gehen und gleich darauf leichte Füße durch den Flur laufen, geradewegs nach der Hintertür, die in den Garten führte.

„Nun ist sie bei den Stachelbeeren“, sagte Eid, „und du darfst auch hinaus. Aber bleibt von der Kuhle weg, dass euch der schwarze Mann nicht holt.“

Ich hatte damals noch nicht im Brockhaus gelesen, dass Elfen göttliche Wesen *niederen* Ranges sind, und die Jugend ist obendrein zu demokratisch, um an Rangunterschiede zu denken. Aber von göttlichen Wesen machte ich mir bereits eine Vorstellung, und sie mussten in meinen Augen ungefähr das Aussehen von Elfriede Nielsen besitzen.

Eine leichte Gestalt, mit dunklen Haaren und dunklen Augen – denn die gesamte Dorfjugend, mit Ausnahme von Jakob Hansen, war blond und blauäugig, und es befand sich unter ihr kein einziger, der den Anspruch auf engelhaftes Wesen hätte erheben können – selbst Jakob besaß nicht unerhebliche irdische Mängel.

Elfe und ich redeten freilich nicht davon, sondern wir setzten uns unter die dornenreichen Büsche, und Elfe sagte zu mir, ich sollte die großen grünen Stachelbeeren nehmen, das seien die besten. Sie selbst aß nämlich am liebsten die kleinen roten.

Dann wurden wir allmählich satt, und dic Sonne brannte auf die staubige, zerrissene Erde – da sahen wir uns nach einem anderweiten Zeitvertreib um.

Am Saume des Gärtchens neigten sich die Fliederbüsche tief und schattig über das Schilf der Wasserkuhle, und obwohl es ein sehr stiller Sommertag war, so flüsterte doch ein leichter Hauch vom nahen Meere in dem dunkelgrünen Blattwerk.

Ungeachtet Eids Verbot kletterten wir die ziemlich steile Böschung hinab und saßen nun dicht aneinandergeschmiegt auf dem hinausgebauten Steg, der früher zum Wasserholen benutzt, aber seit Anlegung einer neuen Dorfpumpe schwerlich von Menschenfüßen wieder betreten worden war. Er schien morsch zu sein und bog sich unter unserer geringen Last. Die Schilfhalme gingen uns über den Kopf, sodass wir in einer grünen Wildnis saßen, und wir sahen das schwarze Wasser hier und da zu unseren Füßen heraufspiegeln. Es war sehr geheimnisvoll, und ich sagte zu meiner Gefährtin: „Du, Elfe, nun sind wir im Urwald, und da kommt das Krokodil, um uns zu fressen.“

Es war nur ein großer Frosch, der langsam heranruderte, aber das Mädchen fasste meine Hand und entgegnete: „Pfui, wie hässlich, Fritz, jag' ihn fort; er hat gerade das Gesicht wie Hiskias."

Hiskias war ein Junge aus dem Armenhaus, mit dem ich bisweilen spielte, und ich versuchte, ihn deshalb gegen einen allzu geringschätzenden Vergleich in Schutz zu nehmen.

„Nein, Elfe, die Augen stimmen wohl, aber Hiskias hat keinen so großen Mund, wenigstens nicht ganz so groß. Du magst ihn nun einmal nicht leiden."

„Du vielleicht?", fragte sie und warf ihre letzte Stachelbeere nach dem Lurch.

„Er kann so gut rechnen, Elfe."

„Das kann Jakob auch oder noch viel besser."

„Woher weißt du das?"

„Er hat mir neulich geholfen bei dem Einmaleins mit Sieben, das ist so eklig."

Ich empfand alle Qualen der Eifersucht, aber das Einmaleins mit Sieben war auch meine schwache Seite, und ich lenkte daher das Gespräch auf einen interessanteren Gegenstand.

„Wir sollten hier eigentlich nicht sitzen, Elfe. Weißt du auch, weshalb?"

„O ja, Eid hat gesagt, das Brett wäre morsch; aber das Brett hält schon."

„Nein, das ist es nicht, Tante Anna hat mir's erzählt."

„Was?"

„Tante Anna sagt, im Wasser wohnte ein Geheimnis, und das sollten Kinder nicht wissen. Wenn man aber lange in das Wasser hineinsieht, dann wird das Geheimnis bös und streckt seine Hand heraus. Kannst du dir wohl denken, Elfe, was das für ein Geheimnis sein mag?"

Sie schwieg lange und drückte sich dicht an meine Seite, dann sagte sie flüsternd: „Ich glaube, dass ich es eben gesehen habe. Ganz da unten mit dem weißen Gesicht."

Es war eine Wasserlilie, aber wir wussten das nicht und saßen stumm und mit klopfendem Herzen da.

Und ich habe später oft daran denken müssen, dass manches Geheimnis unseres Lebens gelöst sein würde, wenn wir nur den Mut hätten, die Hand danach auszustrecken. Aber unsere Hand müsste dabei in die Tiefe greifen, und wenn wir erst so reif geworden sind, dass wir die Tiefe zu ahnen vermögen, dann beginnen wir sie zu fürchten.

Die Luft schauerte kühler über uns hin, und wir sahen, dass die Sonne aus dem Garten fortgegangen war.

Ein modriger Hauch stieg vom Erdreich empor, und das dichte Fliedergebüsch warf seinen längeren und tieferen Schatten über unsere Köpfe hin.

„Komm“, sagte Elfe, „nun wird es erst wieder schön, wenn der Mond da ist. Eid meint, dass am Abend das Fieber aus den Gräben käme und über die Fennen ginge – und“, setzte sie altklug hinzu, „ich mag das Fieber nicht leiden, denn es hat meine Mutter geholt –“

Als wir uns wieder im Garten befanden, kam Bonke mit dem Grabscheit über der Schulter langsam gegangen.

Seine alten, aber immer noch scharfen Augen hatten uns schon von weitem entdeckt, und als Elfe ihm entgegenlief, legte er die große schwielige Hand ganz leicht auf ihren dunklen Kopf. „Ihr seid unten bei der Kuhle gewesen, nicht war, Elfe?“

„Ja, Großvater“, entgegnete sie aufrichtig, „es war da so hübsch, und wir haben auch das Wassergeheimnis gesehen – es hat ein ganz weißes Gesicht.“

Der Alte wandte sich ab und schüttelte den Kopf. „Ihr müsst das nicht wieder tun, Kinder, nie wieder. Das ist ein schlimmes Geheimnis, denn es will die Menschen einsam machen.“

„Ganz einsam“, wiederholte er und ging in das Haus.

2. Kapitel

Hiskias Juhl hatte dank einer gütigen Natureinrichtung unter denselben Voraussetzungen das Licht der Welt erblickt, wie sie bei den meisten Sterblichen vorhanden zu sein pflegen, das heißt, Vater und Mutter hatten an seiner Wiege gestanden und mit den bescheidenen Ansprüchen ihrer geringen Lebenslage auch für *dieses* Kind einen Anteil an dem allgemein menschlichen Glück erhofft.

Sie waren beide tot. –

Hiskias Juhl war ein Spott auf seinen eigenen Namen, denn seine Aussichten, dereinst König zu werden, schienen außerordentlich gering, und es gab außerdem Leute, die seinem Herzen jene Frömmigkeit absprachen, die man dem jüdischen Herrscher beilegt; wenn wir aber bei dem Namen „Juhl" im Norden an das freundlichste Fest der Christenheit zu denken pflegen, so ist es gewiss, dass Hiskias niemals der Freude an jenem Feste teilhaftig geworden war.

Denn er verlebte seine Kindheit im Armenhause, und bei den monatlichen Versammlungen der Juraten wurde wohl das leibliche Budget der Anstalt für den nächsten Monat bis auf Heller und Pfennig festgesetzt, oder wie Christian Hansen sagte: „heruntergerechnet", allein in den Büchern nahm die kommunale Liebe einen zu großen Raum weg, als dass für die Menschenliebe auch nur eine schmale Kolonne hätte übrig bleiben können.

Hiskias Juhl war der Ärmste unter den Armen, denn er besaß nicht einmal eine Friesengestalt, die ihn befähigt und berechtigt hätte, alle auf ihn herabregnenden Püffe zu honorieren oder gutzuschreiben, und wenn er in seinem ausgewachsenen Röckchen vor der Tür des Armenhauses stand, dann bildeten seine hohen Schultern, seine langen, fahlen Züge und die vorstehenden Augen eine harmonische Ergänzung zu der Gesamterscheinung des öden, traurigen Gebäudes.

Dasselbe lag auf einer ziemlich hohen Warft unmittelbar am Eingang des Dorfes und unterschied sich von den übrigen

Häusern durch den gänzlichen Mangel eines Ziergartens; seine Hinterfront blickte auf einen baumlosen Streifen schwarzen Kartoffellandes, zwischen Haustür und Dorfstraße aber lag eine kleine, unfreundliche Grasfläche, unter deren langen, schmutzigen Halmen ein übelriechender Rinnstein entlangsickerte. Das Armenhaus besaß eine unzählige Menge Fenster und eine dementsprechende ebenso große Anzahl kleiner Wohnungen. Hiskias Juhl sagte in seiner Abneigung gegen das Leben im Armenhaus bisweilen, er wollte lieber Kettenhund bei Christian Hansen sein, denn der dürfe wenigstens jeden in die Beine beißen; aber er sagte es nur leise und mit jener berechnenden Vorsicht, die sein ganzes Wesen auszeichnete. Überhaupt war Rechnen und Berechnen seine Hauptstärke.

Wenn es seine Aufgabe war, die Kartoffeln für das gemeinsame Mittagsmahl zu schälen, dann wusste er unter Zugrundelegung einer Verhältnisrechnung ganz genau anzugeben, wie viel Stück auf jeden hungrigen Magen entfallen würden; wenn er nachdenklich vor dem einzigen Mastschwein der Anstalt stand, dann erklärte er mit überlegener Ruhe, dass jeder von ihnen an jedem Tage von diesem schätzbaren Tiere genauso viel erhalten könne, als zu einem Bissen genüge, dass er es aber ebenso sicher nicht erhalten werde; nur an der Kraftberechnung von Tee und Kaffee scheiterte sein Scharfsinn, „denn“ – sagte er – „aus nix ist nix nicht zu machen.“ Weniger wegen seiner sozialen Stellung als seiner kaustischen Eigenschaften halber war es mir untersagt worden, mit ihm Umgang zu pflegen, aber heimlicherweise spielte ich dennoch öfters mit ihm, benutzte ihn auch zuweilen zur Lösung meiner rechnerischen Aufgaben, und zu seiner Ehre möge gesagt sein, dass er als Entgelt dafür niemals mehr als die Hälfte meines Vesperbrotes beanspruchte. –

Ganz umsonst etwas zu tun, war er schlechterdings außerstande, „denn“, sagte er, „ich kriege sogar was dafür, dass ich geboren bin – nämlich Prügel.“ –

Eine seltsame, fast dämonische Anziehungskraft übte das Haus des Krämers Christian Hansen auf Hiskias aus.

Sooft er sich der strengen Aufsicht des Armenhausvorstehers entziehen konnte, schlich er in den düsteren Laden, wo der kleine, vierschrötige Krämer hinter Heringstonnen und Sirupfässern hantierte, und verschlang dort förmlich mit seinen großen vorstehenden Augen die aufgestapelten Schätze.

Er tat auch häufig unaufgefordert eine kleine Handleistung und gewann dadurch bis zu einem gewissen Grade das Wohlwollen des mürrischen, zänkischen Mannes, nahm aber merkwürdigerweise niemals eine hingeworfene Handvoll Rosinen oder Mandeln, sondern erbat alsdann mit leiser, bescheidener Stimme Aufklärung über dies und jenes, sodass Christian Hansen bisweilen mit einem Fluch beteuerte, „dass in dieser Satanskröte ein Kerl stecke, der noch mal die ganze Welt betrügen würde“.

Das sind Erinnerungen aus meiner eigenen Anschauung, denn das Freundschaftsverhältnis zu Jakob führte mich häufig in das Haus des Krämers, nur hielten wir uns hauptsächlich in den angrenzenden Stallungen auf, wo der von Christian Hansen gehaltene Gemeindebulle ein mürrisches Dasein verträumte.

Peter – so war das liebenswürdige Vieh genannt – besaß entschieden stößige Eigenschaften, und es gehörte zu unseren Heldentaten, mit einem Strohhalm seine Nüstern so lange zu kitzeln, bis er wütend wurde und an der Kette riss.

Die Vorstellung, dass er sich einmal wirklich freimachen und seine Quälgeister auf die Hörner nehmen könnte, gewährte uns ein vergnügliches Grausen, aber das Ereignis trat schneller ein, als unser Leichtsinn es ahnte, und die Erinnerung daran ist auch aus anderen Gründen in meinem Gedächtnis sehr lebhaft. –

Jakob und ich spielten eines Nachmittags in dem lang gestreckten Stalle mit Marmelsteinen, und wir waren so sehr vertieft in unsere Beschäftigung, dass wir anfangs gar nicht merkten, wie Hiskias sich hereingeschlichen hatte und, die Hände in den Taschen, hinter uns stand.

Endlich brachte er die geschlossene Faust zum Vorschein,

öffnete dieselbe und sagte schüchtern: „Ich hab auch welche; darf ich mitspielen?"

Jakob strich sich die braunen Locken aus der Stirn, sah den armen Jungen hochmütig an und entgegnete: „Wir brauchen dich nicht, Hiskias, und wir wollen nicht mit dir spielen. Du kannst wieder gehen."

Der Abgewiesene öffnete seine Hand und begann zu zählen. „Eins, zwei, drei – sechs Stück. Ihr könnt besser spielen als ich, Jakob, ihr könnt sie mir abgewinnen."

„Nein, Hiskias, du wirst uns betrügen."

Der Junge wurde blass, und seine Augen traten noch weiter hervor als gewöhnlich. „Ich betrüge nicht", sagte er heiser und schloss die Hand wieder zur Faust zusammen, „aber weil andere Leute es tun –"

„Wen meinst du mit den ‚anderen Leuten'?", fragte Jakob drohend, und als jener trotzig schwieg, wiederholte er noch einmal: „Sprichst du etwa von meinem Vater, du Armenhauskröte?"

Es stand eine Explosion bevor, und ich wollte mich dazwischenlegen, da betrat Elfe den Stall und lief mit flinken Füßen auf uns zu.

Sie kam aus der Schule, hielt ihre Schiefertafel in den Händen und sagte eifrig: „Du, Jakob, wir haben ein furchtbar schweres Exempel aufgekriegt, und da sollst du mir helfen, sonst muss ich morgen nachsitzen. Willst du, Jakob?"

Der Friede war augenblicklich wiederhergestellt, und wir drängten uns um das zierliche Wesen. Hiskias aber steckte seine Marmelsteine in die Tasche und meinte eifrig: „Das kann ich auch, Elfe, und viel besser als Jakob. Sag mir nur das Exempel, ich rechne es dir im Kopf aus."

„Döskopp!", sagte Jakob. –

In diesem Augenblick geschah das Entsetzliche.

Wir befanden uns ganz am einen Ende des Stalles, während die Tür am entgegengesetzten Ende lag; plötzlich vernahmen wir das Klirren einer Kette und sahen, dass der Stier sich auf irgendeine Weise von seiner Fessel befreit hatte und langsam auf uns zukam.

Seine tückischen Augen verrieten nichts Gutes, und wir schrien alle laut auf; ich hatte Elfe an der Hand gefasst, und so starrten wir wie gelähmt auf das immer näher kommende Ungetüm – da ergriff Jakob schnell entschlossen einen in der Nähe stehenden Stalleimer und stülpte ihn dem Bullen über die kurzen, stumpfen Hörner, sodass dieser ganz verdutzt stehen blieb und seinen dicken Kopf schüttelte.

Währenddessen hatte Hiskias, seine angeborene Furchtsamkeit überwindend, Elfe mit den Armen umschlungen, als wenn er sie mit seinem gebrechlichen Körper decken wollte, aber Jakob stieß ihn mit dem Ellenbogen fort, hob das Mädchen auf die kräftigen Arme und lief mit seiner Bürde dem Ausgange des Stalles zu.

Hiskias und ich folgten ihm, und nach wenigen Sekunden war die Gefahr, wenn überhaupt eine solche gedroht hatte, überwunden, denn gleich darauf kam Box, Christian Hansens großer Hofhund, herbei und trieb den Bullen in seinen Stand zurück.

Box zeigte auch Hiskias die Zähne, und dieser schlich sich fort, ohne dass Jakob oder Elfe ihn eines ferneren Wortes gewürdigt hätten. Ich aber folgte dem Jungen und traf ihn hinter dem Armenhause in einem ganz versteckten Winkel.

Es stießen dort zwei Mauern zusammen, und ein einsamer Fliederbaum spross zwischen Brennnesseln und einem uralten Schutthaufen empor.

Wir hatten gemeinsam diesen wundervollen Platz entdeckt und saßen dort öfters beisammen, obgleich Hiskias behauptete, dass es ganz und gar keinen Nutzen hätte und dass er es nur mir zu Gefallen täte.

Aber jetzt hockte er zwischen den Scherben, die ein halbes Jahrhundert dort aufgehäuft haben mochte, und sein Gesicht trug Spuren, als ob er mit den schmutzigen Fäusten darin herumgefahren wäre.

„Hiskias“, sagte ich, „Jakob ist sehr hässlich gegen dich gewesen, aber er meint es nicht schlimm, und du musst nicht weinen.“

„Ich habe ja gar nicht geweint“, entgegnete er hastig, „das

tun nur kleine Mädchen und ganz dumme Jungen. Jakob kann meinetwegen sagen, was er will, ich krieg ihn doch noch unter."

„Das glaube ich nicht, Hiskias, denn er ist viel stärker als du."

„So meine ich das auch nicht, ich werde mich wohl hüten. Aber rechnen kann ich doch besser als er."

„Und damit willst du ihn unterkriegen, Hiskias?"

Er hob seine langen, dürren Finger in die Höh und begann daran zu zählen: „Eins, zwei, drei, vier, fünf – morgen fange ich mit der anderen Hand an."

„Du bist wohl stjampig geworden?"

„Nein, aber wenn du mich nicht verraten willst, dann werde ich dir etwas zeigen."

„Ich verrate dich gewiss nicht, Hiskias."

Er blickte sich vorsichtig um und begann dann am Fuße des Fliederbaumes zu wühlen. Nach einer Weile brachte er eine kleine Blechschachtel zum Vorschein und öffnete sie mit zitternden Fingern.

Es lagen fünf einzelne Bankmark darin und vier Hamburger Schilling.

„Siehst du", sagte er, „das ist mein Geheimnis, und davon weiß keiner was. Ich setze doch jeden Sonntag beim Krüger die Kegel auf, und dafür kriege ich jedes Mal einen Schilling. Fünf Schilling machen eine Mark, und morgen wird die sechste voll. Das ist dann schon ein Banktaler. Weißt du, wie viel Wochen das sind?"

Ich begann zu rechnen, aber er unterbrach mich ungeduldig. „Du wirst das auch nie lernen. Es sind dreißig, und in einem Jahr werde ich mit den Feiertagen zwei Banktaler haben."

„Das geht nur langsam", meinte ich kopfschüttelnd.

„Man muss eben Geduld haben – Geduld. Aber Taler wachsen schneller als Schillinge, bis zu meiner Konfirmation sollen es fünfzig sein, das habe ich mir vorgesetzt."

„Die gehen dann nicht mehr in die Schachtel hinein, Hiskias."

„O, da weiß ich Rat. Ich habe neulich bei Christian Hansen einen Dukaten gesehn – denke dir, Gold! Und wenn ich davon erst die Schachtel gestrichen voll habe –“

Seine Augen glänzten, und er sah starr vor sich hin in die stille Luft. Über uns begann auf dem Dache des Hauses eine Taube zu girren, die Sonne schien warm, und man blickte von unserem Winkel aus in die fruchtbare Marsch.

Aber Hiskias schien für alles dieses kein Verständnis zu besitzen. „Ich werde einmal sehr reich sein“, sagte er leise.

„Und was willst du mit dem vielen Gelde anfangen, Hiskias?“

„Ich weiß es noch nicht genau, aber Christian Hansen trinkt so viele Teepünsche, ich denke, der wird mal Geld brauchen können.“

„Das willst du ihm dann geben?“

Er lachte still vor sich hin und scharrte seinen Schatz wieder ein. „Geben – jawohl. Er soll kommen und mich darum bitten. Und dann nehme ich seinen ganzen Kramladen dafür und verkaufe das Pfund Kaffee doppelt so teuer. Aber Jakob kriegt nichts davon ab, keinen Schilling.“

Ich weiß nicht, wie es kam, aber vor meinen Kinderaugen stand plötzlich die soeben erlebte Szene, wie Hiskias Juhl Elfe an sich gerissen hatte, um das Mädchen gegen den tückischen Stier zu verteidigen.

„An Elfe würdest du etwas abgeben“, sagte ich, „und sie behandelt dich auch nicht gut.“

„Sie soll einen goldenen Fingerring haben“, war seine Antwort, „und ein Halsband von roten Korallen. Es ist ganz einerlei, ob sie mich schlecht behandelt oder nicht, ganz einerlei – aber sie soll es haben.“

Wie ein Hauch flog das Wort an mir vorüber, und ich verstand es nicht in seiner ganzen Bedeutung. Ich sah nur den hässlichen Knaben neben mir sitzen, ich sah, wie er die Zähne zusammenbiss und die Fingernägel tief in den Schutt eingrub, der seinen Schatz bedeckte, als wenn er im Schweiße seines Angesichts alles aus der Tiefe herausscharren wollte, was andere vielleicht mit einem Lächeln hervorzauberten. –

Am Abend desselben Tages saß ich zu den Füßen von Tante Anna und ließ mir erzählen.

Tante Anna war gar keine Tante, sondern nur eine alte Jungfer, die vor einer Reihe von Jahren ihre dänische Heimat verlassen hatte, um den eigentlichen Beruf des Weibes an einem mutterlosen Kinde zu erfüllen. Sie war so hässlich, dass es eine Ungerechtigkeit des Himmels gewesen wäre, wenn er ihr nicht das beste Herz von der Welt gegeben hätte, und sie war so aufopfernd gut, dass ich noch heute glaube, ihre Schultern sind nur deshalb so hoch gewesen, weil sie unter dem Kleide ein paar schöne Flügel verbergen musste.

Ohne auch nur im Mindesten überspannt zu sein, besaß sie ein tief poetisches Gemüt und verstand es, die irrlichtergleichen Sprünge meiner Fantasie mit kluger Hand zu leiten.

An jenem Abend aber erzählte sie das Märchen ihres großen Landsmannes vom hässlichen jungen Entlein.

„Tante Anna", fragte ich plötzlich, „wie sah denn das hässliche junge Entlein eigentlich aus? Hatte es ein Gesicht wie Hiskias Juhl?"

„Das ist ja ein Mensch", sagte Tante Anna.

„Ja, aber sein Mund ist so breit wie ein Entenschnabel, und er will auch mal was Großes werden."

Sie dachte einen Augenblick nach und entgegnete dann mit ihrer sanften Stimme: „Ich glaube nicht, dass er jemals ein Schwan werden wird, der arme Junge. Siehst du, die Schwäne steigen gegen die Sonne, und wenn sie auch sonst stumm sind, so wird ihnen doch *einmal*, am Ende ihres Lebens, eine schöne Stimme zum Gesang gegeben. Aber Hiskias Juhl mag die Sonne nicht leiden, sondern er hockt immer in den dunkelsten Winkeln; und was das Singen anbelangt –"

Sie brach ab und schien in Verlegenheit zu geraten, denn sie mag wohl gefühlt haben, wie unmöglich es sei, einem Kinde die große und tiefe Bedeutung eines einsamen, erhabenen und schmerzvollen Schwanenliedes klarzumachen, aber ich ergänzte unbewusst ihren Gedankengang, indem ich hinzufügte: „Nein, er hat einmal zu mir gesagt, das Singen hätte keinen Nutzen, denn man könnte kein Geld damit verdienen."

„Ja", entgegnete Tante Anna, „das ist es. Und nun wollen wir nicht mehr daran denken, sondern ins Bett gehen und schlafen." – – –

Dann sind wieder einige Tage vergangen, oder auch einige Wochen, denn die Erinnerungen drängen sich zusammen, und ich weiß nur, dass die Sonne immer noch sehr warm geschienen hat und dass es dürre ist, als ob die Marsch eine einzige große Wüste sei. –

Mein Vater hat mir vormittags beim Unterricht von der Sahara erzählt, die sich auch so unendlich weit ausdehne und so wenig Wasser hätte – gerade wie wir in diesem Sommer – und nur hier und da von einer Oase unterbrochen werde.

Und ich will wissen, wie man sich eine Oase vorstellen solle.

Da geht mein Vater mit mir vor dic Hintertür des Pfarrhauses, die sich nach der Rückseite des Dorfes wendet, sodass man von dort aus ungehindert über die weiten und ebenen Fennen der Marsch blicken kann. „Sieh", sagt er, „nun denke dir, dass dies alles noch viel weniger grün wäre, als es schon ohnehin ist, ja so grau wie der Schlick draußen vor dem Deiche. Und dann hast du da hinten bei Bonkes Fenne eine Oase."

Dabei deutet seine Hand auf ein kleines, dunkelgrünes Gebüsch, welches ganz unvermittelt und unbegründet aus der gleichförmigen Fläche emporragt und für meine Fantasie schon längst einen geheimnisvollen Reiz besessen hat.

Es ist ein einzelner, dichter und breiter Fliederbusch, der sich von weitem ungefähr ausnimmt wie der Strauß, den ein Riesenfräulein bei dem Durchschreiten der Marsch achtlos vom Busen verloren haben mag.

Und das ist also eine Oase. –

Nachmittags pilgerte ich hinaus und kauerte mich unter die tief niederhängenden Zweige des Holunders zusammen, um einmal ganz die Empfindung der Wüsteneinsamkeit in mich aufzunehmen; und ich spürte, dass die breiten, scharf duftenden Blätter meine Gestalt so vollkommen verhüllten, dass es mir geheimnisvoll um den Sinn ward und ich ganz allein auf der Welt zu sein glaubte.

Da fiel ein blinkender Schein in mein Auge.

Über die Fennen kam langsam unser Nachbar, der Glaser Peter Lenzmann, den Fußsteig entlanggeschlichen. Er trug einen Springstock in den Händen und die Hucke mit den Glasscheiben auf dem Rücken; da schien die Sonne hinein und warf einen Blitz weit hinaus in das Land.

Peter Lenzmann schlich immer und sprach stets leise. Wir Jungen konnten ihn nicht leiden, vielleicht schon deshalb, weil er kein richtiger Friese, sondern von der Geest war, und wir fügten ihm allen nur möglichen Schabernack zu.

Außerordentlich zweckmäßig erschien es uns insbesondere, spätabends auf das Dach seines niedrigen Hauses zu steigen und ihm die Schornsteinöffnung mit Grassoden zu verstopfen. Wenn das aber geschehen war, dann ging es an ein allgemeines Ausreißen, denn der Glaser stand in dem Rufe des bösen Blicks, und er sollte Speziestaler hexen können.

Schwer beladen zog er seines Weges, und weil mein Vater mir auch von Karawanen erzählt hatte, so teilte ich ihm alsbald die Rolle einer solchen zu und sah mich nach den Beduinen um.

Und da kam denn auch Christian Hansen auf einem neben der Fenne herlaufenden Triftwege entlanggeritten.

Er trug freilich keinen Burnus und hatte kein Berberross unter sich, sondern seine alte, melancholische Mähre, aber sein Aufzug entbehrte nicht einer gewissen Kühnheit, denn er kam offenbar aus irgendeinem Krug und war von der Hauptstraße ab querfeldein geraten.

Schon von weitem hörte ich ihn seinen Renner ermahnen, gerade zu gehen und nicht hin und her zu wackeln. Als er aber in die Nähe meines Versteckes kam, hielt er still und sagte ganz laut: „Dieses ist eine kuriose Affäre, und wenn das so weitergeht, dann werden wir wohl nächstens auf dem Mist landen."

Inzwischen war Lenzmann auch herangekommen, stemmte seinen Springstock in den Graben und sagte: „Ja, Krischan, das ist freilich eine kuriose Affäre, denn wenn du so duhn, wie du bist, noch ein paar Schritt weiterreitest, dann kommst du in Bonke Nielsens Graben zu liegen, just an der Stelle, wo schon ein anderer gelegen hat."

Die Friesen nannten einander alle „Du", aber trotz meiner Jugend fiel es mir doch auf, dass der Handwerker den Krämer mit dessen Vornamen anredete, und ich drückte mich noch fester in mein Versteck, um ohne Gefahr der Entdeckung den weiteren Verlauf des Gesprächs anzuhören.

„Halt's Maul, alte Unke", entgegnete Christian Hansen grob. „Bonke Nielsen hat seinen Graben ausgekleit, und das ist ein ganz neuer Graben geworden."

„Aber die alten Geschichten wollen nicht neu werden", sagte der Glaser und bohrte mit seinem Springstock im Schlamm.

Der Krämer war schwerfällig vom Pferde gestiegen und wippte mit seiner Reitpeitsche in der Luft. „Komm mal herüber, dass ich dir eins auf die Schnauze geben kann."

Lenzmann lachte. „Du solltest mir lieber etwas anderes geben, Krischan. Die Zeiten sind schlecht, und ich könnte wieder so ne kleine Beihilfe gebrauchen."

„Ach, Unsinn, du verdienst mehr als ich."

„Es will kein Hagelschlag kommen", brummte der Glaser, „und wenn mal einer kommt, dann trifft er auch noch mein Feld, sodass der Profit wieder flöten geht. Wie ist es, Krischan, noch einmal hundert Banktaler, und ich will auch in Zukunft so still sein, als ob ich meine eigene Zunge aufgefressen hätte."

Der Krämer antwortete nicht, sondern machte den Versuch, wieder auf sein Pferd zu klettern; als ihm das nicht glücken wollte, begann er mörderlich zu schimpfen. „Du bist schlimmer wie ein Kamel", sagte er zu seinem Pferde, „denn das würde sich hinlegen, wenn der Herr aufsteigen will. Du bist eine nichtswürdige Kröte, und ich werde dich Peter taufen – denn Peter heißt mein Bulle!", schrie er dem davonschreitenden Lenzmann nach.

Endlich fasste er den unverständigen Gaul am Zügel und zog mit ihm ab. Aber um Bonke Nielsens Graben machte er einen großen Bogen, und ich blieb noch lange in meinem grünen Versteck sitzen, um darüber nachzudenken, warum wohl Peter Lenzmann für hundert Banktaler seine eigene Zunge aufessen wollte.

Ich kam endlich zu dem Resultat, dass es ein besonderes Kunststück sein müsse und dass Hiskias Juhl die Sache jedenfalls billiger machen würde. –

3. Kapitel

Es mögen seit jenen Tagen ein oder zwei Jahre ins Land gegangen sein, und es ist Herbst. Ich sitze abends mit meinem Vater und Tante Anna am Teetisch, und der Brotträger, welcher von Niebüll frische Semmel, Zeitungen und Briefe in die Marsch zu befördern pflegt, hat ein Schreiben im Pfarrhause abgegeben.

Mein Vater liest es, reicht das Blatt an Tante Anna, und dann beginnen beide ein Gespräch, dessen Inhalt mir geheimnisvoll und unverständlich bleibt.

„Ich habe keine Beziehungen zu Kiel", sagt mein Vater, „und die Familie ist mir deshalb unbekannt. Aber es spricht ein warmer, herzlicher Ton aus dem Briefe, und ich glaube, dass es ein großes Glück für das Kind sein würde, wenn der Alte einwilligt."

„Er wird aber schwerlich seine Einwilligung geben", entgegnet Tante Anna, „denn er hängt an ihr mit seinem ganzen treuen Herzen. Und ich weiß auch nicht einmal, Herr Pastor, ob man wirklich von einem Glück reden darf."

„Warum nicht, Tante Anna?"

„Es scheint ein reiches Haus zu sein, und sie ist in bescheidenen Verhältnissen aufgewachsen. Dazu diese Verpflanzung aus der Heimat –"

„Ist in jungen Jahren kein Übel", erwidert mein Vater. „Sie selbst haben in viel höherem Alter Ihre Heimat aufgegeben."

Tante Anna legt ihre Hand auf meinen Kopf und lächelt.

„O, Herr Pastor, ich habe hier meinen Wirkungskreis gefunden, der das Leben einer alten Jungfer ausfüllt. Aber *das* Kind –"

Sie bricht ab, und es wird nicht weiter von der Sache gesprochen.

Wie aber mein Vater in seine Stube gegangen ist, setze ich mich nach meiner Gewohnheit zu Tante Annas Füßen und sage: „Tante Anna, darf ich wissen, von wem ihr euch unterhalten habt?"

„Ich glaube, dass ich es dir sagen kann, mein Junge, es

wird ja doch bekannt werden. Der Brief war aus Kiel von einer Dame, die ihre Jugend in Thüringen verlebt hat und dort mit Elfriede Nielsens Mutter befreundet war. Sie schreibt, dass sie die Tochter eines Dorfschullehrers sei und später einen reichen Kieler Kaufmann geheiratet habe. Sie will das Kind zu sich nehmen."

„Meine Elfe, Tante Anna?"

„*Deine* Elfe", entgegnet sie. „Möchtest du das wohl?"

„Nein, Tante Anna", sage ich sehr entschieden, „das möchte ich ganz und gar nicht. Denn dann muss sie fort von hier, und wir spielen so schön miteinander."

Ihre Blicke gehen an mir vorüber und suchen nachdenklich das Licht der Lampe.

„Das wird nicht ewig währen, lieber Junge – vielleicht noch ein paar Jahre, dann ist es vorbei."

„O nein", entgegne ich darauf sehr bestimmt, „das wird niemals vorbei sein. Denn wenn wir zu groß sind, um miteinander zu spielen, dann heiraten wir uns."

Tante Anna geht auf meine Ideen ein und wiegt nachdenklich den Kopf.

„Höre mal, du, ich glaube, das wird doch nicht gut angehen. Denn du hast doch immer gesagt, wenn du groß wärest, dann wolltest du mich heiraten. Eid auch noch – das sind zwei Frauen, und man darf eigentlich nur eine haben."

„Das sagte ich, als ich noch klein war. Aber du und Eid, ihr seid doch viel zu alt für mich, und weil ihr so sehr alt seid, habt ihr auch keine Männer gekriegt."

Ich entsinne mich noch, wie Tante Anna sich darauf erhob und langsam an das Fenster ging. Sie schlug den Vorhang zurück und sah hinaus, als ob sie an dem dunkeln herbstlichen Abendhimmel nach einem Stern forschen wollte.

Nach einem unerreichbaren Stern, der uns daran mahnt, dass wir einmal in unserem Leben die Hand ausgestreckt haben, um das Glück zu erhaschen, aber es ist zu hoch für uns gewesen – nach einem unerforschten Stern, der so rätselhaft ist wie die Zukunft und dem man dennoch die Kraft beigelegt hat, uns die Zukunft zu deuten. –

Es war kein Stern am Himmel, und Tante Anna meinte, dass es eine traurige, unfreundliche Nacht sei. Ebenso war der folgende Tag.

Mein Vater hatte seinen langen schwarzen Rock angezogen und sagte zu Tante Anna, dass er Bonke Nielsen aufsuchen wolle, um mit ihm über die Sache zu sprechen; darauf bat ich meinen Vater, ihn begleiten zu dürfen, und er nickte nur mit dem Kopfe.

Es sprühte ein feiner Regen vom Himmel, und wir klopften bei Eid ans Fenster, um nach dem Alten zu fragen; aber Eid gab uns die Auskunft, dass Bonke beim Kleien sei, und sie beschrieb uns die Stelle. Das „Kleien" ist eine friesische Arbeit und dem Mergeln ähnlich. Die Nordsee, welche im Laufe der Jahrhunderte das Marschland anbaut, schwemmt hier und da aus ihrer Tiefe ein besonders fettes Erdreich an, das sich später zwei bis drei Meter unter der Oberfläche als blauer Streifen wiederfindet; man gräbt ihn aus und verstreut die schweren Schollen über den Acker, wo sie fruchtbarer wirken als der beste Dünger. Es ist eine saure Arbeit, denn die Kleier stehen bis über die Knöchel im Wasser und müssen jeden Spatenstich über Mannshöhe aus dem Graben heraufwerfen. Aber ein fleißiger Mann verdiente täglich damit etwa einen Speziestaler, und Bonke Nielsen galt als einer der tüchtigsten in seinem Fach.

Wir fanden ihn mitten auf einer Fenne in voller Tätigkeit, das heißt, wir sahen aus einiger Entfernung die Erdschollen in regelmäßigen Pausen aus einer geheimnisvollen Tiefe herausfliegen und konnten erst im Näherkommen den Kopf des alten Mannes entdecken.

„Wie wenn einer ein Grab gräbt", sagte mein Vater nachdenklich und ging unwillkürlich langsamer.

Bonke begrüßte uns, ohne seine Arbeit zu unterbrechen.

„Das ist heute besonders schlimm, Herr Pastor", sagte er, „das Wasser kommt von oben und unten. Man sollte meinen, dass es mich unterkriegen wollte."

„Aber Ihr lasst Euch nicht unterkriegen, Bonke."

„Es ist Werkverding, Herr Pastor, und soll diese Woche

fertig werden. Da muss man sich bei den kurzen Tagen dranhalten, um nicht wortbrüchig zu werden."

„Für wen ist das, Bonke?"

Der Alte nannte den Namen eines Bauern, und mein Vater lächelte. „So habe ich das eigentlich nicht gemeint; ich wollte nur fragen, für wen Ihr Euch wohl so abplagt?"

Bonke Nielsen stemmte seinen Spaten ein und blickte zu uns herauf. „Sie meinen, Herr Pastor, dass ich auf meine alten Tage ein bisschen feiern könnte, weil ich das Haus habe und die Fenne?"

„Und noch ein paar Speziestaler im Kasten, Bonke."

„Richtig, wenn auch nicht im Kasten, sondern auf der Sparkasse. Nun, Sie wissen ja wohl, dass es nicht für mich ist, und wenn mein Sohn noch lebte, dann wäre das *seine* Sache. Aber mein Niss ist tot, Herr Pastor, und die Elfe wird mal groß sein."

„Dann kriegt die Elfe einen braven Mann, der für sie sorgt", sagte mein Vater scherzend.

Es war dämmrig geworden, und Bonke stieg aus dem Graben. Er schulterte seinen Spaten und ging langsam neben uns her.

„Das meinen Sie so, Herr Pastor", entgegnete er endlich bedächtig, „und es wäre ja auch nach der Natur. Aber ich habe da meine eigenen Gedanken, die mir allmählich so bei dem Kleien gekommen sind. Sie glauben gar nicht, was man da alles herausgräbt; es sind nicht nur Muscheln und Steine, sondern auch Holzplanken von Schiffen, die vor vielen hundert Jahren hier untergegangen sind und die nicht hierher gehören. Das ist was Fremdes, Herr Pastor, und so'n Stück Holz liegt da herum. Kein Mensch will's anfassen, denn es ist etwas Totes daran, sagen die Leute."

Mein Vater schüttelte verwundert den Kopf.

„Das mag wohl sein, Bonke, aber ich weiß nicht, wo Ihr damit hinauswollt."

„Auf das Kind, Herr Pastor! Meine Elfe – nun, der Junge kann's anhören, es ist nichts Unrechtes dabei –, also, meine Elfe ist auch was Fremdes, so hereingeworfen in die Marsch, und nur halb eine Friesin. Oder nicht einmal halb, denn meine Frau stammte aus Jütland. Mutter und Großmutter, die geben doch zumeist das Blut her. Es ist auch noch was Totes dabei, etwas Unaufgedecktes – Sie verstehen mich wohl. Und da habe ich denn so meine Idee, dass die Elfe mal nicht heiraten wird, sondern dass mein Häuschen mitsamt der Fenne ihr mal alles ersetzen soll, wenn ich unter die Erde gegangen bin. Und nun wissen Sie, warum ich wenigstens so ein- bis zweitausend Banktaler beisammenhaben möchte, bevor das geschieht. Aber die Banktaler muss ich aus der Erde herausgraben – Stück für Stück, hier mit diesem Spaten."

Ja, das war ein Unterschied, über den ich nachzudenken begann. Bonke Nielsen grub die Taler aus der Erde heraus, und Hiskias Juhl grub sie in die Erde hinein, und der eine tat es für sein Enkelkind, der andere aber tat es für sich selbst. –

Wir waren inzwischen bei der Wasserkuhle hinter Bonkes Garten angelangt, die jetzt nicht mehr unter geheimnisvollem Schilf versteckt, sondern bis an den Rand mit lehmgelbem Wasser angefüllt dalag. Der Wind trieb kleine Wellen ans Ufer und fegte den stärker werdenden Regenschauer über die nassen, flachen, trostlosen Fennen.

Von diesem Platze aus sah man auch die baumlose Rückseite des Dorfes lang hingestreckt, und der Gesamteindruck der ganzen Umgebung war in der Herbstdämmerstunde unter einem mit Sturmwolken bedeckten Himmel so unendlich traurig, dass mein Vater, vielleicht unwillkürlich, sagte: „Nein, Bonke, es kann auch eine Liebe geben, die das Rechte nicht zu finden vermag. Kommt mit herein in die Stube, dann will ich Euch einen besseren Weg zeigen, um Eure Elfe glücklich zu machen."

Drinnen gab er dem Alten das Schreiben zu lesen, welches die Dame aus Kiel an meinen Vater gerichtet hatte, und Bonke las es sorgfältig, die Lippen bewegend, vom ersten bis zum letzten Worte langsam durch.

Dann legte er seinen harten Zeigefinger auf die Unterschrift und sagte: „Das soll wohl Doris Heimreich geb. Ramberg heißen, und so nennt sich die Dame. Es kann schon stimmen, denn meine Schwiegertochter sprach öfters von einer Jugendfreundin Doris Ramberg, und das habe ich behalten, denn solche Namen sind bei uns in der Marsch selten. Eine Schulmeisterstochter wäre es gewesen und ein ganz armes Mädchen. Was meinen Sie denn dazu, Herr Pastor?“

„Ich weiß es nicht“, entgegnete mein Vater, und es dünkte mich sonderbar, dass er sich jetzt so unbestimmt ausdrückte, während er doch Tante Anna gegenüber ganz anders sprach. Aber er hatte das Gesicht des Alten mit den Augen gestreift und eine merkwürdige Starrheit in demselben entdeckt – so sagte er später zu Tante Anna.

Bonke war aufgestanden und hatte die Tür geöffnet. Er räusperte sich zweimal und rief dann Elfes Namen; nach einigen Sekunden kam sie aus Eids Stube und stand vor uns.

Sie war größer geworden und viel hübscher, wenigstens dünkte es mich so in jenem Augenblick, und sie nickte mir heimlich zu, während sie meinem Vater die Hand reichte.

„Elfe“, sagte der Alte, „möchtest du fort von hier?“

„Wohin, Großvater?“

„In eine schöne Stadt und zu reichen Leuten, die deine Eltern sein wollen.“

„Gibt es dort auch einen Wald?“

„Viel Wald, Elfe“, sagte mein Vater, als Bonke ihn fragend anblickte.

„Dann möchte ich wohl. – Gehst du mit, Großvater?“

„Nein.“

„Eid auch nicht!“

„Nein, die auch nicht – du ganz allein.“

Ihre roten Lippen verzogen sich einen Moment ängstlich, aber dann schüttelte sie die dunklen Haare aus der Stirn: „Ich möchte es *doch* wohl, Großvater.“

Bonke Nielsen legte eine Sekunde lang seine große Hand auf den zierlichen Kopf des Mädchens und sah dabei durch das Fenster in den Regen. „Nun kannst du wieder hinüber zu Eid gehen, Elfe.“ Und sie ging.

Es war ganz stille in der niedrigen Stube, bis der Alte endlich wieder das Wort nahm.

„Ich will sie erst einmal sehen", sagte er.

„Wen, Bonke?", fragte mein Vater, und jener machte eine kurze, ungeduldige Handbewegung.

„Nun, natürlich die Dame, die den Brief geschrieben hat."

„Dann werdet Ihr Euch wohl auf die Reise nach Kiel machen müssen, Bonke."

„Ich denke gar nicht daran, Herr Pastor – nicht im Traum. Wenn die Dame schreibt, dass sie dem Kinde meines Sohnes eine Mutter sein will, so ist das ein gutes Wort, und es mag auch ehrlich gemeint sein. Aber eine Mutter *holt* ihr Kind, und sie reist darum bis an das Ende der Welt. Ich gehe mit meiner Elfe nicht vor die Türen, um sie auszubieten – Gott soll mich bewahren! Aber ich will die Dame sehen. Schreiben Sie ihr das, Herr Pastor, nicht mehr und nicht weniger, und dann wollen wir abwarten, was sich des Weiteren begibt. Und nun lassen Sie uns nicht mehr von dieser Sache reden, wenn Sie es nicht für ungut nehmen wollen, denn ich muss in meine Gedanken erst eine Klarheit hineinbringen und die Nacht darüber vergehen lassen."

Beim Tee erzählte mein Vater Tante Anna das Ergebnis seiner Mission und wiederholte die Worte des alten Mannes mit dem Hinzufügen, dass diese Friesen doch recht hartköpfige Leute seien.

Aber Tante Anna glättete ihre Haubenbänder, was bei ihr stets ein Zeichen des Widerspruchs bedeutete. „Er hat recht, Herr Pastor", sagte sie eifrig. „Was, er sollte unbesehen den Trost seiner alten Tage hingeben, bloß weil der erste Beste ein paar schöne Worte darum macht? Sie *soll kommen*, das ist der richtige Weg und die einzige, richtige Antwort. Und wenn sie in einer Karosse kommt mit vier Schimmeln und wenn sie vorne eine Jungfer und hinten zwei Lakaien hat, dann wollen wir uns noch lange keinen Uhl machen lassen, denn mit vier Schimmeln kann man auch ins Elend fahren ohne den richtigen Kutscher."

Und mein Vater entgegnete lachend: „Geben Sie mir die Zuckerdose, Tante Anna! Sie können ja gar nichts Schlimmes über die Menschen denken."

Als ich am Abend etwas später als sonst ins Bett ging und Tante Anna die Vorhänge meines Schlafstubenfensters zusammenzog, blickte sie hinaus und sagte: „Sieh mal an, der alte Bonke hat noch Licht, und es ist sonst doch viel früher bei ihm dunkel."

„Er denkt gewiss an den Brief, Tante, und kann nicht schlafen. Ich muss auch daran denken."

„Schlaf du nur, mein Junge", entgegnete sie sanft, „und überlass uns Alten das andere. Nun ist das Licht aus Bonkes Stube weg, aber es wird im Pesel hell."

„Im Pesel steht Elfes Bett, Tante, ich weiß es."

Tante Anna schwieg. Es mochte wohl das Bild eines alten Mannes vor ihr aufsteigen, der in diesem Augenblick vor dem Lager eines schlummernden Kindes stand und kummervoll die friedlichen Züge desselben betrachtete. Dann wandte sie sich um, küsste mich und ging nach der Tür.

Aber ich hatte noch eine Frage. „Tante", sagte ich halb schlaftrunken, „warum fragte Elfe, ob ein Wald bei Kiel sei, und weshalb hat sie den Wald lieber als ihren Großvater?"

Darauf entgegnete Tante Anna mit einem nachdenklichen Blick in ihr flackerndes Licht: „Als sie ganz klein war, mein Liebling, da sang die Mutter an ihrer Wiege häufig ein Lied von dem großen, schönen Walde. Und als die Mutter gestorben war, da trat ein lichter Engel an ihre Stelle, der singt noch immer ganz leise dasselbe Lied. Darum kann die Elfe nicht anders! Sie muss an den Wald denken, wenn sie ihn auch niemals gesehen hat."

„Kennst du das Lied, Tante?"

„Es hat viele Strophen, und jeder singt sie anders. Es kommt auch nicht immer der Wald darin vor, sondern das Meer und die Heide und das Gebirge. Gute Nacht, mein Kind – schlaf süß." –

Einige Tage später hockte ich mit Hiskias Juhl am Rande des Grabens, der das Armenhaus von der Dorfstraße trennte, und angelte Gründlinge. Wir hatten ganz einfach einen toten Regenwurm an einem Bindfaden befestigt, und die winzigen Fische bissen sich daran fest.

Es war ein müßiger Zeitvertreib, denn man konnte die „Stichlinge“ nicht essen, und wir warfen sie auch regelmäßig unversehrt ins Wasser zurück.

„Die sind gut daran“, sagte Hiskias, „denn sie sind so garstig, dass keiner sie mag, und darum bleiben sie leben.“

Da kam eine Kutsche in das Dorf gefahren und hielt vor der Pfarre. Sie war nicht mit vier Schimmeln, sondern nur mit zwei schlichten braunen Pferden bespannt, und es saßen auch keine Lakaien auf dem Bock, aber dennoch war es eine seltene Erscheinung in der Marsch, wo man für gewöhnlich nur die Leiterwagen der Bauern sehen konnte.

„Das ist der Hardesvogt“, sagte Juhl, „und der wird Christian Hansen ins Loch abholen wollen, weil er die Leute betrügt.“

„Nein“, entgegnete ich, „es ist eine Prinzessin, die Elfe mit sich nehmen will. Mein Vater hat gesagt, dass sie in diesen Tagen kommen werde.“

„Eine schöne Prinzessin“, höhnte Hiskias, „ich kenne die Pferde, das sind die alten Kracken von Andres Brodersen in Niebüll. Mit denen würde ich nicht einmal fahren, wenn ich erst reich geworden bin.“

Dann wurde er nachdenklich und sah mich von der Seite an. „Was war das vorhin für eine Stjamperei mit Elfe? Ich hatte es nicht richtig gehört –“

Er wusste noch nichts von der Sache, und ich erzählte ihm, dass Elfe nach Kiel solle zu einer reichen Dame.

„Sie wird immer seidene Kleider tragen und Kuchen essen“, sagte ich wichtig.

Hiskias war erst ganz still und blickte starr vor sich hin. Dann legte er sein Angelzeug beiseite, stützte die Ellenbogen auf die Knie und begann zu pfeifen. Er pfiff die Melodie „Ach, du lieber Augustin“, und obendrein grundfalsch.

„Lass das man gut sein, Hiskias“, sagte ich, „das lernst du doch nie, aber du ärgerst dich bloß, weil du nicht auch mitkannst in die große Stadt.“

Er schüttelte den Kopf. „Da komme ich schon auch hin, das hat keine Not. Aber nun gib mir die Hand drauf, dass es nicht wahr ist.“

„Es ist aber wahr, Hiskias.“

„Sag ‚wahrhaftig‘.“

Ich tat ihm den Willen, und nun stand er auf. Er lief so schnell davon, dass ich ihm nicht zu folgen vermochte, aber dann fand ich ihn doch im Stall wieder, wo er vor dem Schweinekoben stand, mit dessen einzigem Insassen er eine gewisse Freundschaft zu unterhalten pflegte.

Als ich mich neben ihn stellte und ihm in das Gesicht zu blicken versuchte – denn er schien geweint zu haben –, wandte er seinen Kopf weg und sagte mit einer ganz merkwürdigen Stimme: „Nun habe ich nur noch das da, und es wird zu Weihnachten geschlachtet. Wenn ich noch wenigstens was davon abkriegte.“

Zu Hause traf ich die Großen schon am Kaffeetisch, und auf dem Sofa saß neben Tante Anna eine fremde Dame.

Ich glaubte niemals ein schöneres Gesicht gesehen zu haben, und dennoch traten die wundervoll regelmäßig geschnittenen Züge desselben in den Hintergrund vor dem Ausdruck der Güte und Heiterkeit, den ich noch viele Jahre später gesehen habe, als schon die Schönheit im Verblühen war.

Sie konnte höchstens Anfang der Dreißig sein, und als sie mich an sich zog, um meine Lippen zu küssen, da überkam mich eine ganz dunkle Erinnerung an meine früh verstorbene Mutter.

„Ich liebe die Kinder sehr“, sagte sie, mich festhaltend, „aber ich habe nicht das Glück, selber welche zu besitzen.“

Dann blickte sie einen Moment vor sich hin und fügte hinzu: „Mein guter Mann ist viel älter als ich und leider etwas kränklich.“

„Sie stammen aus Thüringen, Frau Heimreich, nicht wahr?“, fragte mein Vater.

„Von einem ganz kleinen Waldnest, wo mein Vater Schullehrer war. Wir hatten bis zur nächsten Stadt zwei Meilen, und immer durch dichte Tannen. Ja, Herr Pastor, ich bin noch niemals in der Marsch gewesen, und es ist hier so ganz anders als in meinen Thüringer Bergen, aber was die Einsamkeit anbetrifft, dünkt mich, lassen sich beide Gegenden wohl vergleichen."

Es mag eine sehr deutliche Frage in Tante Annas Augen gelegen haben, denn Frau Heimreich fuhr gleich darauf fort: „Mein Mann benutzte Thüringen häufig als Sommerfrische und liebte es, die entlegensten Dörfer aufzusuchen. Bei einer solchen Gelegenheit hat er mich kennen gelernt und nach seinem Norden entführt."

„Ein großer Unterschied", sagte mein Vater nachdenklich.

„Umso größer, als ich zuvor einige Jahre in ein Schweizer Pensionat musste –"

Sie brach ab und betrachtete nachdenklich ihre weißen Hände.

„Und nun zur Hauptsache, Herr Pastor. Kann ich den alten Mann sofort aufsuchen?"

„Gewiss, Frau Heimreich! Wenn ich Sie führen darf –"

„O bitte, nein", sagte sie mit einer allerliebsten Verschämtheit, „lieber nicht. Ich weiß, wie das zu Hause war, wenn unser Herr Pastor eine Sache in die Hand nahm; immer schön und gut, aber ein bisschen feierlich und respektvoll. Ich komme hier gar nicht wie eine wohltätige Fee, sondern als armes Bettelweib, das um eine Gabe bittet. Geben Sie mir den Jungen mit, denn Sie sagten vorhin, dass die beiden Kinder Gespielen seien, und da habe ich gleich eine Brücke. Sie nehmen es mir nicht übel, Herr Pastor, nicht wahr?"

Wir waren aufgestanden, und ich sah, wie Tante Anna sich plötzlich auf die Fußspitzen stellte, ihren Arm um den Nacken der schönen Frau legte und sie küsste.

Sie tat es wohl an meines Vaters statt, um damit auszudrücken, dass man ihr ganz und gar nicht zürne. Aber Tante Anna hatte noch eine ganz besondere Gabe, infolge derer sie ein großes und gutes Herz sofort erkannte, und dann ging ihr eigenes Herz regelmäßig durch wie ein junges Füllen.

„Und nun wollen wir beide unsere Reise beginnen", sagte Frau Heimreich zu mir. „Ich bin die Tante Doris, die von gar nichts weiß, und du bist mein sehr edler Ritter, der mich beschützen wird. Einen Hund hat der alte Bonke wohl nicht, denn vor Hunden fürchte ich mich sehr."

Es war ein schöner klarer Tag, wie der Spätherbst ihn bisweilen bringt, und als wir hinter dem Dorfe entlanggingen, läuteten die Glocken unserer Kirche in tiefen, langsamen Tönen.

„Es ist wohl jemand bei euch gestorben?", sagte Frau Doris, und ich entgegnete: „Ein ganz alter Mann, und Bonke Nielsen ist oben im Turm, denn er hat das Läuten zu besorgen."

„Wo werden wir denn da deine Elfe finden?"

„Die geht immer mit und wartet auf dem Friedhofe, bis der Großvater fertig ist."

„Dann wollen wir auch auf den Friedhof gehen, und du kannst mir das Grab zeigen, wo Elfes Mutter begraben liegt."

„Hast du sie gut gekannt, Tante Doris?", fragte ich mit wachsendem Vertrauen.

„Sehr gut, mein lieber Junge, wir waren die besten Freundinnen von der Welt. Ihr Vater war Schmied in unserem Thüringer Dorf, und die Schmiede lag neben der Schule."

„Elfes Vater war auch Schmied, Tante Doris."

„Ich weiß es. Er hat Elfes Mutter geradeso weggeholt, wie man mich weggeholt hat. Und nun will ich es mit Elfe ebenso machen."

Wir waren auf dem Friedhofe angelangt, und ich deutete mit der Hand nach vorn. „Da sind die beiden Gräber, und da ist auch Elfe."

Das Mädchen saß zwischen zwei schmucklosen Hügeln im braunen welken Grase. Sie band einen Kranz von Spätastern, und der Wind spielte mit ihren losen dunkeln Haaren. Über ihr klangen die Töne der Glocke, und sie hob bisweilen wie lauschend den Kopf.

Frau Heimreich blieb stehen und betrachtete aus einiger Entfernung das hübsche Bild. Es machte auf mich den Eindruck, als ob sie sich scheute, das Kind anzureden, und dann sagte sie plötzlich zu mir: „Sprich du zuerst, und sage ihr, wer ich bin."

Ich entledigte mich dieses Auftrags in der Weise, wie Kinder zu reden und zu handeln pflegen. Ich ging an das in seine Arbeit vertiefte Mädchen heran und sagte: „Elfe, da ist deine neue Mama, die dich abholen will. Du darfst sie lieb haben, denn ich mag sie auch gern leiden."

Elfriede Nielsen ließ den Kranz langsam in das Gras gleiten und erhob sich. Sie stand der jungen Frau gegenüber und sah ihr fragend in die gütigen Augen, und so habe ich diese beiden später öfters einander gegenüberstehen sehen, und es ist mir immer gewesen, als ob ein Rätsel zwischen ihnen geschwebt hätte, dessen Lösung einer von dem anderen erwartete.

„Willst du meine Mama sein und mich mit dir in die große Stadt nehmen?", fragte sie ernsthaft und mit einer Reife, die über ihre Jahre zu gehen schien.

„Ich möchte es wohl, Elfe, wenn dein Großvater es erlaubt."

„Mein Großvater wird es erlauben, wenn ich ihn darum bitte."

„Willst du das tun, Elfe? Willst du das *gern* tun?"

Sie sah lange und nachdenklich vor sich hin in das Gras.

„Jakob wird böse werden, wenn ich es tue; er hat gestern zu mir gesagt, ich sollte hierbleiben."

„Wer ist Jakob?" – Elfe hob die Hand. „Drüben bei Krämers. Wir spielen miteinander, und er ist sehr klug."

„Weshalb solltest du denn hierbleiben, Elfe? Wegen Großvater?"

Aber sie schüttelte den Kopf. „Nein, aber er hat gesagt, du wärst so gut wie eine Stiefmutter."

Frau Doris war ganz nahe an das Kind herangetreten. Sie kauerte neben demselben nieder, legte ihre feine weiße Hand auf den dunklen Kopf der Kleinen und bog ihn sanft zurück. „Stiefmütter können auch gut sein, Elfe. Oder glaubst du, dass ich nicht gut gegen dich sein werde?"

„Nein", entgegnete sie rasch, „du siehst so schön aus. Und ich glaube, du wirst mir auch ebenso schöne Kleider geben, wie du anhast."

Es war mir, als ob auf einen Augenblick über das Gesicht der jungen Frau ein Schatten gleite oder wenigstens ein nachdenklicher Zug, und ich begriff diese flüchtige Veränderung nicht, denn nach meiner Meinung hatte Elfe sehr schöne und kluge Antworten gegeben, und ich war stolz auf sie.

Aber wir wurden unterbrochen. Das Läuten über uns hatte aufgehört, und Bonke Nielsen trat aus der Tür, welche zum Turm führte. Er trug wie immer bei solchen Gelegenheiten seinen langen blauen Rock und sah sehr ehrwürdig darin aus. Auf seinem Gesicht lag noch der tiefe Ernst der Arbeit, die er soeben vollbracht hatte, der mir aber heute noch mehr auffiel als sonst. Er stutzte bei unserem Anblick, schien aber die Sachlage sofort zu begreifen und trat langsam heran.

„Sie sind die fremde Dame, die wir erwarteten, nicht wahr?“, sagte er einfach, und Frau Heimreich lächelte.

„Nicht mehr so ganz fremd, lieber Freund, denn ich bin schon mit Ihrer Elfe ein wenig bekannt geworden.“

„Ja, ich sehe es. Geh voraus, Kind, ich habe mit dieser Dame zu reden.“ –

Mich hatte er nicht gehen heißen, und Frau Doris hielt mich auch an der Hand fest. Daher blieb ich.

„Sie sind mit ihr bekannt geworden“, wiederholte der Alte, „und sie wird mit Ihnen gehen wollen; so ist es.“

„Das hängt doch zunächst ganz von Ihnen ab, Herr Nielsen.“

„Bitte, nennen Sie mich nicht ‚Herr‘ – wir sind das in der Marsch nicht gewohnt, und ich bin nur ein schlichter Arbeiter.“

Er bog sich nieder, nahm den unvollendeten Kranz und legte ihn sorgfältig auf das eine der beiden Gräber.

„Sehen Sie“, sagte er, „hier liegt mein Sohn begraben, und unter dem andern Hügel ruht seine Frau. Wenn diese beiden noch lebten oder wenn auch nur einer von ihnen am Leben wäre, dann würde die Sache ein ganz anderes Ansehen haben. Aber sie sind tot, und ich selbst bin ein alter Mann. Nein, es hängt ganz und gar nicht von meinem Willen ab, ob das Kind mit Ihnen gehen wird oder ob es bei mir zurückbleibt. Sie hat von ihrer Mutter eine Sehnsucht in die Fremde überkommen, und aus diesem Grunde wird sie mich verlassen. Aber dann wird die Zeit kommen, wo sie sich wieder nach hier zurücksehnt, denn ihre Eltern liegen hier begraben und ihre Wiege hat hier gestanden."

Frau Heimreich legte die Hand auf den Arm des Mannes und erwiderte: „Ich will ihr die Heimat nicht nehmen, sondern ich möchte ihr nur ein zweites Heim geben."

„Das lässt sich nicht teilen, Frau Heimreich", sagte er kopfschüttelnd, „nicht wahr, ich habe doch Ihren Namen richtig aufgefasst?"

„Es ist mein Name."

„Ja, er klingt gut, ich mag ihn wohl leiden. Reich an dem, was einen Menschen glücklich machen kann. Wie ich höre, sind Sie auch sonst reich?"

„Mein Mann ist Kaufmann und besitzt ein ziemlich bedeutendes Vermögen."

Bonke Nielsen machte eine Handbewegung, die uns zum Aufbruch mahnte, und wandte sich langsam dem Ausgange des Friedhofs zu.

„Das ist meine größte Sorge", nahm er nach einer Pause wieder das Wort. „Sehen Sie, ich habe mein gutes Auskommen, und die Elfe wird mal ein paar tausend Taler erben, aber es langt nicht, um in Samt und Seide zu gehen. Ich weiß nicht, wie Sie es mit dem Kinde halten werden."

Frau Heimreich blickte lächelnd an ihrem kostbaren Kleide nieder. „Glauben Sie, lieber Freund", sagte sie, „dass ich es während meines ganzen Lebens so gehabt habe?"

Er schüttelte nachdenklich den Kopf und deutete nach rückwärts. „Ich vergaß, Sie sind ja mit *ihr* befreundet gewesen –"

„Gewiss, und *sie* hat manchmal ihr Vesperbrot mit mir geteilt, wenn ich noch Hunger hatte. Ich bin *sehr* arm aufgewachsen, so arm, dass Sie in diesem reichen Lande keine Vorstellung davon besitzen. Ich hatte bisweilen als Kind keine Schuhe an den Füßen, und ich musste zu Zeiten die Gänse hüten, ganz wie es im Märchen ist, wo man auch zuletzt von einem Königssohn geholt wird. Glauben Sie, dass ich hochmütig geworden bin?“

Der Alte ließ seine stillen Augen über das Gesicht der jungen Frau gleiten. „Nein“, sagte er mit jener Bestimmtheit, die sein ganzes Wesen auszeichnete, „Sie sind nicht hochmütig – nein, ganz gewiss nicht.“

Und Frau Doris fuhr lächelnd fort: „Ihre Elfe soll nicht barfuß gehen, und sie soll auch nicht die Gänse hüten, denn beides tut nicht not, um einen tüchtigen Menschen aus ihr zu machen. Aber sie soll einfach und schlicht aufgezogen werden, und sie soll alles lernen, was sie dereinst fähig macht, auf eigenen Füßen zu stehen. Wenn dann vielleicht ein Prinz kommt, um sie heimzuführen, oder ihr sonst ein Glück aufblüht – Sie verstehen, was ich damit meine –, dann wird sie nicht hochmütig sein, sondern sie wird das Glück mit Demut und Bescheidenheit hinnehmen. Wollen Sie es daraufhin mit mir versuchen, lieber Freund?“

Wir waren vor Bonke Nielsens Haus angelangt, und der alte Mann blieb stehen.

„Ich will es“, sagte er schlicht, „hier haben Sie meine Hand darauf. Dieses Haus wird nun sehr einsam werden, aber seine Tür soll allezeit offen bleiben, und wenn doch vielleicht einmal das eintreten sollte, was ich vorhin andeutete, dann ist es gut, wenn eine offene Tür da ist und ein Feuer auf dem Herd.“

Er pochte an das Fenster, hinter dem Eid wohnte, und als die alte, runzlige Gestalt zum Vorschein kam, streckte er den Arm aus und legte seine Hand auf den Arm der Hausgenossin.

„Eid“, sagte er, „es ist alles in Richtigkeit. Heule nicht, sondern pack die Sachen zusammen und vergiss nicht, die Bibel und den Katechismus beizulegen. Die Schiefertafel will ich behalten, Elfe muss jetzt lernen, auf Papier zu schreiben. Diese Nacht bleiben Sie wohl im Pastorat, Frau Heimreich. Es sollte mir lieb sein, wenn ich das Kind noch bis morgen haben kann.“

Und mit diesen letzten Worten will ich die Erinnerung an meine Kinderzeit schließen.

Es ist mir, als ob kein Herbsttag so dunkel gewesen wäre als jener, an dem Frau Heimreich mit Elfe zum Dorfe hinausfuhr.

Unter dem Schatten tief niederhängender Wolken begleitete ich den Wagen bis an das Armenhaus und blieb dort neben Hiskias Juhl stehen, der an den Weg gelaufen kam und die Augen aufriss.

„Hiskias“, sagte ich, „nun ist sie weg. Du hast noch deinen vergrabenen Schatz, und bis Weihnachten hast du auch noch das Schwein, aber ich habe nun rein gar nichts mehr, und morgen will Vater obendrein mit mir Latein anfangen.“

„Das Schwein ist fett und soll heute geschlachtet werden“, entgegnete er, „und dein Latein ist mehr wert als meine paar Banktaler. Aber es freut mich, dass Elfe fort ist, denn nun hat Jakob auch seinen Ärger.“

4. Kapitel

In den zehn Jahren, die ich nunmehr überspringe, haben sich sehr bedeutende Veränderungen zugetragen. Kurze Zeit nachdem Elfriede Nielsen das heimatliche Dorf verlassen hatte, um nach Kiel überzusiedeln, wurde mein Vater in die Nähe von Flensburg versetzt, und da wir in der Marsch keine Verwandten besaßen, hörten unsere Beziehungen zum Friesenlande bald auf. Nur dann und wann flatterte eine unverbürgte Nachricht herüber in das neue Angler Pastorat, nach deren Ursprung und Wahrheit nicht weiter geforscht wurde. So sollte Jakob Hansen zur See gegangen sein, von Hiskias Juhl aber ging das Gerücht, er habe sich nach seiner Konfirmation jeder ferneren Fürsorge der Armenpfleger so unwürdig erwiesen, dass man beschloss, ihn seinem Schicksal und einem voraussichtlich damit verbundenen Untergang zu überlassen. Mit dem unerschütterlichen Vorsatz, ein reicher Mann zu werden, sei er in die Fremde gewandert, und Tante Anna meinte bei dieser Nachricht, dass Hiskias immer ein armer Mann bleiben werde, „denn" – sagte sie – „man hat ihn niemals die Liebe gelehrt, und er wird niemals nach der Liebe suchen."

Tante Anna hatte natürlich die Übersiedelung in das neue Heim mitgemacht, aber ihre Andersen'schen Märchen stimmten nicht mehr recht zu meinen klassischen Studien, und als ich in jene Flegeljahre kam, wo man die zarte weibliche Liebe aus grenzenloser Torheit verschmäht, schickte mein Vater mich nach Schulpforta und löste damit jede enge Verbindung mit der nordischen Heimat.

Und nun war ich zwanzig Jahre alt geworden, hatte die Abgangsprüfung bestanden und ging auf den Wunsch meines Vaters nach Kiel, um dort die Universität zu beziehen. –

An einem regenschweren Frühlingsabend war ich eingetroffen, aber am nächsten Morgen schien die Sonne, und ich durchschlenderte mit einem unendlich behaglichen Gefühl vollkommener Freiheit die alte Stadt, um eine passende Wohnung zu suchen.

Mein erster Weg führte mich natürlich an das schwarze Brett, und während ich dastand, um die Hieroglyphen der biederen Philister Kiels zu entziffern, redete mich plötzlich von hinten eine Stimme an.

„Wenn der Herr Studiosus eine Wohnung sucht“, sagte diese Stimme, „dann wüsste ich wohl eine Wohnung zu nennen, wie sie für den Herren passt. Eine schöne Wohnung, wo man nicht gestört wird – von keinem nicht.“

Es war nicht diese Stimme, die urplötzlich eine Erinnerung in mir wachrief, sondern die verschwenderische Häufung der Verneinungen, gleichsam der Ausdruck jenes Geistes, der stets verneint – und ich wandte mich rasch um.

„Hiskias, bist du das wirklich?“

Ja, er war es, wenn auch in vielen Dingen ein anderer als jener scheue Knabe aus dem Armenhause meines Heimatdorfes.

Er war lang in die Höhe geschossen und trug einen schwarzen, etwas verdächtig glänzenden Anzug um den hageren Körper; seine Schultern waren noch immer zu hoch, und die Augen lagen noch immer zu weit vor dem blassen Gesicht, aber diese unverbesserlichen körperlichen Eigenschaften machten nicht mehr den Eindruck, als ob ihr Besitzer sich vor den Menschen ducke und als ob er aus Angst die Augen aufreiße – nein, der Kopf zog sich nicht mehr zwischen die Schultern, sondern die Schultern zuckten mit einer unendlich weltverachtenden Bewegung nach den Ohren empor. Und das ist ein großer Unterschied bei den Menschen.

Er erkannte mich auf der Stelle und streckte allmählich eine sehr lange Hand nach mir aus.

„Ja, ich bin es“, sagte er, „und du bist es auch. Darf ich dich ‚Du‘ nennen?“

„Natürlich, Hiskias, wir waren ja doch Jugendgespielen!“

„Freilich, man könnte beinahe sagen ‚Jugendfreunde‘. Aber nun ist es doch ein großer Unterschied.“

„Was bist du denn, Hiskias?“

Er zupfte an seiner großen bunten Halsbinde und räusperte sich. „Kaufmann“, entgegnete er endlich, „oder doch so herum.“

„Was heißt das?“

„Nun natürlich, es ist noch nicht nix Rechtes. Ich habe mich noch nicht ganz selbstständig gemacht. Es ist das ziemlich schwer, musst du wissen, und bis dahin ergreift man, was gerade vorkommt. Augenblicklich bin ich bei der Firma Justus Dose – übrigens ein sehr anständiges Haus.“

„Worin macht ihr denn?“, fragte ich sachverständig.

„Hm, in allerlei, hauptsächlich aber wohl in wertvollen, alten Werken und sonstigen wissenschaftlichen Altertümern.“

„Also eine Art Trödelladen!“

Hiskias schwieg und ging langsam neben mir her. Das Gespräch über seine augenblickliche Stellung schien ihm nicht angenehm zu sein, und ich brach deshalb ebenfalls ab, um mich nach der Wohnung zu erkundigen, die jener empfohlen hatte.

„Ja“, entgegnete er verlegen, „ich weiß aber doch nicht, ob sie dir zusagen wird. Sie befindet sich nämlich im Hause meines Prinzipals, und man kann darin gewiss sehr ungestört arbeiten, aber die Gegend ist nicht gerade, was man fein nennt, sondern nur einfach bürgerlich. Natürlich anständig, das versteht sich von selbst.“

Dieses „anständig“ kam nun schon zum zweiten Mal mit einer gewissen Hast aus Juhls Mund, und es hätte mich wohl stutzig machen können. Aber ich dachte an andere Dinge.

„Glaubst du“, sagte ich lachend, „dass mir die Mittel zur Verfügung stehen, um in einer Villa auf Düsternbrook zu wohnen?“

Er sah mich misstrauisch von der Seite an.

„Wie kommst du gerade auf Düsternbrook?“

„Nun, das ist doch die eleganteste Gegend von Kiel.“

„Ach so! – Also hier um die Ecke, wenn du wirklich meinst –“

Wir gingen über eine Brücke, zwischen deren Bogen ein trübes Wasser langsam dahinfloss; dann kamen wir in eine lange Straße, deren enge Windungen niemals von einem Sonnenstrahl erhellt gewesen zu sein schienen, denn trotz der warmen und etwas bewegten Luft glitzerten die Häuser und die Pflastersteine von Dunst und Feuchtigkeit, und ein trübes Wetter musste zwischen diesen hohen Giebeln den Tag förmlich ersticken. Aber stille war es – sehr stille.

Mitten in dieser Straße blieb Hiskias stehen und deutete auf ein schwarzes Gebäude, in dessen Front ein großes Gewölbe aufklaffte und mit seinem unheimlichen Rachen nach dem schmalen Bürgersteig heraufgähnte.

„Das ist die Firma Justus Dose", sagte er langsam, „und hier wohne ich bei meinem Prinzipal. Dieser Aufenthalt ist nicht ganz so lustig wie daheim das Armenhaus, aber ich habe ihn mir mit meinem freien Willen ausgesucht, und das ist auch etwas wert für jemand, der viele Jahre hindurch keinen freien Willen hatte."

Ich sah in der Tiefe ein düsteres Licht brennen und stieg die ausgetretenen glatten Stufen hinab. Hiskias folgte mir auf den Hacken.

Er hatte nicht gelogen, ich befand mich inmitten einer unendlichen Menge alter Bücher, die zum Teil recht selten und interessant aussahen, und in diesem Augenblick fasste ich den Entschluss, wenn irgend möglich, hier mein Heim aufzuschlagen, denn ich war schon damals ein arger Bücherwurm und durfte hoffen, als Philologe manche schätzenswerte Entdeckung zu machen.

Als meine Augen sich an das Dämmerlicht gewöhnt hatten, sah ich einen Mann vor mir stehen, dessen kleine, dürre und verwahrloste Gestalt mich lebhaft an eine Eule erinnerte, die, aus ihrem Mauerwinkel aufgescheucht, unwirsch ins Helle flattert und mit geblendeten Augen in die Sonne starrt.

„Was wollen Sie", sagte er mit einer dünnen, krächzenden Stimme, „womit kann ich Ihnen dienen?"

Hiskias schob seinen Kopf zwischen uns. „Es ist ein Studiosus, Herr Dose, und er möchte Sie bitten –"

Der Alte machte eine heftige Bewegung mit der Hand. „Wie oft soll ich es Ihnen wiederholen, Hiskias, dass Sie mir keine Studenten zuführen dürfen! Ich will mit den Herren kein Geschäft machen, es kommt nichts dabei heraus, und ich verliere mein schönes Geld."

Hiskias schrak zusammen und schüttelte eifrig den Kopf. „Aber ich bitte Sie, Herr Dose, davon ist ja gar nicht die Rede, Sie müssen mich missverstanden haben. Der Herr Studiosus ist ein guter Freund von mir, und er möchte sich das Zimmer ansehen, welches Sie partout vermieten wollen, seitdem –"

„Schweigen Sie", unterbrach der Alte das letzte Wort, „es ist nicht notwendig, dass Sie mich immer wieder daran erinnern, ich will nicht daran erinnert sein."

Und dann wandte er sich an mich: „Wenn Sie ein Studiosus sind und wenn Sie sich das Zimmer ansehen wollen, dann werde ich Sie hinaufführen und Ihnen das Zimmer zeigen. Hören Sie, Hiskias, *ich* werde das tun, denn diese Sache ist *meine* Sache, und Sie sollen Ihre Hände nicht dazwischen haben."

Der wunderliche Mann schlürfte voran und gab mir einen Wink, ihm zu folgen. Hiskias aber zuckte die hohen Schultern und trat in ein hinter dem Gewölbe befindliches Gelass, welches eine Art Kontor zu bilden schien, denn ich sah in demselben zwei Stehpulte und eine Anzahl kaufmännischer Bücher.

Wir gingen eine dunkle Treppe hinauf und gelangten in den nach hinten gelegenen Teil des Hauses. Dose öffnete die letzte Tür und führte mich in ein großes Zimmer, dessen Fenster nach einem kleinen Garten hinausblickten. Der Raum war freundlicher, als das Äußere des Hauses es vermuten ließ, und ich drückte meine volle Zufriedenheit damit aus.

„Ja", sagte Dose, „das ist ein Zimmer, wie die Gelehrten es lieben, und es war das Zimmer eines Gelehrten. Aber bevor wir miteinander handelseinig werden, müssen Sie mir noch eine Frage beantworten. Der da unten sagte, dass Sie ein Freund von ihm seien: Hat er die Wahrheit gesprochen oder hat er gelogen?"

Ich schüttelte lächelnd den Kopf. „Wir sind in demselben Dorfe aufgewachsen, Herr Dose, weiter nichts, und wir nennen uns aus alter Gewohnheit ‚Du'."

„Aber Sie lieben ihn nicht?“

Es war mir, als ob eine innere Stimme mit ‚nein‘ antwortete, und ich gab ihr recht. „Ich liebe ihn nicht, Herr Dose“, entgegnete ich ruhig.

„Dann sollen Sie das Zimmer haben, Herr Studiosus, denn Sie gefallen mir. Nein, es ist nicht notwendig, dass Sie sich nach dem Grund meiner Frage erkundigen, es ist genug, wenn Sie ihn nicht lieben.“

Niemals habe ich ein Wort gehört, welches in gleichem Maße Furcht und Abscheu nebeneinander ausgedrückt hätte, aber auch niemals ein Wort, das mir so rätselhaft dunkel blieb.

Ich wusste nichts zu erwidern und blickte mich verlegen im Zimmer um. Es war einfach, aber behaglich ausgestattet, und sämtliche Möbel trugen die Spuren fleißigen Gebrauchs.

Auf dem sonst leeren Schreibtisch stand ein Bild, welches einen blassen, jungen Mann mit Brille und kahler Stirn darstellte; ich trat etwas näher heran, und Dose folgte mir mit den Augen.

„Ja“, sagte er, „das war derjenige, dem dieses Zimmer gehört hat. Wenn Sie es wünschen, dann werde ich das Bild fortnehmen, aber ich glaube, es wird Ihnen keinen Schaden bringen, dass die Augen dieses Toten auf Ihre Arbeit sehen, denn es waren die Augen eines großen Gelehrten. Sie haben sich über den Büchern geschlossen, und wenn Sie einer von denen sind, die spätabends bei der Lampe sitzen, dann denken Sie daran, dass es nicht gut ist.“

Er rückte den Rahmen zurecht, blinzelte einen Augenblick in die hereinfallende Sonne und wandte sich ab.

„Wer war der Verstorbene, Herr Dose?“, fragte ich, und er entgegnete kurz:

„Er war mein Sohn ...“

Dann blieb ich allein, nachdem der Alte mir noch in trockener, geschäftsmäßiger Weise mitgeteilt hatte, dass die übrigens sehr mäßige Miete pünktlich am Ersten jeden Monats zu zahlen sei und dass ich mich wegen der Aufwartung an seine Haushälterin zu wenden habe.

Er war dann mit seinen leisen, schleichenden Schritten verschwunden, und ich hörte die Treppe unter seinen Füßen knarren. Einige Minuten später folgte ich ihm und traf am Ende des Korridors auf eine halb offene Tür, hinter welcher Hiskias in Hemdsärmeln sich die Hände wusch. Das Waschgeschirr stand auf einem hölzernen Stuhl, und die ganze Einrichtung des engen, düsteren Raumes war frostig und dürftig.

„Komm nur herein", sagte er, als ich stehen blieb, „wir sind doch nun Hausgenossen geworden und brauchen uns nicht voreinander zu genieren. Es sieht bei mir nicht so nobel aus wie drüben bei dir, aber für einen Armenhäusler ist es immer noch gut genug. Wenn du dich auf die Bettkante setzen magst –"

Sein Benehmen war vertraulicher und unangenehmer geworden, sodass es mir für einen Moment leidtat, gemietet zu haben, aber ich beschloss, mit ihm in Frieden zu leben.

„Hiskias", sagte ich, „was ist das eigentlich mit dem alten Herrn Dose, er kommt mir so sonderbar vor?"

Juhl trocknete sich die Hände ab und zog die Schultern hoch. „Meinst du? Nun ja, er ist ein bisschen verrückt, aber nicht mehr, als es viele andere auch sind."

„Also doch nicht wirklich irrsinnig –?"

„Ach bewahre! Wie ich sage, nur verrückt. Seit dem Tode seines Sohnes ist es wohl etwas schlimmer geworden."

„Er scheint sehr an diesem Sohne gehangen zu haben."

„Hat er dir von ihm gesprochen? Das tut er sonst selten."

„Was war dieser Sohn, Hiskias?"

„Ein großer Gelehrter oder ein großer Narr, das kommt wohl auf eins heraus. Er saß den ganzen Tag und die halbe Nacht bei den Büchern, aber irgendwas Gescheites ist nicht dabei herausgekommen, und darum war es wohl am besten, dass er starb. Das ist nun drei Jahre her, und seitdem steht das Zimmer drüben leer."

„Hiskias", sagte ich nachdenklich, „ich begreife eins nicht. Warum vermietet der Alte dieses Zimmer, welches ihm doch eine Art Heiligtum zu sein scheint. Hat er es denn so sehr nötig?"

„Nein“, entgegnete Hiskias lachend, „ganz und gar nicht. Aber mir scheint, es liegt noch ein Rest von Vernunft darin, denn wozu soll das Zimmer leer stehen? In Geldsachen hört auch bei Justus Dose die Sentimentalität auf.“

Dann brach er plötzlich ab und rieb sich die Hände.

„Du musst das übrigens nicht so ernst nehmen, man macht ja wohl mal seinen Scherz. Und nun sage mir: Hast du denn eigentlich schon Bekannte in Kiel gefunden?“

Ich habe später eingesehen, dass nur die Verwirrung ihm diese Frage auf die Zunge legte, und ich bin überzeugt, dass er sich hinterdrein die Zunge am liebsten abgebissen hätte.

Denn auf meinen Zügen ging wahrscheinlich eine seltsame Veränderung vor sich. Wir erwachen aus einem tiefen, traumlosen Schlaf und wissen im ersten Moment nicht, wo wir uns befinden; wir starren verwundert in ein neues Licht und reiben die Augen – dann trifft ein wohlbekannter Laut unser Ohr und stellt die Verbindung mit jener Zeit her, die vor dem Einschlafen lag. –

Nein, Hiskias Juhl hatte keinen Namen genannt, aber der Name sprang plötzlich nach vielen Jahren aus der Vergessenheit hervor, und ich griff danach wie ein Kind nach dem wiedergefundenen Spielzeug.

„Hiskias“, sagte ich atemlos, „weißt du, wo Elfe ist? Befindet sie sich noch in Kiel bei – bei – ja, wie war doch der Name?“

Er sah mich erst erschrocken, dann nachdenklich und prüfend an. „Ja, Fritz, wie war doch der Name? Ich finde ihn auch nicht mehr in meinem Gedächtnis.“

„O, doch, jetzt hab ich ihn! Heimreich, Frau Doris Heimreich hieß die Dame; das muss ja leicht aus dem Adressbuch festzustellen sein.“

Er legte seine Hand auf meinen Arm und hielt mich fest. „Du kannst dir das Nachschlagen sparen, mein Kopf ist ebenso gut wie ein Adressbuch. Ich wollte dich vorhin natürlich nur auf die Probe stellen, denn es wäre sonderbar, wenn ich es dir an Vergesslichkeit gleichtäte. Elfriede Nielsen befindet sich allerdings noch immer in Kiel und bewohnt mit ihrer Pflegemutter eine Villa auf Düsternbrook. Der Kaufmann Heimreich ist vor einigen Jahren gestorben und hat seine Witwe in sehr glänzenden Verhältnissen zurückgelassen."

„Und du hast Elfe gesehen, Hiskias? Du kommst mit ihr zusammen?"

Seine Augen nahmen einen sonderbaren Ausdruck an, und er betrachtete zuerst die dürftige Einrichtung des Zimmers, dann aber seine eigene unschöne Gestalt.

„Als wir beide Kinder waren, Fritz, da spielten wir häufig miteinander, und du machtest niemals den Versuch, den Armenhausjungen zu verspotten. Warum willst du das jetzt tun? Natürlich, ich habe sie auf der Straße gesehen und ich bin an ihr vorübergegangen. Das ist ein Recht, welches jeder besitzt, denn wir bezahlen alle unsere Steuern, und keiner braucht vor dem anderen vom Bürgersteig herunterzugehen. Aber glaubst du im Ernst, dass der Gehilfe von Justus Dose Zutritt hat zu den vornehmen Villen auf Düsternbrook? Bevor *das* geschieht, muss noch viel Wasser über den Berg laufen, es muss noch –"

Er wandte lauschend den Kopf nach dem Ton einer Schelle, die von unten heraufklang, und brach plötzlich ab.

„Mein Prinzipal ruft mich, du siehst, dass ich mich einstweilen in einer dienenden Stellung befinde. Ich denke, in der Villa Heimreich wird man ungefähr auf diese Weise den Lakaien herbeischellen."

Er verließ die Kammer, und ich begleitete ihn die Treppe hinunter. In dem hinter dem Gewölbe liegenden Kontor, dessen Tür offen stand, sah ich im Vorbeischreiten Justus Dose auf einem Drehsessel vor dem Schreibpult hocken. Neben ihm standen zwei sehr elegant gekleidete junge Männer, die den Eindruck von Offizieren in Zivil machten. Jedenfalls hatte ich die Empfindung, als ob sie nicht gekommen waren, um alte Bücher zu kaufen. –

In den Nachmittagsstunden desselben Tages wanderte ich durch die berühmte Allee nach Düsternbrook hinaus. Es war ein schönes sonniges Wetter, und das erste Frühlingsgrün schmückte bereits die liebliche Umgebung der alten Hafenstadt. Ich entsinne mich nicht, das Wasser der Ostsee jemals in einem tieferen Blau gesehen zu haben, und dennoch weiß ich bestimmt, dass es vor anderen Augen nicht anders gewesen ist als sonst. Aber die Erinnerung an meine Kindheit ging neben mir, und ihr lichtes Gewand hüllte mich ein.

Es ist seltsam, wie das so urplötzlich über den Menschen kommt. Durch alle Jahre, nicht über den Liebesliedern der antiken Dichter, nicht unter den Tannen der mitteldeutschen Gebirge hatte ich an meine Jugendgespielin gedacht, oder wenn ihr Name einmal durch meinen Sinn flog, dann war es wie das Gaukeln eines Schmetterlings oder wie das Wehen eines Blattes.

Ich konnte mir nicht vorstellen, was aus Elfe geworden sein mochte; ich rechnete nur nach, dass sie jetzt achtzehn Jahre alt sein müsse, und ward mir bewusst, dass ein ganzes Dezennium, zumal an der Kindheitsgrenze, den Menschen umwandeln kann, als ob er von dem Zauberstab einer Fee oder einer Hexe berührt worden wäre.

Aber es konnte keine Hexe gewesen sein – –!

Villa Heimreich, wie sie von den Leuten genannt zu werden schien, lag nach dem Hafen zu und war von einem großen, schönen Garten umgeben. Ihr schlichter Baustil machte einen sehr vornehmen, aber auch einen sehr stillen Eindruck, und nun trat auch Frau Doris wieder vor meine Erinnerung und ich fragte mich, ob wohl ihre heiteren Augen einen schwermütigeren Ausdruck angenommen haben würden. Zu weiteren Grübeleien fand ich keine Zeit; das Gittertor des Gartens war offen, und unter einer Gruppe lichtgrüner Akazien stand eine junge Dame.

Sie war in helle Seide gekleidet und trug um den freien Hals eine schwere goldene Kette. Das dunkle Haar lag zum starken Knoten geschürzt tief im Nacken, und über der unbedeckten Stirn schwebten kleine Locken.

Ich konnte nur das Profil des schönen Kopfes sehen, erkannte aber doch Elfe.

Mit allen Jugenderinnerungen im Herzen, Zeit und Ort vergessend, eilte ich auf sie zu, fasste ihre beiden Hände, die sie erschrocken ein wenig gehoben hatte, und sagte halb atemlos: „Elfe, liebe Elfe, bist du es wirklich!?“

Und diese stürmische Begrüßung entschied über unser künftiges Verhältnis.

Wenn ich mit abgezogenem Hut vor sie hingetreten wäre und sie nach städtischer Sitte „gnädiges Fräulein“ angeredet hätte, dann wäre vielleicht ganz allmählich aus einem anderen Boden heraus das „Du“ zwischen uns emporgewachsen. So aber standen wir einander vom ersten Augenblick an als Jugendfreunde gegenüber, und – ich spreche es heute mit einem stillen Lächeln aus – es ist niemals zwischen uns zu einer anderen gegenseitigen Empfindung gekommen – „Elfe, liebe Elfe!“

Ihre Augen irrten einen Augenblick fragend über meine Gestalt, ohne dass sie den Versuch gemacht hätte, die Hände zu befreien, dann sagte sie mit einem tiefen Atemzug: „Mein Gott, ja, jetzt erkenne ich dich wieder, meinen lieben Gespielen aus der Heimat! Wo kommst du her, Fritz?“

Wir gingen langsam nebeneinander durch den Garten der Villa zu. Elfe hatte mit lieblicher Vertraulichkeit ihren Arm in den meinen gelegt und fragte, lebhaft zu mir aufblickend, nach meinen Erlebnissen. Dann unterbrach sie den flüchtigen Bericht: „Also, du bleibst hier! Wie wird Tante Doris sich freuen, sie hat so oft deiner gedacht.“

„Du auch, Elfe?“

Ein leichtes Rot flog über ihr feines Gesicht.

„Nun natürlich – das heißt – zehn Jahre sind doch eine recht lange Zeit, und wir waren beide so sehr jung, als wir auseinandergingen.“

„Ja, Elfe, wir waren damals Kinder, und jetzt sind wir groß.“

Sie machte eine schwache Bewegung, als ob sie ihre Hand von meinem Arme wegnehmen wollte, aber dann ließ sie dieselbe doch liegen, führte mich einige Stufen aufwärts über eine Veranda in ein geräumiges Gartenzimmer und rief schon vor der Tür mit heller Stimme: „Rate mal, Tante, wen ich hier bringe!“

Frau Doris Heimreich saß am Fenster mit einer Handarbeit beschäftigt. Sie war einfacher gekleidet als Elfriede Nielsen, und die verflossenen zehn Jahre hatten auf ihrem Gesicht einige Spuren zurückgelassen. Aber sie konnte noch immer eine schöne Frau genannt werden, und der Ausdruck von Heiterkeit und Güte, der mich als Kind so sehr gefesselt, ruhte noch immer in ihren etwas stiller gewordenen Augen.

„Soll ich schon wieder raten?“, fragte sie lächelnd.

„Wer doch all’ deine Rätsel lösen könnte, Elfe!“, und dann blickte sie mich forschend an: „Ja, wie ist mir denn? Es war einmal ein kleiner Knabe, der mich zu einem kleinen Mädchen führte; wenn das Mädchen groß geworden ist, dann muss es mit dem Knaben wohl auch der Fall sein. Habe ich recht geraten?“ –

Ich war in wenigen Minuten heimisch bei den beiden Damen und empfand mit Behagen den wohltuenden Eindruck dieser stillen, vornehmen Umgebung. Ich musste zwischen ihnen auf einem niedrigen Sessel Platz nehmen, und die erste Viertelstunde verging mit Fragen, die meine eigene Person betrafen.

Als Elfe mich zum ersten Mal mit ‚Du‘ anredete, stutzte Frau Doris einen Augenblick; dann aber lächelte sie und nickte leise.

„So ist’s recht, Kinder, es würde unnatürlich sein, wenn ihr das anders machen wolltet.“

Als eine kleine Pause eintrat, fragte ich nach Bonke und Eid.

„Sie leben noch beide“, nahm Frau Heimreich an Elfes Stelle das Wort, „und von dem Alten bekommen wir dann und wann einen Brief. – Willst du nicht für eine Erfrischung sorgen, liebes Kind?“

Das Mädchen ging, und Frau Heimreich nahm ihre Arbeit wieder auf.

„Jawohl, dann und wann einen Brief“, fuhr sie fort. „Dass der alte Mann nicht sehr gewandt mit der Feder ist, dürfte am Ende natürlich erscheinen. Weniger werden Sie es begreifen können, dass Elfe ihn seit ihrem Fortgang niemals wiedergesehen hat."

„Wie ist das möglich?", sagte ich betroffen.

„Es ist mir eines der Rätsel, von denen ich vorhin sprach, und ich muss es erwähnen, um bei Ihnen nicht in ein falsches Licht zu kommen. Man könnte glauben, dass ich Elfe geflissentlich von einem Besuch ihrer Heimat abgehalten habe, sei es aus Selbstsucht oder aus anderen Gründen. Tatsächlich ist das Gegenteil der Fall, aber ich besitze in dieser Sache keinen Einfluss auf ihren Willen und habe mich allmählich an den seltsamen Zug ihres Charakters gewöhnt."

„Elfe liebt doch ihren Großvater", nahm ich eifrig das Wort, und Frau Heimreich nickte beistimmend.

„Ohne Zweifel, sie liebt jeden, der es gut mit ihr meint. Sie hat auch den Alten wiederholt brieflich gebeten, uns einen Besuch in Kiel zu machen, aber davon will er wiederum nichts wissen. Die haben eben alle beide harte Friesenköpfe", fügte sie halb lachend hinzu, „und wenn Sie nicht etwa einen Einfluss auf das Mädchen ausüben können –"

Elfe kam zurück, und das Gespräch wurde abgebrochen.

Ich berichtete den Damen mein Zusammentreffen mit Hiskias Juhl und neckte Elfe damit, dass sie in ihm von früher her einen heimlichen Verehrer besitze, aber sie ging nicht auf den Scherz ein.

„Er ist mir von jeher ein unheimlicher Mensch gewesen", sagte sie nachdrücklich, „und ich bin überzeugt, dass durch ihn noch irgendein Unheil über mich kommen wird. Ich habe ihn bisweilen auf der Straße gesehen, er schien mich auch zu erkennen, hatte aber doch nicht die Keckheit, mich anzureden. Das Geschäft, in dem er sich befindet, steht auch nicht im besten Ruf, und wenn du mich *vorher* aufgesucht hättest, Fritz, dann würde ich dir entschieden abgeraten haben, dort eine Wohnung zu nehmen."

Ich blickte etwas bestürzt vor mich nieder. Frau Heimreich machte aber eine begütigende Handbewegung.

„Das ist ein sehr hartes Urteil, liebes Kind. Ich weiß recht gut, dass der alte Dose in dem Rufe eines Wucherers steht, aber mein seliger Mann hat stets behauptet, die Sache sei gar nicht so schlimm, und jedenfalls soll der Tod seines einzigen Sohnes den Mann so tief erschüttert haben, dass er mehr unser Mitleid verdient als unsere Verachtung."

Wir plauderten von allen möglichen Dingen und Personen, aber *ein* Name wurde nicht zwischen uns genannt.

Der Name eines Verschollenen.

Ich wusste es wenigstens nicht anders, denn die spärlichen und verjährten Nachrichten hatten sämtlich bestätigt, dass Jakob Hansen seit seinem Fortgang zur See nichts wieder hatte von sich hören lassen, dass man seinen Untergang als gewiss annahm.

So hätte ich wohl von ihm sprechen können, wie man von einem Toten redet, aber eine sonderbare Scheu hielt mich davon ab, und ich glaube, dass dieselbe schon damals auf der halb unbewussten Furcht beruhte, es möchte in Elfes dunkeln Augen der Schatten einer wehmütigen Trauer aufsteigen.

Auch das junge Mädchen streifte nicht sein Andenken; nur bisweilen, wenn wir in unseren Kindheitserinnerungen durch die friesische Marsch wanderten, sah sie mir mit einem halb ängstlichen, halb bittenden Blick in die Augen und führte das Gespräch dann plötzlich auf einen anderen Gegenstand. –

Erst als die Sonne tief am Himmel stand, trennte ich mich von den beiden Damen.

Frau Heimreich wechselte leise einige Worte mit Elfe, und als Letztere mich an das Gartentor begleitete, legte sie einen Schlüssel in meine Hand.

„Die Pforte wird für gewöhnlich verschlossen gehalten", sagte sie freundlich, „aber Tante Doris hegt den Wunsch, dass du als unser lieber Hausfreund ungehinderten Zutritt hast. Wann du auch kommst, so wirst du uns stets willkommen sein."

„Auch dir, Elfe?", fragte ich, die kleine Hand einen Augenblick festhaltend.

„Ich bin hoffentlich die Hauptperson", entgegnete sie lachend, „aber nun lass meine Hand los und mach, dass du fortkommst, sonst könnten die Leute allerhand Torheiten denken."

Während ich in dem tiefer herabsinkenden Schatten der Allee langsam der Stadt entgegenschritt, beschäftigten sich meine Gedanken mit der Frage, ob Elfriede Nielsen wohl wirklich geneigt sei, ihre Handlungen nach der Leute Meinung einzurichten, und ich gelangte zu dem Ergebnis, dass dies wohl selten in einem geringeren Maße bei einem jungen, von weiblichen Händen auferzogenen Wesen der Fall sein möchte.

Aber das konnte nicht gut sein, und es musste einmal die Stunde kommen, in der diese schönen eigenwilligen Augen angstvoll durch die Dunkelheit nach einem Licht spähen würden, und wäre es auch nur jenes Licht, welches ich einstmals als Kind von meiner Schlafstube aus hinter den Fenstern eines alten Mannes gesehen hatte.

Solche Stunde kann für das Alter zu spät kommen! – Ich spann meine Gedanken nicht weiter aus, sondern betrat eine am Hafen gelegene Restauration, um zu Abend zu essen und die Begebenheiten dieses Tages noch einmal an mir vorüberziehen zu lassen.

Das Lokal war fast leer, nur ein einzelner Mann saß mit dem Rücken gegen die Tür vor einem Glase Grog und schien in das Lesen einer Zeitung vertieft zu sein.

Ich konnte nichts von seinen Gesichtszügen erkennen. Der kräftige Nacken war, wie ich bemerkte, tief gebräunt, und der lose sitzende dunkelblaue Anzug schien auf einen Seemann hinzudeuten.

Er wandte bei meinem Eintritt halb den Kopf, stützte ihn gleich darauf wieder gleichgültig in die Hand und rief dem Kellner zu, das Glas neu zu füllen. Diese etwas hochfahrende Bewegung, noch mehr aber der Klang der Stimme veranlassten mich, näher heranzutreten und den Fremden scharf ins Auge zu fassen. Ich war geneigt, an diesem Tage, der so viele alte Bilder vor mir wachgerufen hatte, an den sonderbarsten Zufall, ja an die Rückkehr der Toten selbst zu glauben, aber es fuhr mir doch ein Schreck durch das Herz, als ich meine törichte Vermutung bestätigt fand.

„Jakob Hansen", sagte ich, „bist du wirklich nur deshalb aus der Tiefe des Meeres heraufgestiegen, damit auf eine Sekunde die ganze Heimat in diesen Mauern wiederaufersteht?"

Er sah mir mit einem verwunderten Blick in das Gesicht und schüttelte den Kopf. „Mein Name ist allerdings Hansen", entgegnete er dann kühl, „aber ich entsinne mich nicht, Sie jemals gesehen zu haben. Noch weniger verstehe ich Ihre etwas auffällige Anrede."

Im ersten Augenblick wollte ich mich verletzt abwenden, denn ich war meiner Sache zu gewiss und glaubte auch in seinen Augen eine sonderbare Unruhe zu entdecken. Aber dann siegte die Teilnahme, und ich setzte mich kurz entschlossen ihm gegenüber.

„Du *willst* mich nicht kennen", sagte ich, „aber ein Friese darf den Friesen nicht belügen, Jakob. Sag', dass meine Gegenwart und die Erinnerung an unsere Kindheit dir unangenehm sind, und ich werde mich sofort entfernen, um niemals wieder deinen Weg zu kreuzen. Aber Wahrheit vor allen Dingen, denn wir beide haben uns nicht so sehr verändert, dass einer vor dem anderen Versteck spielen könnte."

Er bedachte sich einen Augenblick und reichte mir dann die Hand über den Tisch. „Du hast recht, Fritz, es ist eine Narrheit. Ich erkannte dich sofort, als du durch die Tür hereintratst, denn ich wusste schon seit mehreren Stunden, dass du dich in Kiel aufhältst."

„Durch wen hast du das erfahren?"

Er biss sich auf die Lippen.

„Einerlei durch wen – aber meinetwegen kannst du es auch wissen! Hiskias Juhl hat mir die Mitteilung gemacht."

„Also der – aber *mir* sagte er nichts davon, dass du plötzlich wieder unter den Lebenden aufgetaucht bist."

Jakob Hansen lachte leise vor sich hin. „Aufgetaucht ist sehr gut ausgedrückt – so aus Nacht und Vergessenheit. Nun verstehe ich auch deine erste Anrede, ich galt, wenigstens für dich und viele andere, als vergessen, verschollen, verdorben, gestorben – meinetwegen! Übrigens hat Juhl vielleicht seine Gründe, weshalb er keinen Staat mit mir machen will – er hat Gründe für alles, was er tut."

„Elfriede Nielsen hat deinen Namen auch nicht genannt", nahm ich nach einer kleinen Pause wieder das Wort. „Bist du vielleicht erst vor wenigen Tagen angekommen?"

Ohne meine Frage zu beantworten, blickte er scharf und misstrauisch zu mir hinüber. „Elfriede Nielsen, sagst du? Was weißt du denn von der oder wann hast du sie gesprochen?"

„Ich komme gerade von Düsternbrook und würde dir von unserer kleinen Elfe einen Gruß bringen, wenn sie ahnen könnte, dass wir heute Abend hier beisammensitzen."

Jakob trank hastig die Hälfte seines Glases und legte die geschlossene Hand vor sich auf die Tischplatte.

Ich fand nun erst Muße, ihn zu betrachten, wie er so dasaß und finster vor sich hinstarrte.

Er war ein sehr hübscher Mensch geworden und das Urbild männlicher Kraft, aber in seinen tiefgebräunten Gesichtszügen vermisste man die Heiterkeit und die Ruhe. Er schien ein Geheimnis mit sich herumzutragen oder von einer Sorge gequält zu werden. Bisweilen nahmen seine Augen einen müden gleichgültigen Ausdruck an, und dann tat er jedes Mal einen tiefen Zug aus seinem Glase, von dem er sich nun schon die dritte Füllung kommen ließ.

Ich hoffte, er sollte aus freien Stücken anfangen, von seiner Vergangenheit zu erzählen. Wir saßen nun schon eine Viertelstunde einander gegenüber, und es wäre natürlich gewesen, dass einer den anderen mit Fragen bestürmte, aber er schwieg noch immer und stopfte sich nur langsam einen kurzen Seemannsstummel.

„Jakob", sagte ich endlich mit einem letzten Anknüpfungsversuch, „wie ist dieses Zusammentreffen doch seltsam und fast wunderbar! Vier Menschen, die in einem und demselben kleinen Dorfe geboren sind, leben nun wiederum beisammen an demselben Orte, und man könnte denken, dass die dazwischenliegende Zeit ausgelöscht und vergessen sei."

Seine Antwort war so rätselhaft wie der ganze Mensch. Er entgegnete: „Du irrst dich, es sind nicht vier Menschen, die der Zufall hier zusammenwürfelt, es ist nur einer, den das Schicksal hierher geführt hat. Alle übrigen sind wie Schatten nachgefolgt. Gute Nacht, vielleicht sehen wir uns noch wieder."

Mit einer unzweideutigen Hast verließ er das Lokal, und wenn ich abergläubisch gewesen wäre, dann hätte ich wohl glauben können, dass er tatsächlich verschollen sei, dass ich in dieser seltsamen Stunde nur mit seinem ruhelosen Geiste zusammengetroffen wäre.

Aber als ich dann den Kellner herbeirief und während des Zahlens so nebenbei fragte, ob der Herr hier öfters zu verkehren pflege, machte der stupide Mensch ein verwundertes Gesicht und entgegnete: „Gewiss, jeden Abend, und das werden nun schon zwei Jahre."

5. Kapitel

Ich fand am folgenden Tage keine Gelegenheit, mit Hiskias zu reden, denn die Immatrikulation und alles, was mit derselben zusammenhing, nahm meine Tätigkeit vollständig in Anspruch, und die vielen neuen Eindrücke verdrängten unter dem Licht des Tages die alten Erinnerungen. Als es aber Abend geworden war und ich einsam auf meinem Zimmer hinter den Büchern saß, da wollte die Studienfreude meines Vorgängers nicht über mich kommen. Ich fühlte eine große Verlassenheit in meiner Seele.

Ich vernahm, wie Hiskias sich zum Ausgehen rüstete und dann nach einigen mit Dose gewechselten Worten das Haus verließ; ich hörte den Alten die Treppe hinabsteigen, um sich in seinem Kontor oder irgendwo sonst zu verkriechen, und dann wurde es so still in meiner Umgebung, dass man die Ratten und Mäuse in dem großen leeren Bau nagen hörte.

Es war so recht die Zeit, um in alten Büchern zu wühlen. Die Lust dazu überkam mich plötzlich zugleich mit dem Wunsche, darüber junge Augen zu vergessen, die vielleicht gerade jetzt mit träumendem Ausdruck das mondbeglänzte Wasser des Hafens betrachteten – so verließ ich mein Zimmer und tastete mir den Weg nach dem Gewölbe, wo der Antiquar seine Schätze aufgehäuft hatte.

Schon von weitem leuchtete mir ein stilles Licht entgegen; Justus Dose befand sich nicht in dem kleinen Kontor, sondern er hockte hinter einem Pult, das im dunkelsten Winkel des kellerartigen Raumes angebracht war, und las in einem großen alten Buche.

Er hob bei meinem Herankommen den Schirm der Lampe, deutete dann auf einen zum Sitz geeigneten Haufen Makulatur und sagte: „Er ist fort – wir können ungestört miteinander plaudern. Sie sind doch gekommen, um mir Gesellschaft zu leisten?“

„Ich wollte mir eigentlich Ihre Schätze betrachten, Herr Dose. Haben Sie deren viele?“

Seine eulenartigen Augen begannen zu leuchten.

„Sehr viele, Herr Studiosus. Es hat eine Zeit gegeben, wo die gelehrtesten Männer von Kiel bei mir aus- und eingangen. ‚Was der alte Justus nicht hat, das findet man nirgends', pflegten sie zu sagen. Das ist nun vorbei, und ich werde jetzt ‚Herr Dose' angeredet. Aber die Bücher sind geblieben, und es befindet sich manches darunter, wofür man mir viel, viel Geld geben würde."

„Und Sie verkaufen es nicht?"

„Ich finde mich nicht mehr darin zurecht; es liegt und modert. Sehen Sie, ich kann wohl taxieren, was ein seltener Einband wert ist, und ich vermag eine Inkunabel von anderen Druckwerken zu unterscheiden, aber was den eigentlichen Inhalt der Bücher angeht, so gehört doch mehr Gelehrsamkeit dazu, als ich trotz meines vielen Lesens jemals habe zusammenbringen können. Das war die Sache meines Sohnes –" Justus Dose schraubte die Lampe höher und blickte sich um.

„Ich sehe ihn noch immer vor mir, wie er halbe Tage lang zwischen diesen ungeordneten Haufen herumwühlte und mit glänzenden Augen zu mir kam, wenn er einen wichtigen Fund gemacht hatte. ‚Vater', sagte er dann wohl, ‚es ist jammerschade, wenn wir *das* hergeben müssen, aber Professor so und so hat schon in alle Welt danach herumgeschrieben, und du kannst es dir dreist mit harten Talern aufwiegen lassen.' Denn mein Sohn verstand auch etwas von dem Geschäfte; er hat mich niemals für sich um ein Buch gebeten, für das ich viel Geld lösen konnte."

„Das liegt nun alles danieder?", fragte ich bedauernd, und Dose nickte.

„Ich habe das Antiquariat schon von meinem Vater übernommen; es war ein altes berühmtes Geschäft. Aber wenn der Name am Aussterben ist, dann geht auch das Geschäft seinem Ende entgegen, wir müssen uns alle dareinfügen, denn ein Geschäft ist wie ein Mensch, es muss seine Seele haben."

Er hatte bis jetzt einen Namen nicht genannt, gerade auf diesen Namen wollte ich ihn aber bringen.

„Hiskias Juhl versteht wohl nichts von dem Bücherhandel", sagte ich leichthin.

Es ging in diesem Augenblick eine seltsame Veränderung mit dem alten Manne vor sich.

Er warf einen scheuen Blick hinter sich nach dem kleinen Kontor und rückte unruhig auf dem Sessel hin und her.

„Es wäre mir lieber gewesen, Herr Studiosus, wenn Sie in dieser Stunde nicht von diesem Menschen zu reden angefangen hätten. Es ist die einzige Stunde, wo er fort ist, die einzige, in der ich an die Zeit zurückdenken kann, als er noch nicht da war. Aber nun sitzt er uns gegenüber, und wir werden ihn nicht mehr los, denn er ist so zäh wie ein Schatten. Ob er etwas von den Büchern versteht, fragen Sie? Ja, er versteht mehr davon als ich und Sie zusammengenommen, aber nicht von den Büchern, die hier liegen und an denen die Gelehrten geschrieben haben, sondern von den anderen mit den vielen Kolonnen. Denn er kann rechnen – rechnen – rechnen!"

Justus Dose legte seine dürre Hand auf das Pult und schlug mit jedem einzelnen Finger den Takt zu seinen letzten Worten. Dann fuhr er fort: „Plunder nennt er das alles, was sie da vor sich sehen, Kindereien, womit sich kein Geld verdienen lässt. Als ob die Gelehrsamkeit jemals ein Plunder sein könnte und als ob dieses alte Haus nicht daraus aufgebaut und groß geworden wäre. Freilich, es ist nur langsam gegangen, und man musste die Augen offen halten, wenn die Bibliothek eines Gelehrten zur Versteigerung kam – man musste auch viel Schund mit in den Kauf nehmen. Es gibt Wege, um schneller reich zu werden, und man braucht sich nicht so viel den Kopf damit zu zerbrechen, man muss nur rechnen können, rechnen, rechnen."

Die beiden letzten Finger der Hand schlugen abermals den Takt, dann versank Justus Dose in tiefes Sinnen.

„Warum bleiben Sie mit ihm zusammen, Herr Dose?", fragte ich plötzlich. Er sah mich mit einem sonderbar hilflosen Blick an und schüttelte den Kopf.

„Ist er Ihr Freund, Herr Studiosus?"

Der Alte hatte schon einmal die gleiche Frage an mich gestellt, aber er schien meine verneinende Antwort vergessen zu haben. So wiederholte ich sie mit Nachdruck.

„Hüten Sie sich, dass er jemals Ihr Freund wird“, fuhr jener fort, „denn seine Freundschaft ist wie diejenige einer Schlange. Wo sich ein Spalt in der Tür findet, da schleicht er herein, um nie wieder hinauszugehen. Er tut unschuldig, redet klug und macht sich nützlich, sodass Sie glauben, einen Schatz in das Haus bekommen zu haben. Und dann beißt er Sie hinterrücks in die Ferse –“

„Er wusste schon als Kind, wie man Geld zusammenbringt“, sagte ich, „er muss ein guter Geschäftsmann geworden sein.“

Justus Dose lachte bitter.

„Ich sehe, dass *Sie* niemals ein guter Geschäftsmann sein werden! – Er hat es mir erzählt, wie er als Kind seine Schillinge verscharrt hätte, und er hat dazu gespottet über seine Kinderei. Er hat mir die Augen geöffnet, dass man sein Geld nicht vermehrt, wenn man es in den Kasten vergräbt, sondern dass man es rollen lassen muss durch viele Hände und in möglichst kurzer Zeit. Das ist eine alte Weisheit, aber mancher wird grau, bis er sie lernt, oder ich wollte sagen, mancher wird grau, *wenn* er sie gelernt hat.“

Es huschte in diesem Augenblick ein dunkler Schatten am Boden entlang, und Dose berührte leise meinen Arm.

„Sehen Sie – eine Ratte. Früher hatte ich das Zeug niemals in meinem Hause, aber man meint, dass sie sich versammeln, wenn erst eine da ist. Ich will nicht sagen, dass *dies* die eine war, aber Sie verstehen mich wohl, was ich mit der Ratte meine. Pfui, ein ekliges Geschöpf, es wird mir die Bücher zernagen und den Namen an diesem Hause –“

„Den Namen Justus Dose?“

„So steht er über der Tür geschrieben. Die Leute nannten mich den ‚alten Justus‘, nun aber heißen sie mich ‚Herr Dose‘. Das Justus ist schon weggefressen worden von der Ratte – heißt Justus nicht ‚gerecht‘?“

Die Worte des alten Mannes waren wirr und irrlichternd. Ich sah wohl, dass er nicht mehr im Vollbesitz seiner geistigen Kräfte sein konnte oder dass er zum mindesten Stunden hatte, in denen ein tiefer Schatten auf sein Leben fiel; aber das Seltsamste von allem war dieser ohnmächtige, heimliche und mit Furcht gemischte Hass, den er auf seinen Hausgenossen geworfen zu haben schien und der ihn sogar bewog, Hiskias Juhl mit einem der hässlichsten und schädlichsten Tiere zu vergleichen.

Ich vermochte die Ursache davon nur zu ahnen, aber die Bekanntschaft zwischen Dose und mir musste erst fester geknüpft sein, bevor jener mich ganz in sein Vertrauen zog.

Für heute verfolgte ich einen anderen Zweck und lenkte das Gespräch in eine andere Richtung.

„Hiskias hat eine sehr traurige Kindheit verlebt“, sagte ich, „und es gibt wohl kaum einen Menschen, der jemals weniger Liebe erfahren hätte. Ich möchte wohl wissen, ob er selbst imstande ist, irgendeinen Menschen zu lieben.“

„Ich habe darüber nachgedacht“, entgegnete Dose geheimnisvoll. „Juhl spricht niemals davon, und er nennt keinen Namen, solange er seine Lippen bewacht. Aber es gibt Stunden, in denen wir das nicht vermögen. Seine Schlafkammer stößt an die meinige; es ist nur eine dünne Bretterwand dazwischen. Und er redet bisweilen im Schlafe – ich muss das hören, wenn ich selbst nicht schlafen kann.“

„Wovon spricht er denn, Herr Dose?“

„Es ist sonderbar krauses Zeug, und es kommt öfters etwas darin vor von einem grausen, wilden Tiere und von einem Menschen, den er ganz besonders zu hassen scheint. Aber das wollten Sie ja nicht wissen. Er nennt auch einen Namen, und aus dem Ton seiner Stimme kann ich entnehmen, dass dieser Name tief in sein Herz eingeschrieben steht.“

„Können Sie ihn mir wiederholen, Herr Dose? Ich frage nicht aus Neugier, sondern aus Teilnahme.“

Der Alte legte den Kopf in die Hand.

„Er klingt wie aus einem Märchen. Warten Sie, ich muss einen Augenblick nachdenken. Richtig, nun habe ich ihn, er heißt: Elfe.“

Es war spät geworden, und man vernahm selten den Schritt eines Menschen auf der Straße; nur das dumpfe Schlagen einer Uhr klang zu uns herüber, und Justus Dose zählte die Schläge.

„Mitternacht“, sagte er, „und ich habe ihn noch nicht heimkommen hören. Es ist selten, dass er so lange ausbleibt, wenn er einmal dieses Haus verlassen hat, denn er ist kein Schlemmer und Nachtschwärmer. Man muss jedem Menschen seine Tugenden lassen. Wenn Hiskias Juhl wirklich ein Weib finden sollte, das sich ihm zu eigen gibt, dann wird er in seiner Weise ein guter Hausvater sein. Aber sie darf nicht Elfe heißen, oder sie darf zum mindesten nicht den Mondschein lieb haben und den Duft der Blumen, denn er würde sie töten mit seinen kalten Augen. Und nun legen Sie sich schlafen, Herr Studiosus, denn Sie sehen blass und müde aus und es ist hier eine dumpfe, ungesunde Luft. Träumen Sie auch nicht von Elfen und ähnlichem Spuk, denn das setzt sich nachts wie ein Alp auf die Brust und ist absonderlich ungesund für junge Leute.“

Er beugte sich wieder über sein großes altes Buch und schien meine Gegenwart vollständig zu vergessen.

So verließ ich leise das Gewölbe und sah von der Treppe aus das einsame kleine Licht langsam hinter mir versinken; und wie ich dann die Tür meines eigenen Zimmers öffnete, flutete mir eine Fülle Mondlicht entgegen, von deren Vorhandensein ich da unten im Schoße der Erde keine Ahnung gehabt hatte.

Ich öffnete das Fenster und lehnte mich hinaus.

Vor mir lag ein Dächergewirr, das mit einem aus Hell und Dunkel gewebten Netz gleichsam überspannt zu sein schien, aber weiter draußen, wo sich die breite Fläche des Hafens vom grünen Ufersaum abhob, glänzte ein reines ungetrübtes Licht.

Und ich dachte in meinem jungen unerfahrenen Sinne daran, dass *sie*, mit deren Bild sich in dieser Stunde meine Seele beschäftigte, in diesem ungetrübten Licht ruhe, und dass *ihr* Leben keine Ahnung besitze von jenem unsteten Wechsel der Empfindungen, den ich soeben in den Gedanken eines alten einsamen Mannes gelesen hatte. – Aber die Jugend urteilt nach dem äußeren Schein, bis auch ihr die Augen aufgetan werden, bis sie weiß, was gut und böse ist. –

Es war einige Tage später.

Ich hatte meinen Besuch in der Villa Heimreich noch nicht wiederholt, obwohl der mir übergebene Schlüssel häufig in meiner Hand brannte. Aber ich hegte die Empfindung eines Kindes, das den Genuss einer großen Freude hinausschiebt, weil ihm schon eine Ahnung aufgestiegen ist, dass die Hoffnung häufig den besten Teil des menschlichen Lebens ausmacht. Endlich kam dennoch für mich die Stunde.

Ich hatte mir ein Boot gemietet und ruderte im Hafen, wie ich es als Kind so gern in der Nordsee getan hatte. Die Dämmerung kam langsam herab, und ich befand mich Düsternbrook gegenüber gerade an der Stelle, wo die weißen Mauern der Villa Heimreich aus dem lichten Grün der Bäume hervorschimmerten.

Ich sah jetzt erst, dass der große parkähnliche Garten bis an das Ufer hinabreichte und dort durch eine steinerne Treppe mit dem Wasser in Verbindung stand. Eine grüne Wildnis verbarg das Ganze und gestattete mir, dicht heranzurudern, ohne vom Lande aus entdeckt zu werden.

Ich plante einen Überfall.

Es musste so hübsch sein, sich gleichsam in das feindliche Gebiet einzuschleichen und dann zwei schönen Augen auf Gnade und Ungnade anheimzufallen; aber ich hoffte auf Gnade. –

An der Treppe lag schon ein kleines zierliches Boot ganz von Büschen verdeckt. Es konnte meiner Meinung nach nur den Bewohnern der Villa gehören, und ich legte geräuschlos in der Nähe desselben an, um über die Treppe in den von der Wasserseite aus offenen Garten zu gelangen.

Da vernahm mein Ohr den leisen Laut menschlicher Stimmen. Als ich die Zweige auseinanderbog, sah ich Jakob und Elfe nebeneinander auf einer Bank sitzen.

Er hatte den Arm um ihre Schulter gelegt und redete eifrig auf sie ein. Das Mädchen blickte vor sich nieder in den Schoß und schüttelte bisweilen leicht den schönen Kopf, aber der Zug um ihre Lippen verriet, dass sie nicht widerwillig seinen Worten lauschte. Ich hätte auch ohne die vertrauliche

Stellung erraten können, dass es mehr sei als eine Jugendfreundschaft, die diese beiden Menschen zusammengeführt hatte. Wer mochte wissen, seit wie lange schon. –

Ich legte leise die Ruder in das Wasser und trieb mein Fahrzeug in den Hafen zurück; es hätte indessen kaum dieser Vorsicht bedurft, denn das junge Paar war viel zu sehr in sein Gespräch versunken, als dass ein Laut von der Außenwelt zu ihm dringen konnte, denn die Ohren der Liebe sind nicht minder taub, als ihre Augen blind zu sein pflegen. Draußen im Hafen überließ ich das Boot dem Spiel der Wellen. Es wäre mir in jener Stunde gleichgültig gewesen, wenn sie mich weit hinausgeführt hätten in die See, so weit, dass die unendliche Wasserwüste mit der Größe meines Leides zu vergleichen gewesen wäre und die Tiefe des Meeres mit meiner unergründlichen Trauer. Mit jenem Schmerz und jener Trauer, die oft mehr in unserer Einbildung beruht als in der Wirklichkeit, denn in den Tagen der Jugend sind wir sehr töricht und glauben, dass unserer ersten Enttäuschung nichts auf der Welt gleichkommen könnte. –

Aber das Spiel der Wellen war freundlicher als mein Sinnen, denn es trieb mich sachte in den Hafen zurück, und das Leben hat mich später gelehrt, dass es in den meisten Dingen so zu geschehen pflegt, nur dass wir allmählich geneigter werden, nicht mehr an einen blinden Zufall zu glauben, den der Wind heraufweht, sondern an die Hand eines Unsichtbaren.

Noch an demselben Abend begab ich mich auf den Weg nach Jakob Hansens Wohnung. Ich hatte sie von dem Kellner jenes Lokales erfahren, in welchem Jakob zu verkehren pflegte, und der lange, dürre Mensch sagte bei dieser Gelegenheit zu mir: „Am sichersten können Sie den Herrn immer hier treffen, aber heute scheint er nicht mehr zu kommen, und dieses dünkt mich sehr wunderbar, denn er ist unser bester Gast.“

Mein Weg führte mich in einen anderen Teil der Stadt, den ich bisher noch nicht betreten hatte. Eigentlich konnte man die Gegend nicht mehr Stadt nennen, denn der vorgeschobene verlorene Vorposten kleiner Häuser verlief sich in das Land und wurde zumeist von alten, abgetakelten Seeleuten bewohnt.

Die durchweg einstöckigen Gebäude lagen hart am Strand, aber das Wasser rauschte hier nicht in seiner frischen Kraft, wie weiter draußen, sondern es trug einen sumpfigen Charakter und war von Binsen durchwachsen.

Nur einzelne trübe Laternen beleuchteten diesen Endpunkt des Lebens, und als ich in geringer Entfernung von einer dunklen, buschreichen Wildnis nach dem Hause suchte, in dem mein einstmaliger Jugendfreund wohnen sollte, da überkam mich plötzlich die Erinnerung an eine ähnlich düstere und verwahrloste Stätte inmitten meines heimatlichen Dorfes. Ich dachte daran, ob es wohl ein ererbtes Schicksal gebe, das den Menschen unerbittlich verfolge. –

Ich traf Jakob Hansen daheim an.

Die Stube, in der auch sein Bett stand, war kahl und machte den Eindruck, als ob der Bewohner sich ihrer nur zum vorübergehenden Aufenthalt bediene; von Büchern war vielleicht ein Dutzend vorhanden, die unordentlich zwischen einigen verstaubten nautischen Instrumenten lagen. Anstelle eines Schreibzeugs stand ein ausgetrocknetes Tintenglas auf der verschobenen Tischdecke, und die in demselben steckende Feder schien mit Rost bedeckt zu sein. –

Jakob lag hinter der trübe brennenden Lampe lang ausgestreckt auf dem zerschlissenen Sofa und las in einem schmierigen Band; der Ursprung desselben aus der Leihbibliothek war nicht zu verkennen.

Er richtete sich bei meinem Eintritt halb auf und sah mir verwundert in das Gesicht. Dann warf er das Buch in die Sofaecke und sagte: „Donner und Doria, ich dachte schon, es wäre dieser verfluchte Halunke, der – na, ’s ist einerlei, an wen ich dachte. Guten Abend, old fellow, es ist hübsch von dir, dass du mich in meiner Einsamkeit aufsuchst, wundere mich nur, dass du den Kurs richtig gehalten hast. Nimm dir ’nen Stuhl, wenn einer da ist, und greif hinter dich, wo meine Pfeifen stehen. Nein? Keine Friedenspfeife?“

Ich setzte mich und sah ihm stumm in das Gesicht, bis er die Augen niederschlug. „Jakob“, sagte ich dann, „ich will eine Friedenspfeife mit dir rauchen und dein guter Freund sein wie früher. Aber erst muss es klar zwischen uns werden. Wo willst du hinaus mit diesem Verhältnis?“

Er verstand nicht oder wollte mich nicht verstehen. Seine Augen wanderten langsam durch das Zimmer, und er entgegnete: „Ich weiß zwar nicht, welches Recht du hast, nach meinen Verhältnissen zu fragen, indessen ist es ja möglich, dass du als Bevollmächtigter von Hiskias kommst.“

„Hiskias Juhl? Ich habe nichts mit dem Menschen gemein. Wie kommst du auf den?“

„Hm, das ist ziemlich einfach, mein Lieber. Ich komme gar nicht auf ihn, ich bin froh, wenn ich nicht an ihn zu denken brauche, aber er ist auf mich gekommen, so ungefähr, wie die Katze auf die Maus verfällt, aus reinem Instinkt. Und du wohnst doch dort –“

„Ich sage dir ja, ich will nichts von ihm wissen, und es tut mir leid, dass ich dort wohne.“

Jakob lachte. „Hat er auch schon versucht, mit *dir* ein Geschäft zu machen? Hat er dich etwa auch schon in seinen gesegneten Klauen?“

Es lag in dem Ton der Stimme ein furchtbarer, grimmiger Hass, der mich mit Grausen erfüllte. Man sah es dem Sprechenden an, dass er fast von einer dämonischen Macht getrieben werde, die seine Gedanken immer wieder auf den einen Menschen hinlenkte, der einen unheilvollen Einfluss auf ihn auszuüben schien, und dieser Anblick war traurig und peinvoll.

Ich vergaß für einen Augenblick die Absicht, welche mich hierhergeführt hatte, und legte teilnehmend meine Hand auf seinen Arm.

„Jakob, es liegt mir sehr fern, dein Vertrauen in Dingen fordern zu wollen, die mich nichts angehen. Aber ich glaube fast, dass es eine sehr große Wohltat für dich sein würde, wenn du irgendeinem Menschen dein Herz ausschütten könntest, denn es liegt etwas auf deiner Seele –“

„Einem Menschen", unterbrach er mich nachdenklich, „jawohl, da sprichst du ein großes Wort gelassen aus, als ob man *die* Sorte nur so auf der Straße fände. Aber meinetwegen, du hast im Ganzen genommen recht, es gewährt eine Art Erleichterung, wenn man sich mal so gründlich ausräsonnieren kann. Also, was soll ich dir erzählen, alter Junge? Meine Lebensgeschichte –"

„Ich möchte sie gern hören, Jakob."

„Verdammt einfach, das! Sie ist kaum so lang wie ein ordentliches Kreuzmillionendonnerwetter. Also, dass ich meinem Alten sozusagen weglief, wirst du ja wohl gehört haben."

„Nein, Jakob, kein Wort."

„Es war auch just keine Heldentat, denn er wäre schwerlich imstande gewesen, hinterdrein zu laufen. Man muss das auch nicht wörtlich nehmen, ich sagte ganz einfach zu ihm, dass ich in See gehen wolle, und als er etwas von Ersaufen redete, da habe ich ihm eine Antwort gegeben, die allerdings nicht schön war. Ich entgegnete: ‚Der eine säuft und der andere ersäuft, es kommt auf eins hinaus.' Darauf schieden wir im Unfrieden."

„Hattest du wirklich solche Neigung zum Seeleben?"

„Hm, das könnte ich just nicht behaupten. Aber er hatte Lust, mich zwischen seine Heringsfässer zu sperren, und ich besaß nicht die Anlagen von Hiskias Juhl. Außerdem waren noch andere Dinge vorhanden – –"

Er schwieg einen Augenblick und starrte in das Licht der Lampe.

„Well, ich ging also in See und habe so ziemlich alle Meere durchstreift. Es ist ein etwas trostloses Geschäft, und ich beneidete mitunter unsere Koogbauern, die auf ihrer Stelle sitzen und Ochsen fett machen, ja, ich beneide zuweilen diese Ochsen selbst. Sie brauchen nur das Maul aufzusperren, damit ihnen das Gras hineinwächst. Gebratene Tauben fliegen auf der See nicht herum, so viel kann ich dir mitteilen. Vor zwei Jahren kam ich dann endlich nach Kiel –"

„Zu welchem Zweck, Jakob?"

Er blickte mich von der Seite an und streckte sich dann

lang auf das Sofa. „Na, um mein Steuermannsexamen zu machen, my boy! Das ist alles.“

„So viel ich weiß, dauert der Kursus *ein* Jahr?“

„Richtig, du hast doch noch besser rechnen gelernt, als ich dachte. Ein Jahr und noch eins machen zwei, oder, wie es in diesem Falle heißen müsste: Eins plus Eins gleich Null. Stimmt’s?“

„Also du hast dein Examen noch nicht gemacht?“

„Ich denke nicht. Die Herren auf der Navigationsschule sollen ziemlich neugierig sein, und ich teile diese Eigenschaft nur insoweit, als ich selbst neugierig bin, was eigentlich daraus werden soll. Wer’s am längsten aushält, der hat gewonnen.“

„Was treibst du denn, Jakob?“

„Einstweilen habe ich bei einer Leihbibliothek abonniert. Es sind hübsche Sachen dabei, und die Helden kommen allemal zum Ziel. Warum sollte ich nicht auch dahin kommen?“

„Ja, wenn man vor Anker liegt“, sagte ich bitter.

Jakob Hansen lachte abermals in seiner höhnischen Weise. „Ich sage dir, mein Junge, der Anker, vor dem ich liege, ist sogar sehr sicher und haltbar. Er greift mit seinen Fängen so fest in den Grund meines Lebens, dass schon ein tüchtiger Sturm kommen müsste, um ihn loszureißen. – Hast du dir einmal die Hände von Hiskias Juhl angesehen?“

„Nein. Wie kommst *du* nur wieder auf *den*?“

„Das sind solche Klauen, von denen ich vorhin sprach. Ach was, warum soll ich denn Versteck mit dir spielen, es ist ja doch alles eins. Also, mein Lieber, ich kann gar nicht von hier fort, selbst wenn ich es möchte, denn unser gemeinsamer Jugendfreund hält mich fest. Du kannst es dir ja ungefähr vorstellen, wie es auf See zugeht; wer jede Minute ersaufen kann, der hat kein großes Talent zum Sparen. Aber ich kam doch mit ein paar Talern auf die Navigationsschule; sie heckten nur nicht, und eines Tages war ich so abgetakelt wie ein Schoner im Dock. Mit Hiskias war ich schon hier und da zusammengekommen, und man erzählte mir, dass er den alten Büchernarren – na, den Justus Dingsda – vollständig in der

Tasche habe und mit demselben ein Kompaniegeschäft betreibe. Ja, ich war mit ihm zusammengekommen –"

Jakob Hansen schwieg und sah vor sich hin. Sein regelloses Leben schien ihn schon so weit heruntergebracht zu haben, dass er seine Gedanken nicht mehr zusammenhalten konnte. Oder er dachte an die Vergangenheit und an den missachteten Knaben aus dem Armenhause.

„Nein", sagte er plötzlich und strich sich die krausen Haare aus der Stirn, „so weit war ich denn doch nicht, dass ich mich an Hiskias Juhl um Hilfe gewandt hätte. Dazu habe ich ihn zu sehr verachtet, als wir noch Jungen waren. Er kam *mir* entgegen, ja, es dünkt mich beinahe, als ob er sich förmlich aufgedrängt hätte. Ich kann dir sagen, dass man in solcher Lage nicht heikel ist, sondern nach jedem Strohhalm greift, der am Strudel vorbeischwimmt. Übrigens nannte er auch nicht seinen eigenen Namen, sondern schob den Justus Dose vor, das alte, harmlose Tier. Also in *dessen* Büchern stehe ich eingeschrieben, und es könnte mir gewissermaßen ein Trost sein, dass ich nicht Juhls Schuldner bin, wenn ich nur nicht zu genau wüsste, dass Hiskias das Geld dazu hergegeben hat und dass sich meine Wechsel in Hiskias' Händen befinden, dass Hiskias es ist, der jedes Mal ‚krr' macht, wenn die Schraube umgedreht wird."

„Und du kannst nicht loskommen, Jakob?"

„Ich badete mal irgendwo in einem Ozean, und bei der Gelegenheit setzte sich mir so'n Polyp ans Bein. Es war ein ekliges Gefühl, aber Hiskias Juhl versteht die Sache noch besser und gründlicher. Loskommen wäre nicht schwer, ich brauchte nur auf das nächste Schiff zu gehen, und dann könnte er mit meinen Wechseln meinetwegen die Hölle heizen, aber er hat sich natürlich eine kleine Sicherheit ausgebeten, das heißt, Justus Dose: meine ganzen Papiere mitsamt der Matrikel. Ich könnte mich zehnmal zum Examen melden, man würde mich gar nicht zulassen, du kennst ja wohl die Gesetze. Und nun wirst du allmählich überzeugt sein, dass ich hier sicher vor Anker liege, gerade wie das alte Kohlenschiff draußen, das sie jetzt zu einer Badeanstalt gemacht haben – das kommt auch nicht mehr los."

Ja, ich war davon überzeugt, aber ich glaubte dennoch nicht an *diesen* Grund oder wenigstens nicht an diesen allein.

Ich war zu einem anderen Zweck hergekommen, und es musste endlich klar zwischen uns beiden werden.

„Jakob“, sagte ich leise, „dich hält noch etwas anderes in Kiel fest.“

Er zog die Beine vom Sofa herunter und setzte sich aufrecht. Sein gleichgültiges Gesicht nahm einen finsteren, gespannten Ausdruck an, und er kreuzte die muskulösen Arme vor sich auf dem Tisch.

„Etwas anderes? Was denn? Heraus damit!“

„Elfe!“

Es war nur *ein* Wort, *ein* Laut, aber einer von denen, die zwischen Männern wirken wie der Funke am Pulverfass.

Ich glaubte, dass er mich niederschlagen wollte, denn er stand auf, setzte sich aber gleich darauf wieder nieder und stützte den Kopf in die Hand.

„Elfe – was willst du damit sagen? Was weißt du?“

„Alles, Jakob! Ich habe euch heute zusammen gesehen.“

„Und du willst mir das Mädchen streitig machen?“

„Nein, Jakob, das will ich nicht.“

Seine Züge wurden wieder ruhiger. Ich meinte sogar den Schatten eines flüchtigen Lächelns zu bemerken.

„Ich glaube, mein Lieber, du wirst auch gut tun, deine Hände von dieser Sache wegzulassen, es möchte sonst zwischen dir und mir zu einem kleinen Zusammenstoß kommen. Nein, bleib’ nur sitzen, wir wollen uns nicht prügeln, das tut man nur um Dinge, deren Besitz zweifelhaft sein könnte. Und Elfriede Nielsen gehört zu *mir* von Kindesbeinen an. Ja“ – wiederholte Jakob Hansen mit einer plötzlich zurückkehrenden Heftigkeit, obwohl ich ihm mit keinem Worte widersprochen hatte –, „jawohl, sie *kann* gar nicht einem anderen gehören, das wäre geradezu widersinnig, hörst du!“

„Freilich, Jakob, du hast sie einmal vor den Hörnern des Stiers gerettet.“

Er zuckte verächtlich die Schultern und fuhr mit der Hand durch die Luft. „Wegen *der* Lumperei? Das täte ich zehnmal für den ersten besten Kameraden. Nein, mein Junge, das kannst du nicht verstehen, und du wirst den eigentlichen Grund niemals erfahren. Aber lass dir genügen, dass es einmal so ist! Die Türken nennen es Kismet und lassen sich daraufhin totschlagen."

„Willst du das Mädchen heiraten?", fragte ich nach einer kurzen Pause, und er ließ seinen Blick an den Wänden entlangschweifen.

„*Hier* wird das wohl nicht gut möglich sein, Fritz, ich meine, dass sie eine etwas stilvollere Einrichtung verlangen kann. Soviel ich weiß, trägt sie auch immer Seide und eine goldene Kette. Wenn also Hiskias nicht geneigt ist, mit einem hübschen Kapital herauszurücken, wird sich die Sache vorläufig wohl nicht machen lassen."

Er konnte noch spotten, aber ich war tief erregt.

„Was soll denn daraus werden, Jakob?"

„Ja, mein Lieber, das weiß ich nicht. Aber wenn ich mir den Kopf nicht darüber zerbreche, dann wirst du es wohl auch nicht nötig haben. Aber eins will ich doch hinzufügen, obwohl es eigentlich selbstverständlich sein sollte – meine Hand hat das Mädchen niemals unehrerbietig berührt und wird es auch nicht tun, hörst du, *niemals*!"

„Nicht unehrerbietig, Jakob, aber doch vertraulich! Ihr habt euch im Arm gehalten, ihr seid wie Braut und Bräutigam."

„Meinetwegen, ja. Wenn du diesen Ausdruck gebrauchen willst, habe ich nichts dagegen einzuwenden. Ringe sind nicht zwischen uns gewechselt worden, aber was bedeuten Ringe!"

„Und ihr denkt niemals an die Zukunft?"

„Nein, niemals!"

Jakob Hansen war aufgestanden und an das Fenster getreten; er sprach die letzten Worte kurz und rau. Dann fuhr er mit dem Rücken gegen mich gewendet fort: „Du hast noch etwas auf dem Herzen, und ich will dir helfen, deinen gesamten Moralkodex bei mir anzubringen. Also die Heimlichkeit! Ich legte kein großes Gewicht darauf, meinetwegen könnten die Leute wissen, wie es zwischen Elfe und mir steht. Aber Weiber haben ihren besonderen Kopf, und das Mädchen besteht darauf, unser Verhältnis vor den Leuten geheim zu halten. Selbst die Frau Heimreich soll nichts davon erfahren, oder vielmehr die am allerwenigsten. Deshalb bitte ich dich, lieber Junge, ebenfalls über die Sache zu schweigen. Du gehst ja dort aus und ein, und im vertraulichen Gespräch hütet man nicht immer seine Zunge."

„Aber mit Elfe darf ich darüber reden?"

Er wandte sich um und sah mir lächelnd in das Gesicht. Zum ersten Mal klang in seiner Stimme der alte freundschaftliche Ton.

„Ja, Fritz, recht gerne! Du bist ein ehrlicher Kerl, und nach dem, was zwischen uns besprochen worden ist, habe ich keine Befürchtung, dass du uns in das Gehege kommen wirst. Aber es ist besser, dass ihr beide, du und Elfe, keine Heimlichkeiten voreinander habt und dass über die Art eures freundschaftlichen Verkehrs kein gegenseitiger Zweifel aufsteigen kann. Unter dieser Bedingung will ich euch gestatten, einander so lieb zu haben, wie es nur immer möglich ist, und wenn es dir Freude macht, so darfst du ihr sogar einen Kuss geben – von mir!"

Ich verabschiedete mich von Jakob, und er begleitete mich an die Tür. Die wenigen Laternen, die auf meinem Hinwege noch gebrannt hatten, waren inzwischen erloschen und eine tiefe Dunkelheit bedeckte alles.

„Ich muss dich wohl führen", sagte Jakob zu mir, „wir wohnen hier auf einer Art Vorwerk, es ist mehr Land als Stadt. Lauter alte Seeleute, die sich zur Ruh gesetzt haben; ich bin der einzige junge unter ihnen."

„Verkehrt ihr miteinander?"

„Sie kommen allabendlich in einer kleinen Schenke am Wasser zusammen und spinnen ihr Garn. Zuerst ging ich bisweilen hin, aber dann hörte das auf, denn ich passe nicht recht zu ihnen, wenn ich auch genug Meere befahren habe."

„Zu welchen Kreisen hältst du dich denn eigentlich, Jakob?"

„Wohl zu keinem; ich weiß es nicht so recht. Hier und da

mache ich mal eine Tagesbekanntschaft beim Glase Grog, aber die löst sich ebenso schnell wieder auf; ich kann ja doch keinen einladen, mich zu besuchen. So bin ich meistenteils allein."

Er hatte seinen Arm unter den meinen gelegt, um mich in der Dunkelheit zu führen, und wir gingen, die Straße verlassend, einen mir noch unbekannten Weg am Wasser entlang. Vor uns schimmerten die Lichter der Stadt, aber um uns war es so finster, dass ich kaum wusste, ob das Rauschen, welches ich über mir hörte, aus den Wipfeln von Bäumen erstamme. Aber es mussten doch wohl Bäume sein.

Und unter dem Schutze dieser Nacht und dieser Einsamkeit schien das misstrauische, spöttische und bittere Wesen, welches Jakob Hansen mir gegenüber zur Schau trug, sich allmählich aufzulösen in eine weichere Stimmung, sodass ich ihn herzlich bat, seiner Zukunft zu gedenken und alles dessen, was er auf sich genommen habe.

„Du bist doch ein gescheiter Kerl", sagte ich, „es muss dir leicht werden, dein Examen zu machen, wenn du nur erst anfängst."

Seine Antwort war sehr charakteristisch.

„Ich bin ein Friese", entgegnete er, „und wir Friesen können alles, was wir wollen. Aber wir halten selten bei etwas anderem aus als bei dem, was unsere Väter waren. Sieh dich bei allen Bauern in unserer Heimat um, die ihre Söhne auf die Schulen oder sonst wohin geschickt haben: Die Söhne sitzen heute alle auf ihren Marschstellen. Bei mir ist nur der Unterschied, dass ich schwerlich jemals eine Stelle haben werde. Ich weiß zwar nicht, wie es mit meinem Vater steht, aber ich glaube, nicht gut."

Wir gingen in diesem Augenblick über einen schwankenden Steg, der einen kleinen Seitenarm des Hafens zu überbrücken schien. Unter meinen Füßen hörte ich Schilf rauschen. Jakob hielt meinen Arm fester, sodass ich die Schwellung seiner gewaltigen Muskeln spürte.

„Da vorn ist die Allee", sagte er, „dann kannst du nicht mehr fehlen. Wir haben nur einen kleinen Bogen gemacht."

„Aber einen unheimlichen Weg, Jakob. Wenn ich den allein gemacht hätte, dann läge ich vielleicht da unten im Schlamm, gerade wie Elfes Vater. Weißt du noch, wie du mich zum ersten Mal aus unserem Garten holtest und wir Bonke Nielsen auf seiner Fenne trafen, wo er den Graben ausmudderte?"

Er blieb plötzlich stehen und ließ meinen Arm los.

„Wenn du es gut mit mir meinst, Fritz", entgegnete er mit einer Stimme, die ich nicht vergessen werde, „dann sprich niemals mit mir von jenen Zeiten. Sie sind tot, und sie sollen tot bleiben. Gute Nacht – vielleicht besuche ich dich gelegentlich in deiner Wohnung, denn ich habe Hiskias Juhl viel zu lieb, als dass ich ihn nicht von Zeit zu Zeit sehen müsste."

Er verschwand von meiner Seite, als wenn die Nacht ihn verschlungen hätte. Und ich ging langsam, nunmehr in einer schönen Allee und unter dem Lichte der Laternen, der Stadt entgegen.

Es war ein tröstliches Gefühl, vor sich das Leben zu wissen und zu hören, aber es war unheimlich, den Blick zurückzuwenden in jene Einsamkeit, die mich wie eine Erinnerung an Vergangenes und Verborgenes dünkte.

6. Kapitel

Es waren nicht lauter sonnige Tage, die ich während der ersten Wochen meines Kieler Aufenthalts verlebte, sondern es stellten sich Nebel und Regen ein.

Dann wurde das Gefühl der Einsamkeit mächtig, denn ich war nicht in eine Verbindung eingetreten und hockte viel über den Büchern. Wenn man aber jung ist, dann wird auch hinter den Scheiben der Sonnenschein vermisst, weil die Jugend es noch nicht gelernt hat, ihre Gedanken einzuspinnen.

An einem solchen grauen, unfreundlichen Tage wanderte ich zum zweiten Mal nach der Villa Heimreich hinaus, obgleich ich mir eigentlich vorgenommen hatte, dieselbe vollständig zu meiden.

Es ging nicht anders. –

Ich traf Elfe allein zu Hause und fragte, ob ich trotzdem ein wenig bleiben dürfe, aber sie entgegnete: „Ich denke, Fritz, gerade deshalb. Denn du kommst hoffentlich hauptsächlich, um mit mir zu plaudern, und dazu sind nur wir beide erforderlich – du und ich. Setz dich hier neben mich und halte mir etwas Garn ab, es ist zu dunkel draußen für eine andere Arbeit –"

So hockten wir nebeneinander auf zwei niedrigen Sesseln, und es war fast wie früher, als wir noch zusammen spielten.

Der Regen fiel eintönig auf das Weinlaub der Veranda, und das graue Licht des Tages hüllte uns ein.

„Weißt du noch, Elfe", sagte ich, „wie wir in deines Großvaters Garten unter den Fliederbüschen saßen? Es war hübsch, aber hier ist es doch schöner und behaglicher als zum Beispiel in Eids Stube."

Sie legte das Knäuel in den Schoß und sah mich nachdenklich an.

„Die alte Eid – was sie wohl jetzt machen wird? Sie wusste so schön und geheimnisvoll zu erzählen, aber von einer Sache sprach sie nie."

„Was war das?"

„Von meines Vaters Ende. Hat sie niemals zu dir davon geredet? Du warst ja doch ihr Liebling."

„Nur einmal, Elfe, soviel ich mich entsinne. Dein Vater ist ja wohl verunglückt."

„Ja", entgegnete sie mit einer ungeduldigen Bewegung, „das weiß ich. Er ertrank auf dem Heimwege aus dem Wirtshaus – bei Nacht. Aber die näheren Umstände möchte ich wohl erfahren, mein Vater war doch kein Trinker."

„Nein, Elfe, das sagte Eid auch. Aber Genaueres weiß ich nicht."

„Niemand weiß es; das muss ein Geheimnis sein."

„Wenn du einmal deine Heimat besuchen wolltest, Elfe, dann würdest du vielleicht etwas erfahren. Es leben doch noch genug Leute aus jener Zeit."

Sie hatte ihre Arbeit wieder aufgenommen und blickte hinaus in den Regen.

„Das ist es ja gerade, Fritz, was mich von meiner Heimat fernhält. Meinst du, ich wäre so herzlos, mich nicht häufig dorthin zu sehnen? Vor allen Dingen nach meinem alten Großvater? Hierher kommt er nicht, und ich fürchte, dass die Leute dort mit Fingern auf mich zeigen würden. Wegen dieses Geheimnisses! So etwas kann man wohl an sich herankommen lassen, aber es an Ort und Stelle aufzusuchen, ist fürchterlich. Er würde auf Schritt und Tritt hinter mir herschleichen und mich schließlich in den Nacken fassen – wie ein Gespenst, denn unsere Leute glauben ja an Gespenster."

„Aber Elfe", sagte ich vorwurfsvoll, „das sind törichte Gedanken."

„Mag sein, die Torheit ist dann angeboren. Wenn ich Tante Doris für etwas dankbar bin, dann ist es deshalb, weil sie mich mit sich fortgenommen hat. Als das geschah, freute ich mich auf den Wald und das schöne Haus, auf die neuen Kleider – das ist Kinderart. Heute könnte ich dies alles entbehren, aber nur nicht zurück in die Marsch mit ihrem Nebel und ihren Gräben. Nur nicht zurück!"

Es war eine tiefe Stille zwischen uns eingetreten. Wir schienen beide zu fühlen, dass in dem nächsten Augenblick ein besonderes Wort gesprochen werden würde. Dann sagte ich langsam: „Weißt du denn so gewiss, Elfe, dass dein Schicksal dich niemals zwingen wird, dorthin zurückzukehren, woher du gekommen bist?“

Sie verstand mich auf der Stelle. Mit keiner Silbe deutete sie an, dass Frau Heimreich die Hand jemals von ihr ziehen könnte und dass sie dann genötigt sein würde, in das kleine Haus hinter dem Dorfe zurückzukehren, sondern sie entgegnete vollkommen ruhig: „Derjenige, von dem du redest, Fritz – oder nein, so darf ich mich nicht ausdrücken, denn du hast seinen Namen nicht genannt; es ist *meine* Sache, davon anzufangen. Also ich meine, dass Jakob niemals eine andere Heimat haben wird als die See, und da ich bleiben werde, wo er bleibt, so sehe ich nicht die Möglichkeit ein, jemals in das Friesenland zurückzukehren. Zu keiner Zeit meines Lebens, Fritz, und selbst dann nicht, wenn ich einmal die Sehnsucht danach empfinden sollte.“

So hatte sie nun doch von dem zu sprechen begonnen, was unsere beiden Seelen bewegte, und sie tat es mit einer Sicherheit und Ruhe, als wenn das gar nicht anders sein könnte, als ob sie schon in dem sicheren Besitz des Geliebten wäre und beides, seine Untreue wie sein Tod, in das Reich der Unmöglichkeit gehöre.

Aber es kam trotz alledem eine ganz friedliche Ruhe über mich. Wir waren uns plötzlich um vieles nähergetreten, denn es stand nicht mehr zwischen, sondern neben uns einer, an dem wir beide hingen, und wir konnten ohne Scheu von ihm reden.

Ich rückte dichter an Elfe heran und legte meine Hand auf ihren Arm. „Es ist mir natürlich alles bekannt, und ich will gleich hinzufügen, dass du meiner Verschwiegenheit gewiss sein darfst, obwohl eine solche Heimlichkeit gar nicht nach meinem Geschmack ist. Indessen –“

Meine Augen irrten über ihr Gesicht, und die Worte stockten auf meinen Lippen.

„Das war eine kleine Heuchelei, Fritz“, entgegnete sie mit ihrem hübschen, etwas schwermütigen Lächeln. „Wir wissen alle drei, dass es nicht recht ist, meine beste Freundin zu hintergehen; du, Jakob und ich. Aber sei in diesem Augenblick nicht wie ein alter Mann, es steht dir nicht gut, und es ist nicht aufrichtig. Heimlichkeiten sind die Freude und das Bedürfnis der Jugend, und du kommst auch nicht davon los. Aber ich habe noch einen anderen Grund, weshalb vorderhand niemand etwas von der Sache wissen soll. Es ist Jakobs wegen, lieber Fritz. Er steht noch sozusagen zwischen Tür und Angel, er ist nichts und hat nichts, die Leute sollen ihn nicht auslachen, dass er sich obendrein mit einem Mädchen belastet, welches ebenfalls nichts ist und nichts hat. Nein, nein, sieh dich nur nicht so verwundert in diesen eleganten Räumen um, es ist da kein Stück, was mir gehörte. Dieses seidene Kleid und diese goldene Kette sind nur Geschenke, die morgen zurückgefordert werden können. Er ist das einzige Eigentum, das ich besitze, und er soll mich mit seiner eigenen Kraft erringen."

„Wird er es *können*, Elfe?", fragte ich leise und zaghaft. Mit einer großen und tiefen Überzeugung sprach sie die folgenden Worte.

„Ich habe niemals an ihm gezweifelt, Fritz, und werde es niemals tun. Ich wüsste nicht, warum er einmal in unseren Kindertagen sein Leben für mich gewagt haben sollte, wenn er als Mann nicht gewillt wäre, seine Kraft für mich einzusetzen. Er hat noch nicht sein Examen gemacht, obgleich unter gewöhnlichen Umständen nur ein Jahr dazu gehören soll, um dieses Ziel zu erreichen. Darauf willst du hinaus. Aber lebt er denn unter gewöhnlichen Umständen, oder hat er das jemals getan? Dieser schreckliche Mann – denn ich muss seinen Vater so bezeichnen, ich weiß nicht weshalb –, dieser Mann hat ihn hinausgestoßen in die Welt, ohne für seine Ausbildung zu sorgen. Jakob musste als gemeiner Matrose jahrelang das Meer befahren, er lebt jetzt hier, ich weiß nicht wovon. Das sind Gründe genug, die ihm das Arbeiten erschweren, Gründe genug, um ihn mit einem anderen Maß zu messen als andere. Aber seine Zeit kommt gewiss, und sie wird bald da sein. Er spricht nicht davon, und ich lasse ihn gewähren, denn ich weiß, dass er eines Tages als fertiger Mann vor mich hintreten wird. Wir sind jung und können noch warten, das Glück läuft uns nicht fort."

Es war unmöglich, diesen unerschütterlichen Glauben der Liebe nicht zu bewundern, und es wäre grausam gewesen, ihn anzutasten. Aber es überkam mich doch eine sonderbare Angst, wenn ich daran dachte, dass die blinde Hingabe der jungen Seele dennoch vielleicht getäuscht werden sollte, denn wie es nur einen Schritt gibt zwischen Liebe und Hass, so liegt nur eine Stunde zwischen Tag und Nacht. –

Es hatte aufgehört zu regnen, und ich wollte nicht Frau Heimreichs Rückkehr abwarten.

Elfe hielt mich auch nicht zurück, sondern sagte: „Es ist vielleicht besser, dass du gehst; nach unserem Gespräch würde es dir kaum möglich sein, eine ganz unbefangene Miene zu bewahren, und du weißt doch, dass wir miteinander verbündet sind."

So zog sie ihren Kreis um mich, und ich war in ihren Händen wie Wachs. Sie hätte weniger schön sein müssen und ich weniger jung, wenn es anders gewesen wäre. Aber das Wunderbare an der Sache war jene Täuschung, die mich glauben ließ, dass ich von heute ab wie ein alter weiser Mann handeln und meine Hände selbstlos über den Liebenden halten werde.

Die Syringen strömten, als wir durch den regenfrischen Garten gingen, einen betäubenden Duft aus. Auch diesmal begleitete Elfe mich ans Tor. Wie bei jener ersten Begrüßung legte sie ihren Arm in den meinen und ging auf diese Weise so dicht neben mir, dass unsere Schultern sich streiften und ich das Wehen ihres Atems spürte. Und an einer von dichtem Boskett umgebenen Stelle blieb sie plötzlich stehen.

„Ich gehe natürlich bis an die Pforte", sagte sie, „aber die Allee ist stets so belebt, da kann man sich nicht verabschieden, ohne dass die Leute gleich Dummes denken. Ich wollte dir nur sagen, lieber Fritz, dass du sehr gut gewesen bist, weil du nicht auf ihn gescholten hast. Er sagte gestern zu mir, dass du sein bester Freund wärst und dass ich dir danken möchte –"

„Wie Mädchen danken“, versetzte ich leise und sah in ihr Gesicht, das von einem leichten Rot überhaucht war.

„Nun ja“, entgegnete sie verwirrt, „wir sind ja doch fast wie Bruder und Schwester.“

Ich legte meine Hände leicht auf ihre Schultern und küsste die Lippen, welche sie mir still und unschuldig entgegenhielt. Im Allgemeinen pflegen Brüder diese Liebkosung weniger rücksichtsvoll und zart auszuführen, sondern sie machen es täppisch wie junge Bären und ebenso brummig; jener erste Kuss aber, den ich Elfe gab, war weder ganz brüderlich noch dürfte er mit dem Ausdruck der Liebe verwechselt werden. Nein, beileibe nicht, aber er lag in der Mitte, so ungefähr als wenn man eine Kusine im weiteren Sinne küsst.

Und dann begleitete sie mich die wenigen Schritte bis an das Gartentor. Es war noch ziemlich hell, aber die Allee lag unbelebt vor uns. Nur eine einzelne Gestalt löste sich in diesem Augenblick von den nächsten Bäumen und schritt langsam der Stadt entgegen.

„Was will der garstige Mensch hier?“, sagte Elfe unmutig. „Er schleicht in der letzten Zeit fortwährend um unseren Garten und belauscht uns.“

„Wer war es, Elfe?“

„Wer wohl anders als Hiskias Juhl! Aber natürlich, es hat geregnet, und dann kriechen die Unken aus ihren Löchern.“

„Ich wohne auch in dem Unkenloch, Elfe.“

„Ach geh, ich mag gar nicht daran denken. Aber pass mal auf, du wirst es nicht mehr lange aushalten. Eines Tages muss die Friesennatur bei dir zum Durchbruch kommen, und dann wirst du Hiskias Juhl prügeln. Wenn ich ein Mann wäre, dann hätte ich es längst getan; er hat ein rechtes Ohrfeigengesicht. Adieu!“

Ich begab mich auf den Heimweg und ging sehr langsam, denn ich wollte in meiner augenblicklichen Stimmung ein Zusammentreffen mit Hiskias vermeiden.

Aber bei der nächsten Biegung des Weges sah ich ihn auf einer Bank sitzen und offenbar auf mich warten.

„Auch gut“, dachte ich, „wenn die Gelegenheit sich dazu

gibt, dann kannst du, mein lieber Hiskias, sofort deine Prügel beziehen."

Er trat an meine Seite und rieb sich nach seiner Gewohnheit die langen Hände. „Ein schöner Abend", sagte er, „ein sehr schöner Abend. Ich komme so selten aus meinem Kontor heraus, aber wenn wie heute die Nachtigallen singen, dann duldet es mich nicht mehr allein, man ist doch auch ein Mensch von Fleisch und Bein."

„Wirklich, Hiskias", entgegnete ich grimmig, „da sagst du mir etwas ganz Neues. Aber ich höre keine Nachtigallen, sondern höchstens Unken."

Er lachte und sah mich von der Seite an.

„An deiner Stelle würde ich mich nicht mit fremden Federn schmücken, der Vergleich kommt nicht von dir. O, du kannst es mir glauben, ich habe sehr gute Ohren und noch bessere Augen, aber ich nehme nichts übel. Es ist mir sogar ganz recht, wenn du dort" – damit schob er seine langen Zeigefinger über die Schulter –, „wenn du dort aus- und eingehst. Es ist besser, als wenn ein anderer das tut."

Es waren Leute in der Nähe, und ich konnte ihn deshalb nicht prügeln, so sehr es mir in den Fingern zuckte.

Indessen musste ich mich auf jeden Fall rechtfertigen.

„Der Horcher hört seine Schande", entgegnete ich möglichst grob. „Aber eins muss ich dir sagen, mein lieber Hiskias. Eine Jugendfreundschaft ist kein Unrecht, und ich hintergehe keinen damit; im Übrigen hat auch niemand mir Vorschriften über mein Tun und Lassen zu machen. Sollte es dir aber einfallen, den Spion spielen zu wollen – jawohl, grade dieses Wort wollte ich gebrauchen, Hiskias Juhl."

Er legte seine Hand auf meinen Arm und unterbrach mich: „Ich weiß, was du alsdann tun würdest, Fritz, aber ich möchte lieber, dass du es nicht aussprichst. Ich bin ein gebrechlicher Mensch und muss deshalb vieles über mich ergehen lassen, es ist für jeden gesunden Menschen eine Kleinigkeit, sich an mir zu rächen. Weshalb willst du mich im Voraus beleidigen, bevor du einen Grund dazu hast? Ich bin dir nicht nachgeschlichen, Fritz, deine Wege sind mir unbekannt und gleichgültig. Aber warum soll ich nicht unter diesen Bäumen gehen, die für mich so gut ihren Schatten geben wie für jeden anderen, und warum soll ich mich nicht an dem Anblick eines schönen und lieben Gesichts erfreuen, wenn ich dazu bloß durch ein eisernes Gittertor zu blicken brauche? Ich habe nicht belauscht, was Elfe zu dir sagte, sondern sie sprach es so laut, dass ich es hören *musste*, und ich habe es nicht erspäht, dass du Elfe küsstest, aber ich kann nichts dafür, wenn im Mai die Büsche noch nicht ihr volles Grün haben. *Dir* gehe ich nicht nach, und du magst meinetwegen tun und lassen, was dir beliebt – es hat keine Gefahr. Aber *einer* soll sich hüten."

Es war offenbar, dass er wie vorhin von Jakob redete und dass er seine Vorsicht vergaß, sooft jener ihm einen Schatten in den Weg warf. Er atmete heftiger und ballte heimlich die Hand zur Faust.

Wir hatten einen der alten Stadtteile erreicht und gingen über eine einsame Brücke; ich blieb an der Mauerbrüstung stehen und sah in das schwarze Wasser hinunter; mein Begleiter stellte sich mir zur Seite und tat ein Gleiches.

„Hiskias", sagte ich, „warum hasst du Jakob Hansen, was hat er dir getan?"

Der unheimliche Mensch begann mit seinen Nägeln den Kalk zwischen den Steinfugen loszukratzen und ins Wasser zu werfen; während dieser mechanischen Beschäftigung sprach er halblaut und zwischen den geschlossenen Zähnen: „Er hat mir nichts getan, und das ist in diesem Falle schlimmer als alles. Denke nur zurück an unsere Kindheit und an das Haus, in dem ich aufgewachsen bin. Es war kein gutes Haus, und ich habe darin nicht viel Gutes erfahren. Wir Armenkinder kriegten mehr Schläge als Essen, und ich besonders war zum Sündenbock ausersehen. Willst du glauben, Fritz, dass ein Mensch darüber fast stolz werden kann, zumal, wenn er gar nichts anderes hat, worauf er sich etwas zugute tun darf? Sie hassten mich, und sie fürchteten mich, und sie prügelten mich. Das Letztere war ganz natürlich, denn ich besaß keine Kräfte, die Übrigen aber hatten davon desto mehr. Nur zwei machten eine Ausnahme – du und Jakob. Du hast mich niemals geprügelt, mag es nun deshalb sein, weil ich dir bisweilen etwas nützen konnte, oder deshalb, weil du Mitleid mit meiner Gestalt hattest. Darum hege ich gegen dich ein gewisses Gefühl der Dankbarkeit, und deshalb wollte ich vorhin auch nicht, dass du das aussprächest, was du vielleicht dachtest. Jakob hat mich auch niemals geprügelt, aber aus einem ganz anderen Grunde. *Er hat mich niemals angefasst, denn er hegte einen Ekel vor mir, er verachtete mich.* Sieh, da schwimmt eine Wasserratte, ein hässliches, garstiges Tier. Wenn sie dir über den Weg läuft, dann wirst du vielleicht mit einem Stock nach ihr schlagen, aber niemals wirst du nach ihr treten, denn wenn sie unter deiner Fußsohle quiekt, dann ist es ein gräuliches Gefühl, das dir bis an die Haarspitzen emporkriecht. So war es zwischen Jakob und mir. Er hat mich niemals angefasst, auch nicht, um mich zu prügeln. Einmal glaubte ich, dass es so weit kommen würde, weißt du, damals in dem Stall, als ich mit euch Marmel spielen wollte und ich ihm eine Beleidigung in das Gesicht warf. Ich tat es absichtlich, denn ich hoffte, dass er mich anpacken würde, und ich hätte mich nicht gewehrt, ich hätte ihn auch nicht mehr so sehr gehasst. Aber er tat es nicht; es war ihm zu eklig, mich anzufassen. Dann kam der Stier und wollte uns auf die Hörner nehmen. Ich will nicht von *ihr* sprechen und von dem, was ich mit meinen schwachen Kräften für *sie* tun wollte, ich rede von *ihm*. Er wollte auch nicht, dass ich *sie* anfasste, und er riss sie von meinen Armen. Dabei *musste* er mich berühren und mich zurückstoßen, aber er tat es mit dem Ellenbogen, damit nur seine Haut nicht an meine Haut käme. Das habe ich sogar in jener Sekunde gespürt, als wir doch alle in Angst waren. Ich war damals noch ein Kind, aber ich dachte bisweilen darüber nach, ob ich denn auch wirklich ein Mensch sei wie andere Menschen, weil man mir *das* antun konnte. Dieser Gedanke ist der tiefste Schatten meines Lebens gewesen, und er hat ihn ganz allein in mir geweckt; *darum* hasse ich ihn."

„Und du willst ihn vernichten, Hiskias", sagte ich erschüttert.

Er lachte vor sich hin. „Ich habe ihn in meinen Händen – in meinen Händen. Es ist eine Dummheit, wenn jemand glaubt, dass es der alte blödsinnige Dose ist, der ihn hat. Es liegt ja am Tage, dass wir beide Geldgeschäfte machen, warum soll ich es dir verhehlen? Aber er gibt nur seinen Namen dazu her und bisweilen auch das Geld. Für Jakob Hansen aber keinen Taler, das sind *meine* Taler, die aus der Erde des Armenhauses ausgewachsen sind – denn es war ein fruchtbarer Boden, wo ich sie vergrub. Ich sage dir, ich habe ihn in meinen Händen, den stolzen Jakob, und ich kratze von seinem Leben Stück für Stück herunter, gerade wie den Kalk von dieser morschen Mauer. Das war bisher mein Geheimnis, denn ich wollte ihn erst ganz fest haben, aber nun bin ich so weit, und nun kannst du es ihm erzählen. Er denkt vielleicht, dass er zu Hause einen Rückhalt hat, er hofft vielleicht auf sein väterliches Erbe, auf die leeren Ställe und die ausgepowerten Fennen und die verschimmelten Heringsfässer. Du kannst ihm sagen, dass es alles mein ist bis auf den letzten Stein und den letzten Grashalm. Ich bin kein Rothschild geworden in den fünf, sechs Jahren, wo ich Geld verdienen konnte, aber so viel habe ich zusammengescharrt, um *das* Gelumpe unter meine Hand zu bringen. Der Alte ist mir geradeso gut in das Netz gegangen wie der Junge, denn wenn bei dem einen das Wasser bis an die Kehle stand, so war's bei dem anderen der Schnaps. –"

Hiskias Juhl warf das letzte Stück Mörtel in die schwarze Tiefe hinunter und wendete sich ohne Gruß zum Gehen, als ob er es für selbstverständlich erachtete, dass nach diesen Erörterungen auch zwischen ihm und mir jedes Band durchschnitten sei. Ich sah ihn langsam in der hereinbrechenden Dämmerung verschwinden, und er bewegte im Vorwärtsschreiten seine langen Arme, als wenn eine Spinne ausgreift, um ihr Opfer zu umgarnen.

Und dennoch, obgleich ich ihm zornig nachblickte und obwohl ich von Herzen wünschte, dass er einmal ohne mein Zutun den Hals brechen möchte, so wäre ich doch nicht mehr imstande gewesen, die Hand zum Schlage gegen ihn zu erheben, selbst dann nicht, wenn Elfe es von mir gefordert haben würde. Denn seine Vergangenheit war *zu* elend und *zu* dunkel, und ich habe auch noch später im Leben die Erfahrung gemacht, dass es bisweilen keine Genugtuung gewährt, einen Schurken zu züchtigen, sobald man weiß, *was* ihn zum Schurken gemacht hat. – –

7. Kapitel

Es war zwischen Himmelfahrt und Pfingsten. Da erhielt ich eines Tages ein Billet von Jakob Hansen, dem man die verrostete Feder und die mit Wasser flüssig gemachte Tinte ansah.

Er schrieb mir ganz kurz, dass ich ihn besuchen möchte, da er mit mir zu sprechen habe und nicht kommen könne. Vom Grunde kein Wort.

Als ich bei ihm eintrat, lag er auf dem Sofa in Hemdsärmeln und rauchte seine lange Pfeife. Den rechten Fuß hatte er mit Tüchern und Bandagen umwickelt. Er legte ein Buch aus der Hand, und ich sah, dass es kein Roman aus der Leihbibliothek, sondern ein Leitfaden der Nautik war; aber als meine Augen darauf hafteten, verdeckte er es mit einem Bogen Papier, der ebenfalls Berechnungen enthielt.

„Ich liege hier im Dock“, sagte er, „und muss mich auskalfatern lassen; ich bin ausgeglitten und habe mir den Fuß verknackst. Das kann einige Wochen währen.“

„Weiß Elfe davon, Jakob?“

„Ja, ich habe es ihr signalisiert. Ich bin bei meiner Hauswirtin in guter Pflege, aber Elfe wird bisweilen kommen und mich besuchen. Frau Merten – das ist nämlich meine Ziehmutter – will den Ehrendrachen spielen, du kannst also über unser Schicksal vollkommen außer Sorge sein. Inzwischen lies mal das.“

Er kramte zwischen allerlei Papieren und reichte mir endlich ein ausgefülltes Formular hinüber. Es war ein Subhastationsantrag des Kaufmanns Justus Dose gegen den Krämer und Landwirt Christian Hansen in meinem Heimatdorfe, und der Verkaufstermin war auf Sonnabend vor Pfingsten anberaumt. Das Schreiben trug die Adresse des alten Dose.

„Du siehst, dass es nicht an mich gerichtet ist“, sagte Jakob ruhig weiter rauchend, „sondern mein Freund Hiskias Juhl hat die Güte gehabt, mir den Wisch zu schicken. Er geht mich auch eigentlich gar nichts an, denn dass mein väterliches Erbe früher oder später flöten gehen würde, habe ich so ziemlich gewusst; ich glaube, es war sowieso nicht viel wert. Ich ahnte sogar, dass es auf *die* Weise kommen müsste, denn man sagt, wer die Tochter haben will, der hält es mit der Mutter, warum sollte es mit Vater und Sohn nicht ebenso sein? Justus Dose oder, was in diesem Falle dasselbe ist, Hiskias Juhl muss eine Hypothek aufgekauft haben, ich verstehe nichts von der Sache."

Ich war sehr erschrocken, denn ich sah, dass es hier auf den Ruin einer ganzen Familie abgesehen sei, und ich fühlte meine vollständige Ohnmacht in dieser Angelegenheit.

„Was soll ich dabei tun, Jakob?", fragte ich ratlos.

Er stellte die Pfeife beiseite und streckte sich lang zurück auf das Sofa.

„Eigentlich nichts, mein Junge. Wenn eine Windstille kommt, dann heißt es abwarten. Aber der alte Mann tut mir doch leid."

„Sprichst du von deinem Vater, Jakob?"

„Ja. Ich stellte mir eben vor, was er wohl anfangen wird. Es ist hart, so herunter zu müssen von Haus und Hof und vielleicht dahin, wo Hiskias Juhl herkam. Wenn ihm auch schon längst kein Stück mehr gehörte, so konnte er doch noch seine Hand darauflegen und es besitzen; das wird nun anders werden. Ich habe nun just keine Ursache, ihm groß dankbar zu sein, aber wenn man so still vor Anker liegt, dann kommen allerlei Gedanken – –"

„Hast du ihn seit deinem Fortgang zur See nicht wiedergesehen?"

„Nein, Fritz. Was sollte ich dort auch anfangen? Meine Mutter ist lange tot, mit dem Alten kam ich schief auseinander. Er hat mich nicht fortgejagt, und ich bin ihm nicht weggelaufen, aber das eine war nicht weit von dem anderen entfernt. Dass ich hier bin, wird er ja wohl wissen, denn ich musste mich wegen meines Geburtsscheines an den Pastor wenden, aber geschrieben haben wir uns nicht – nein, niemals. Aber ich möchte wohl wissen, was er macht und wie er es aufnimmt."

„Und wenn du jetzt gesund wärest, Jakob, dann würdest du hinreisen?"

„Mit Hiskias' Erlaubnis und Hilfe, ja. Ohne Hiskias kann ich nichts anfangen, wir lieben einander *zu* zärtlich und sind *zu* eng miteinander verbunden. Aber man kann doch nicht auf einem Bein durchs Land hüpfen."

Ich sann einen Augenblick nach, und mir wurde plötzlich das Herz weit. Draußen lag eitel Sonnenschein, und ich dachte auch *daran*, nicht nur an dieses hilflose Menschenkind in der dumpfen Stube.

„Jakob", sagte ich, „Pfingsten steht vor der Tür. Ein Ausflug wird mir nichts schaden, mein Vater hat schon einige Doppelfüchse dazu geschickt. Mit Hiskias bin ich nicht verheiratet, er kann mir den Buckel hinaufrutschen. Weißt du was, Jakob? Ich mache einen Einfall ins Marschland und sehe mir die alten Feuerstätten wieder mal an. Und dann will ich auch zu deinem Vater gehen. Ich hatte immer eine heimliche Scheu vor ihm, aber kleine Kinder wird er wohl nie gefressen haben, und überdies bin ich jetzt ein großer Kerl. Nein, sprich jetzt nicht, sondern antworte nur ganz kurz auf meine Fragen, so wie es auf den Schiffen üblich ist, mit ja, ja und nein, nein. Also: Soll ich gehen?"

„Du bist dein eigener Herr, Fritz."

„Viel zu weitläufig, Jakob. Ich nehm's für ‚ja'. Soll ich deinem Vater einen Gruß bringen?"

„Meinetwegen."

„Drei Silben zu viel! Soll ich ihm sagen, Jakob" – und hier legte ich meine Hand auf seinen Arm und packte ihn in die mächtigen Muskeln –, „soll ich ihm sagen, dass er einen Sohn hätte, der ein ganzer Kerl wäre, ein rechter Friese vom alten Stamm? Ein Friese, der da könnte, was er wollte, und der auch wollte, was er könnte? Soll ich dem alten Manne das sagen, Jakob?"

Er hatte sich auf die Seite herumgeworfen, mit dem Gesicht nach der Wand. Ich hörte, dass er die Zähne zusammenbiss und stöhnte. Da fasste ich ihn bei den Schultern und schüttelte ihn.

„Antworte, Kerl, soll ich das sagen?"

Und nun saß er plötzlich aufrecht, sodass ich wegen seines kranken Fußes in Angst geriet.

Mit der Faust schlug er auf den Tisch, dass Tintenfass und Feder und Papier durcheinanderflogen, und schrie: „Sag's ihm, Junge, und ein Hundsfott, wer dich Lügen straft! Prügeln sollst du mich, wie ich dereinst Hiskias zu prügeln hoffe, wenn ein einziges Wort davon in den Wind fliegt! Kielholen will ich mich lassen, und den Buckel sollen sie mir verkalfatern, wenn das nicht ein anderes Leben werden wird in dieser vermaledeiten Bude! Und nun hinaus mit dir und fort mit dir, du Ungetüm, und glückliche Reise!"

Er hatte meine Hand gepackt und presste sie zusammen, dass ich schon deshalb allein meine Erholungsreise hätte antreten müssen – es war der alte wilde Jakob von dem Stamm derer, die über ihre Tür den Wahrspruch geschrieben haben: „Lieber tot als Sklave!"

Auf dem Hausflur traf ich mit Frau Merten zusammen. Die gute Alte hatte wohl ein wenig gehorcht, denn sie faltete die Hände und nickte bedeutsam nach der Türe, die sich soeben hinter mir geschlossen hatte.

„Nun ist es wohl so weit mit ihm, dass er schwarze Männer sieht", sagte sie furchtsam, „bei dem Leben war es ja auch gar nicht anders möglich. Was meinen Sie, Herr, soll ich nicht lieber einen Doktor holen lassen?"

Ich schüttelte den Kopf.

„Ist nicht nötig, Frau Merten, er hat die Medizin schon geschluckt. War es denn wirklich so schlimm?"

„Ach du lieber Gott, jeden Morgen bis drei, vier Uhr. Glauben Sie man ja nicht, dass *so* einer sich den Fuß verknackst, solange er noch sicher auf den Beinen steht. Und dabei so'n Prachtkerl!"

Da flog die Tür auf, und der Prachtkerl erschien auf der Schwelle. Er stand nur auf einem Bein, aber sicher und selbstbewusst. Mich konnte er nicht sehen.

„Frau Merten", rief er, „bringen Sie mir Wasser, einen ganzen Schiffseimer voll! Nicht zum Waschen, sondern zum Saufen, verstanden? Die Kognakflasche liegt draußen im Hof und soll da bleiben, den Schmöker aber tragen Sie zurück in die Leihbibliothek. Ich habe mehr zu tun, als drin zu käsen."

Ein alter, schmieriger Band flog auf den Estrich, und die Tür krachte ins Schloss.

„Du meine Güte“, sagte Frau Merten, „was soll das nun wieder heißen? Ist er denn rein verrückt geworden?“

Ich hob das Buch auf – es waren die ‚Geheimnisse von Paris‘ – und nickte der treuen Seele lachend zu.

„Es ist die Wirkung der Medizin, Frau Merten; sie ist was stark, aber Friesen brauchen Pferdekuren. Tun Sie nur getrost, was er sagt, das Buch will ich selbst besorgen, und seien Sie versichert, er wird bald wieder auf seinen beiden Füßen stehen. Aber außer einer gewissen jungen Dame lassen Sie keinen Besuch zu ihm herein, am wenigsten einen Kerl, der wie 'ne Spinne aussieht. Guten Morgen, Frau Merten.“

Ja, ich war davon überzeugt, dass Jakob Hansen sich wiedergefunden hatte und dass nicht nur ein schnell verloderndes Strohfeuer in ihm brannte. Es konnte noch alles gut werden, und ich hegte in meinem jugendlichen Sinn sogar die Hoffnung, dass Justus Dose sich bereitfinden lassen werde, einen Aufschub der Subhastation zu gewähren, bis – nun, bis sich irgendwo ein Ausweg fand, über dessen Beschaffenheit ich selbst freilich vollkommen im Unklaren war.

Ich traf den Alten nicht bei seinen Büchern, sondern hinten in dem düsteren Kontor, und das war in diesem Falle der richtige Platz, zumal Hiskias sich nicht in der Nähe befand.

Ich trug die Sache vor, schilderte Jakobs hilflose Lage und deutete darauf hin, dass der junge Seemann, wenn nur erst das Examen bestanden sei, sicherlich bald Kapitän sein und dann alles daran setzen werde, um sein väterliches Erbe zu retten.

„Wir brauchen nur Zeit, Herr Dose“, sagte ich. „Zeit und Geduld.“

Aber der Alte schien, sobald er nicht unter dem Einfluss der Nacht und seiner Raritäten stand, ein ganz anderer Mann zu sein. „Sie sind jung, Herr Studiosus“, erwiderte er kopfschüttelnd. „Sie sind sehr jung und unerfahren. Sie wissen nicht, was die Zeit bedeutet und was es heißt, Geduld zu haben. Aber ich weiß, dass Zeit Geld ist, und ich weiß, Geduld ist wie ein Wechsel, den man prolongiert und abermals prolongiert; aber er kommt immer wieder mit Zinsen zum Verfall. Es wäre mir lieber, wenn der Alte nicht in meinen Büchern stünde und wenn der Junge nicht in meinen Büchern stünde, aber sie stehen alle beide drin, der Alte mit einer Hypothek und der Junge mit tausend Talern Wechselschuld. Es ist nicht mein Werk und mein Wille gewesen, Herr Studiosus, sondern mein Kompagnon Hiskias Juhl hat die Sache gemacht, und es ist so gut sein Geld wie mein Geld. Reden Sie mit Hiskias, ich will nichts von der Sache wissen, ich bin ein alter Mann und muss meine Ruhe haben."

Es war so gut wie eine abschlägige Antwort, denn ich glaube, Hiskias würde sich lieber den kleinen Finger abgebissen haben, bevor er seine Beute fahren ließ. Ich redete daher gar nicht mit ihm.

Übrigens ging er auch in einem weiten Bogen um mich herum, aber ich sah, dass ein alter, mit Seehundsfell überzogener Koffer vor seiner Tür stand und dass der Schuster ein Paar nagelneue Stiefel brachte.

Am Freitag vor Pfingsten wollte ich meine Reise antreten, und am Donnerstagabend ging ich nochmals zur Villa Heimreich hinaus, um von Elfe Grüße für ihren Großvater mitzunehmen.

Aber ich traf nur Frau Doris zu Hause an.

Ich verschwieg den eigentlichen Grund meiner Reise, da ich sonst von Jakob hätte sprechen müssen, und erwähnte nur ganz im Allgemeinen, dass ich nach vielen Jahren meine alte Heimat wieder aufsuchen wollte.

„Ja", sagte sie, „früher oder später kommt man darauf zurück. Es geht mir nicht anders, ich denke auch häufiger als in vergangenen Tagen an mein kleines Dorf in Thüringen und ginge am liebsten ganz dorthin. Aber das darf ich nicht Elfes wegen, denn sie würde sich in der Einsamkeit nicht glücklich fühlen."

„Sie stammt doch aus der Einsamkeit."

„Freilich, aber die Erinnerung daran ruht auf ihr wie ein Alp. Wie wäre es sonst möglich, dass sie niemals Sehnsucht empfindet? Sie haben doch diese Sehnsucht, obwohl Sie ein Mann sind, und das gefällt mir an Ihnen."

Frau Doris legte ihre Hand auf meinen Arm und nickte mir lächelnd zu. Dann fuhr sie fort: „Ich wollte, Sie hätten einen Einfluss auf das Mädchen; *ich* habe ihn nicht. Ich bin so wenig in Elfes Gedanken eingeweiht, dass ich nicht einmal weiß, ob ich in ihrem Namen Grüße mitsenden soll an den alten Mann; aber ich denke doch, dass ich es darf. Von *mir* viele Grüße, hören Sie? Er soll sich auch dessen entsinnen, dass er eine Tür offen halten will, wie er zu mir gesagt hat, eine Tür für alle Zeiten und für alle Fälle. Erinnern Sie ihn daran, ich bitte darum."

Sie sprach diese Worte in einem Tone, den ich sonst nicht an ihr gewohnt war, so eigentümlich weich und nachdenklich. Und dann strich sie mit der Hand ganz leicht über ihre Schläfen.

Es fiel mir jetzt erst auf, dass sie nicht so frisch und blühend aussah wie sonst, und ich fragte, ob sie sich nicht wohl fühle.

„Ich leide häufig an Kopfschmerzen", entgegnete sie, „aber das ist ein Erbteil meiner Familie. Elfe braucht das nicht zu wissen, denn sie sieht nicht gern kranke Leute um sich. Übrigens bin ich auch nicht krank, der Ausdruck kam mir nur so unwillkürlich auf die Lippen. Also morgen früh reisen Sie –"

Ich hätte Elfe gern noch gesehen, aber sie kam nicht, und ich ahnte, wo sie sei.

Beim Abschied sagte Frau Doris noch: „Mein Töchterchen" – und sie betonte das Wort mit viel Zärtlichkeit – „besucht jetzt häufig eine Freundin in der Stadt. Jungemädchenfreundschaften, wissen Sie – das Wort ist länger als das Verhältnis; aber ich hoffe, dass die Zeit kommen wird, wo diese Flatterblüten sich in eine Frucht umwandeln."

Zum ersten Mal schien sie mir den Wunsch anzudeuten, dass Elfe einen Beschützer fürs Leben finden möchte, und sie hatte mich so eigentümlich dabei angesehen, dass mir das Blut in die Wangen gestiegen war.

Sollten sich ihre Gedanken mit mir beschäftigen?

Ach, ich seufzte recht tief, als ich darüber auf dem Heimwege nachgrübelte, und ich empfand sehr lebhaft das Unrecht, welches wir alle auf uns luden, indem wir diese Frau hintergingen.

Kann aus dem Unrecht Gutes emporblühen?

8. Kapitel

Es war noch dämmrig, als ich am nächsten Morgen den Bahnhof betrat. In der ziemlich leeren Halle saß Hiskias auf seinem Seehundskoffer und rieb mit einem übernächtigten Gesicht die Hände ineinander. Meine Vermutung bestätigte sich daher, er wollte persönlich zum Termin reisen, aber ich ärgerte mich, dass er just denselben Zug wählte, und tat daher, als ob er überhaupt nicht vorhanden wäre.

Er schielte nach mir herüber, blieb aber auf seinem Eigentum sitzen und zögerte so lange als möglich mit dem Einsteigen. Endlich aber musste er sich dennoch dazu bequemen und zerrte dabei den ungefügen Koffer auf eine Art hinter sich in das Coupé, als wenn er ein Opfer zum Richtblock schleife.

Ich bestieg dann in demselben Wagen eine andere Abteilung und fand während der Fahrt eine besondere Genugtuung darin, mich mit so lauter Stimme, dass Hiskias es hören musste, mit meinem Nachbar über alle nur denkbaren Eisenbahnunfälle zu unterhalten.

Von Zeit zu Zeit sah ich Juhls Gesicht hinter der Zwischenwand auftauchen, und mich dünkte, dass es jedes Mal blasser geworden war, sodass ich schließlich von dem sonderbaren Schwanken des Wagens und der Wahrscheinlichkeit eines Achsenbruchs redete.

Aber Hiskias hielt wider mein Erwarten tapfer aus, und so gelangten wir endlich nach Tondern, wo die Bahn aufhörte und von wo ein Omnibus nach Niebüll ging.

Nun war eine Berührung nicht mehr zu vermeiden, und als wir beisammen auf dem harten Polster des Stellwagens saßen, begrüßte Hiskias mich mit einem verlegenen Grinsen und sagte: „Es scheint, als ob wir ein und dasselbe Ziel haben. Das ist ein sonderbarer Zufall, nicht wahr?“

„Es ist kein Zufall, Hiskias“, entgegnete ich. „Ich reise in Vollmacht eines Gläubigers und werde wahrscheinlich das Anwesen von Christian Hansen für denselben kaufen.“

Ob er diese greuliche Renommage für bare Münze nahm, blieb ungewiss, jedenfalls rutschte er unruhig auf seinem

Sitze hin und her und blickte endlich zum Fenster hinaus, während ich mit gleichgültiger Stimme bemerkte, dass das eine unserer Wagenpferde ein Durchgänger zu sein scheine und uns unfehlbar in den Graben werfen werde. –

Inzwischen dachten die biederen Gäule gar nicht an einen derartigen Unfug und führten uns sicher nach Niebüll, von wo aus wir noch eine Stunde Wegs zu gehen hatten. Ich erfrischte mich etwas im Wirtshause, und als ich dann mein Ränzchen umgeworfen und die Wanderung angetreten hatte, sah ich Hiskias langsam vor mir her durch den Wegestaub keuchen. Er hatte sich seinen Koffer mit einem Strick auf den Rücken gebunden, und ich bildete mir ein, dass er nur den Deckel desselben zu öffnen brauche, um alles über die Welt zu streuen, was Pandora einst in ihrer verhängnisvollen Büchse verborgen hielt – Trauer, Sorge, Gram, Armut, Elend und Verzweiflung.

Die Nachmittagssonne leuchtete über uns, und die Lerchen sangen in der blauen Luft. Wir aber zogen stumm nebeneinander, jeder auf einer Seite des Weges, unserer Heimat entgegen, und endlich tauchte zwischen den grünen Fennen und den blühenden Feldern, vom spitzen Kirchturm überragt, jener kleine Häuserhaufen auf, der nicht traulicher und teurer und schöner hätte sein können, wenn Gott ihn mit der ganzen Fülle und Herrlichkeit seiner Schöpfung umgeben hätte.

Denn es war der Platz, wo unsere Wiege stand. –

Ich vermochte mich nicht mehr zu halten, sondern sprang über einen Graben und wanderte querfeldein. Immer bekannter wurden alle Gegenstände, denen ich auf Schritt und Tritt begegnete; in meiner Erinnerung waren zehn inhaltsreiche Jahre wie mit einem Schwamm hinweggelöscht, und nur bisweilen, wenn ich meinen Blick zurückwandte und die hagere, belastete Gestalt Hiskias Juhls langsam vorwärtstrotten sah, war es mir, als ob ein Schatten in die sonnige Gegenwart gefallen sei und als ob dieser Schatten bis ins Unendliche wachsen müsste.

Da hemmte meinen Schritt ein Anblick, der mit mehr Kraft als alle Erinnerung die Bilder meiner Jugend vor mir emporsteigen ließ.

Aus einer Tiefe, die ich nicht zu überblicken vermochte, flogen langsam von Zeit zu Zeit Erdschollen empor, als wenn ein Totengräber oder ein Schatzgräber dort sein Wesen triebe, und erst aus unmittelbarer Nähe sah ich, dass Bonke Nielsen in der tief ausgehöhlten Grube stand und ganz wie ehedem seinem mühevollen Tagewerk oblag.

Ich erkannte ihn allerdings auf der Stelle, aber die Jahre waren keineswegs spurlos an ihm vorübergegangen. Sie hatten das Bild einer ungebrochenen Kraft, wie es noch klar in meiner Erinnerung stand, verwischt und einen sehr alten Mann an dessen Stelle gesetzt; einen alten Mann, der diese schwere Arbeit nur verrichtete, weil entweder die Not ihn dazu drängte oder weil er nicht imstande war, die langjährige Gewohnheit aufzugeben. –

Er grub sehr bedächtig und nahm jedes Mal nur wenig von der schweren Erde auf seinen Spaten.

„Guten Tag, Bonke", sagte ich, „Gott helf. Erkennt Ihr mich noch wieder oder soll ich erst meine Grüße bestellen?"

Er richtete sich auf, wobei ich bemerkte, dass er viel krummer geworden war, und beschattete die Augen mit der Hand gegen die untergehende Sonne. „Ja", meinte er dann ruhig und bestimmt, „ja, es ist schon richtig, Sie waren damals noch klein, und nun sind Sie groß geworden, aber das Gesicht ist dasselbe geblieben. Bringen Sie Elfe mit?"

„Nein, Bonke, Elfe nicht. Nur Grüße von ihr und von Frau Heimreich."

„Also noch nicht."

Er sah auf seine große silberne Taschenuhr und stieg langsam aus der Grube. „Es ist sechs, ich kann Schicht machen. Wenn es Ihnen recht ist, Herr Studiosus, dann gehen wir zusammen. Ins Pastorat wollen Sie heute doch wohl nicht, und es ist besser, dass Eid beizeiten um Ihren Besuch weiß, denn sie muss doch das Bett zurechtmachen und etwas aufsetzen."

Er schien es als ganz selbstverständlich anzunehmen, dass ich ganz allein gekommen sei, um ihm und meiner alten Wärterin einen Besuch abzustatten, und nun überkam mich plötzlich das Gefühl, wie leer meine Heimat geworden sei und wie wenige wohl noch vorhanden sein mochten, die sich meiner überhaupt noch entsannen.

Aber zwischen diesem alten Manne und mir war ein festes Band. „Wenn es Euch keine Umstände macht, Bonke“, sagte ich, „dann wäre es mir ganz recht, auf ein bis zwei Tage Euer Gast zu sein.“

„Keine Umstände, Herr Studiosus.“ Er schulterte seinen Spaten und warf einen Blick hinter sich. „Sie müssen nicht denken, dass es mir knapp geht, weil ich noch immer bei *der* Arbeit bin. Es ist mehr aus Gewohnheit und um die Einsamkeit totzuschlagen, ich übernehme mich auch nicht dabei. Das Kleien wird nun wohl bald aus der Mode kommen, denn die Bauern fangen jetzt an mit Guano und allerhand kunstvollen Dingen, aber was in der Erde liegt, bleibt doch das Beste. Kommen Sie direkt aus Kiel?“

Elfriede schien ihm über meine Person berichtet zu haben, und ich wollte anfangen, von ihr zu erzählen, aber Bonke unterbrach mich mit einer kurzen Handbewegung.

„Wenn wir im Pesel beisammensitzen, wo das Kinderbett steht! Hier draußen fliegen die Gedanken umher; ich möchte gern alles im Zusammenhang hören. Und Sie werden sich jetzt umsehen wollen.“

Wir waren schon an das Dorf gelangt, und ich sah, dass sich kaum irgendetwas verändert hatte. Nur Christian Hansens Haus, an dem wir gerade vorübergingen, machte einen verwahrlosten Eindruck, und ich blickte nach der hohen Warft hinauf, auf der es lag.

„Das kommt morgen unter den Hammer“, sagte Bonke. „Das Gericht ist seit vielen Jahren nicht im Dorfe gewesen; nun kommt das Gericht.“

Es war nicht notwendig, diesen Worten einen besonderen Sinn unterzulegen, denn es ist natürlich, dass der Landbewohner von dergleichen wie von einem Ereignis redet; aber der kurze Satz berührte mich eigentümlich und fast wie eine Prophezeiung.

Es kommt das Gericht –!

Wir hatten nur noch wenige Schritte zurückzulegen, und dann stand ich vor dem kleinen, hinter dem Dorfe gelegenen Hause, dessen Gestalt sich meinem Gedächtnis vielleicht lediglich deshalb so unauslöschlich eingeprägt hatte, weil es durch ein Jahrzehnt der einzige Gegenstand gewesen war, den das nach Norden blickende Auge traf. Und es wäre mir leid gewesen, gerade hier eine Veränderung wahrzunehmen. Aber irgendeine Hand schien dafür Sorge getragen zu haben, dass die Zeit leise daran vorüberschritt, irgendein Auge hatte mit ängstlicher Sorgfalt darüber gewacht, dass jede notwendige Neuerung in die alten Formen gefügt wurde, sodass ich stehen blieb und unwillkürlich ausrief: „Bonke, das ist *wirklich* wie früher!"

„Nicht ganz", sagte er und schüttelte den Kopf, „nicht ganz, Herr Studiosus. Sehen Sie, da unten an der Kuhle ist der Steg weg, er war zu alt geworden, um die Zeit abwarten zu können, und im Garten sind neue Fliederbüsche gewachsen zu den alten – es ist nicht ganz wie früher, und von dem anderen will ich nicht reden. Aber so gut es ging, habe ich die Sache zusammengehalten, damit man es alles wiedererkennen kann, und es tut mich herzlich freuen, dass Sie das auch sagen, denn Sie müssen wohl ein Auge dafür haben."

Und dann war ich in dem Hausflur, öffnete die Tür zu meiner Linken und rief laut: „Eid, Eid, wo bist du?!"

Die alte Eid saß und spann. Auf demselben Fleck, wie vor zehn Jahren, und an demselben Rade, wie vor zehn Jahren, ja ich hätte glauben mögen, an demselben Faden. Sie spann aber langsamer als früher und halb träumend. Ihr Kopf war in einer beständigen leisen Bewegung, und sie hob ihn auch nicht, als ich auf der Schwelle stand.

Bonke legte seine Hand auf meinen Arm und sagte:

„Sie ist was schwerhörig geworden und auch sonst anders. Sie ist nun achtzig Jahre alt, da gehen die Gedanken zurück; aber ich will versuchen, es ihr klar zu machen."

Und dann trat er neben die Alte und rief ihr in die Ohren: „Eid, Presters Fritz ist da, er will uns besuchen! Du sollst ihm ein Bett im Pesel zurechtmachen und einen krallen Tee kochen, und er will uns von Elfe erzählen!"

Eid stand auf und sah mich an. Allmählich schien eine Erinnerung in ihrem alten Kopfe aufzudämmern, denn sie begann zu lächeln und streichelte mit ihrer welken Hand meine Backen.

„Ja“, sagte sie, „ich kenne dich ganz gut, du bist groß geworden, mein Junge. Und du hast gesagt: Wenn ich groß bin, Eid, dann baue ich dir ein Haus? Ja, das hast du gesagt, und Gott soll dich dafür segnen, aber ich warte nicht mehr darauf, denn ich brauche es nicht.“

Das war mein Einzug in die Heimat.

Ich sah wohl, dass die beiden alten Leute eine besondere Freude daran hatten, es mir so behaglich wie nur möglich zu machen, und dass sie Zeit dazu brauchen würden.

Es war erst sieben Uhr, und Bonke sagte: „Ich kann mir denken, Herr Studiosus, dass Sie gern durchs Dorf gehen wollen, um sich alles anzusehen. Wir legen uns nicht früh ins Bett, und morgen wird sowieso Schicht gemacht, denn ich arbeite nur, wenn es mir passt. Kommen Sie, wenn Sie wollen, es kann auch neun Uhr werden, dann sind wir hernach desto ruhiger beisammen. Und dann sollen Sie uns erzählen.“

Es war wunderbar, wie fein der alte, schlichte Mann fühlte und wie richtig er sich in meine Gedanken versetzte; freilich wusste er noch nicht, was ich vorhatte, denn die Namen von Hiskias Juhl und von Jakob Hansen waren noch nicht über meine Lippen gekommen.

Das sollte geschehen, wenn alles schlief und wenn nur das Licht brannte, mit dem meine Erinnerung sich beschäftigte.

Ich ging langsam hinter den Häusern herum bis an den Eingang des Dorfes. Es war ein sehr stiller Abend, und kaum ein einziger Laut unterbrach die friedliche Ruhe; aber nun wurden jubelnde, lachende Kinderstimmen laut, und zwar gerade an einer Stelle, wo ich dergleichen niemals zuvor gehört hatte: – dort, wo das Armenhaus liegen musste.

Es befand sich auch noch an seinem alten Platze, und es sah noch ebenso kahl und düster und frostig aus wie vor zehn Jahren und wahrscheinlich schon vor hundert Jahren; aber vor seinen Mauern begab sich ein ungewöhnliches Ereignis. Genau an derselben Stelle, wo einst ein armer hässlicher Knabe mit zuckenden Lippen gestanden und einem davonrollenden Reisewagen nachgeschaut hatte, stand Hiskias Juhl.

Er musste wohl noch einmal unterwegs Rast gehalten und soeben erst das Dorf betreten haben, denn der Wegestaub lag noch dick auf seinen Kleidern und er hatte auch noch den Koffer bei sich.

Das Ungetüm war geöffnet und lag auf der Erde, Hiskias Juhl aber bückte sich von Zeit zu Zeit, nahm einzelne kleine Päckchen heraus und verteilte dieselben unter eine ärmlich gekleidete Kinderschar, die sich jauchzend um ihn drängte.

Jedes Mal, bevor er seine Spende in eine der schmutzigen ausgestreckten Hände legte, deutete er mit seinem langen Zeigefinger auf das Armenhaus und fragte gewissenhaft: „Gehörst du *auch* dorthin?“, und gerade als ich herantrat, schob er einen ebenfalls ärmlich gekleideten Knaben zurück, weil die anderen gerufen hatten, der hätte noch einen Vater.

„Du bist auch arm“, erklärte Hiskias, „aber du bist noch nicht arm genug, ich habe nichts für dich mitgebracht.“

Dann liefen sie alle davon, und ich sah, dass der Koffer, mit dem Juhl sich geschleppt hatte, fast ganz leer war und nur noch etwas Wäsche und einige Papiere barg.

„Hiskias“, sagte ich, „gib mir deine Hand, ich muss dich um Verzeihung bitten. Ich hatte geglaubt, dass dieser alte, schreckliche Koffer nur Unheil enthalten könne, und nun hat er nichts als lauter Freude gespendet. Du bist ein Rätsel, Hiskias.“

Er warf mit einem Fußtritt den Deckel zu und entgegnete mürrisch: „Es war eine Narrheit, weiter nichts. Aber wenn ich mich auch von Kiel bis hierher mit dem Zeug geschleppt habe, so bin ich doch nicht töricht genug, es auch noch bis ins Wirtshaus zu tragen. Was ist da rätselhaft?“

Ich fasste ihn am Arm und deutete auf das Haus.

„Komm, wir wollen zusammen den Platz aufsuchen, wo der alte Fliederbaum stand und wo du dein Geld vergraben hattest. Das Geld hat heute Zinsen getragen.“

„Morgen wird es Zinsen tragen, morgen!“

Er machte seinen Arm los, nahm den erleichterten Koffer auf und verschwand in der Abenddämmerung.

Dann war es wieder still im Dorfe, und die Lichter begannen hinter den Fenstern aufzublitzen.

Ein Haus blieb dunkel. Es lag auf der höchsten Warft, mit seinem spitzen Giebel alle anderen überragend, düster und scheinbar verlassen.

Der schmale Fußpfad, welcher hinaufführte, war einst so viel betreten gewesen, dass er im Grase leuchtete. Jetzt aber vermochte ich ihn kaum zu erkennen, denn Bonke hatte mir erzählt, es sei ein zweiter Kaufladen im Dorfe gegründet worden und kaum einer hole noch seine Waren bei Christian Hansen.

Nun ging ich selbst durch das betaute Gras und horchte immer, ob nicht wenigstens das Bellen eines Hundes anschlagen würde, aber es blieb alles lautlos, bis endlich die Türschelle unter meiner Hand ein schrilles, heiseres Geräusch verursachte.

Gleich rechts vom Hausflur befand sich der Laden, und dort traf ich Christian Hansen an. Er saß im Dunkeln hinter dem Ladentisch auf demselben Platze, wo ich ihn stets hatte sitzen sehen, wenn ich als Kind für einen Bankschilling Zuckerzeug kaufte, und der mir wegen der dort liegenden Kontobücher stets einen geheimnisvollen Eindruck gemacht hatte. Ich vermochte das Gesicht des Krämers nicht mehr zu erkennen, aber die Gestalt war es; so breit in den Schultern wie Jakob, aber viel kleiner.

„Guten Abend, Herr Hansen“, sagte ich, und er drehte den Kopf um.

„Was wollen Sie hier? Sehen Sie denn nicht, dass ich kein Licht brenne? Ich habe es nicht nötig, Licht zu brennen; die Fächer sind alle leer, hier wird nichts mehr verkauft.“

„Ich will nichts kaufen, ich möchte mit Ihnen reden.“

„So, Sie möchten mit mir reden! Wer sind Sie denn überhaupt? Ich kenne Sie nicht.“

Darauf nannte ich meinen Namen, und er schwieg eine Weile.

„Da muss ich mich erst mal besinnen; so hieß ja wohl unser alter Pastor. Aber der können Sie doch nicht sein –"

„Aber sein Sohn, Herr Hansen. Erinnern Sie sich nicht, dass ich immer mit Ihrem Jakob spielte?"

Es entstand ein kleines Geräusch; Christian Hansen warf allerlei Gegenstände durcheinander, und endlich flammte ein Streichholz auf. Der Krämer zündete eine Unschlittkerze an, öffnete die Tür zu einer hinter dem Laden befindlichen Stube und sagte: „Sie haben da einen Namen genannt, der – na, es ist einerlei. Aber kommen Sie nur herein, so viel kann ich sehen, dass Sie nicht *der* sind, an den ich eben dachte."

„Sie meinen Hiskias Juhl, Herr Hansen; er befindet sich im Dorfe."

„Ich habe es gehört. Es hätte ihm ähnlich gesehen, schon heute Abend hierherzukommen, aber noch bin ich Herr im Hause. Das wäre ein extrafeiner Empfang geworden, denn die Dunkelheit ist für allerlei gut."

Ich sah jetzt erst, dass er einen derben Stock in der Hand trug, auf den er sich stützte, und entgegnete unwillkürlich: „Na, Sie würden ihn doch nicht totgeschlagen haben, Herr Hansen?"

Der Krämer hatte mir einen Stuhl hingeschoben, das Licht zwischen uns gestellt und sich selbst schwerfällig hingesetzt. Ich konnte nun sein Gesicht sehen, und dasselbe trug sehr deutlich die Spuren der Trunksucht an sich, in diesem Augenblick aber auch noch einen anderen, rätselhafteren Ausdruck. Christian Hansen wandte nämlich den Kopf rückwärts und starrte in die dunkelste Ecke des spärlich erleuchteten Zimmers.

„Was reden Sie von totschlagen?", erwiderte er hastig. „Ich habe noch keinen Menschen totgeschlagen, das soll mir erst einer beweisen! Was wollen Sie hier, was sind Sie eigentlich und weshalb kommen Sie bei Nacht und Nebel?"

„Es war ja nur ein Scherz, Herr Hansen", entgegnete ich begütigend, „und ich bitte deshalb um Verzeihung, denn Sie werden wohl nicht zum Scherzen aufgelegt sein. Ich komme aus Kiel und bringe Ihnen einen Gruß von Jakob!"

Nun war er wieder ruhiger geworden und nickte vor sich hin. „Von Jakob? Ja, er ist in Kiel, das weiß ich. Unser Pastor hat es mir mal mitgeteilt, als er ihm Papiere schicken musste. Von ihm selbst weiß ich es nicht. Nein."

Und dann leuchteten seine Augen plötzlich auf. „Bringen Sie vielleicht Geld von ihm? Geld?"

„Nein, Herr Hansen, er hat selbst nichts."

„So – hm. Dann soll ich ihm wohl was schicken, he?"

„Auch das nicht. Jakob weiß, dass Sie ihm nicht helfen können. Er weiß alles."

Der Krämer brach in ein halb kindisches Gelächter aus und klopfte scheinbar vor Vergnügen mit seinem Stock auf die Diele. „Donnerwetter, das ist gut! Und dann schickt der Bengel mir einen Gruß! Das ist der beste Witz, den ich jemals erlebte. Hat er Ihnen vielleicht auch noch einen Strick mitgegeben?"

Mir stiegen die Haare zu Berge über dieser gottlosen Rede, und ich fühlte, wie unendlich schwer es sein müsse, diesen verkommenen und zynischen Mann davon zu überzeugen, dass es noch eine Liebe gebe und vielleicht sogar eine Hoffnung.

„Ich wollte Sie nicht verhöhnen, Herr Hansen", sagte ich leise und zaghaft. „Das Unglück, welches Sie betroffen hat, ist schwer genug. Gott weiß es. Sie sollten nur die Überzeugung gewinnen, dass Sie noch einen jungen rüstigen Sohn besitzen, der sich – vielleicht etwas spät – seiner Kindespflicht entsinnt und dafür Sorge tragen wird –"

„Ja, nun schweigen Sie still", entgegnete Christian Hansen, als ich stockte. „Nun fangen Sie an zu überlegen, dass das nichts als Worte sind – leere Worte. Morgen ist das Gericht da, und morgen komme ich von meiner Stelle. Wissen Sie, wohin ich kommen werde? Dahin, wo Hiskias Juhl war, bevor er in die Welt hinausging. Wird Jakob mich davor retten können, dass ich den weißen Stock nehme und in das Armenhaus wandere? Nein, denn Sie sagen selbst, dass er nichts ist und nichts hat. Wird *er* mich wieder herausholen, wenn ich erst vor der großen leeren Armenschüssel sitze? Ich glaube das nicht, Herr, nein, er wird sich hüten. Sie möchten wohl gerne wissen, warum, denn Sie sind ja doch nur hergekommen oder hergeschickt, um zu spionieren. Aber ich sage Ihnen das nicht, nein, ich sage es nicht."

Er kreuzte seine Hände wieder über den Stock und versank in Schweigen.

Da aber geschah etwas Seltsames. An den verschlossenen Fensterladen pochte eine Hand, und eine knarrende, näselnde Stimme sagte: „Christian Hansen, komm heraus."

Der Krämer stutzte und horchte hin, als das Pochen sich wiederholte, stand er mit schlotternden Knien auf und öffnete das Fenster.

Ich war beiseitegetreten, sodass man mich von außen nicht sehen konnte, aber die Stimme, welche da sprach, wurde nun deutlicher, und ich erkannte sie so genau, als wenn ihr Laut seit zehn Jahren nicht aus meinen Ohren gekommen wäre. Sie gehörte dem Glaser Peter Lenzmann, unserem früheren Nachbar, demselben, der einmal früher so sonderbare Reden mit Christian Hansen geführt hatte. Und auch jetzt sprach er in einem geheimnisvollen, gedämpften Tone.

„Krischan", sagte er, „sieh mal hinaus, da unten auf deiner Fenne ist wieder die Laterne. Was mag das wohl zu bedeuten haben?"

Ich konnte von meinem Standpunkt aus durch das Fenster in die Marsch hinausblicken. Tief unten, hinter dem Dorfe, lagen die beiden aneinander grenzenden Fennen, von denen die eine Christian Hansen, die andere Bonke Nielsen gehörte.

Es war ziemlich dunkel geworden, und ich sah – es musste ungefähr an jener Stelle sein, wo Elfes Vater verunglückt war – das Licht einer Laterne hin und her schwanken.

Der Krämer hielt sich anscheinend mühsam an der Fensterbrüstung fest und flüsterte heiser: „Halt's Maul, verfluchte alte Eule, ich bin nicht allein."

„Das glaube ich, Krischan", entgegnete draußen der andere, „du bist niemals ganz allein. Aber sieh' mal, das ist gruslig, sie geht immer hin und her. Da, nun ist sie aus!"

Die Laterne, oder was es sein mochte, war tatsächlich in

diesem Augenblick erloschen, so plötzlich, als ob der Träger derselben mitten auf dem freien Felde irgendwohin versunken wäre.

Und Peter Lenzmann fuhr nun ebenfalls flüsternd fort: „Ich sage dir, Krischan, das hat etwas zu bedeuten. – Glaubst du an Vorspuk?“

„Ich glaube, dass du ein alter Narr bist!“, schrie der Krämer wütend und schmetterte mit einem Krach das Fenster zu.

Ich aber hatte das Gefühl, als ob er sich im nächsten Augenblick umwenden und auf mich stürzen werde. Ich griff nach der Tür und tastete mich durch den Laden nach dem Ausgang des unheimlichen Hauses – hinter mir blieb alles still und dunkel. – –

Aber ein desto tröstlicheres Licht leuchtete mir aus dem Hause Bonke Nielsens entgegen.

Eid saß am gedeckten Tisch neben der singenden Teekanne und wartete auf mich, wie sie wohl oft neben meinem Kinderbett gesessen haben mochte – still und geduldig, aber mit einem glückseligen Lächeln auf den welken Lippen. Bonke schien nicht zu Hause zu sein, und ich fragte nach ihm.

„Ach“, sagte sie, „das eine von unseren Schafen hatte sich vertüdert und war in den Graben gekommen. Da ist er mit der Laterne gegangen, um es wieder herauszuholen. Er ist so nipp auf alles und hat doch Geld genug.“

Also das war die einfache Lösung des Rätsels, wenn man es eine Lösung nennen konnte – aber eigentlich war es keine.

Ich setzte mich neben Eid und rief ihr in die Ohren: „Nicht wahr, Eid, da unten an der Stelle, wo Bonke Nielsens Sohn ertrunken ist?“

Sie nickte und hob gleich darauf abwehrend die Hände.

„Ach du meine Güte, was willst du mit den alten Geschichten? Lass sie ruhen, mein Junge, und mache mich nicht graulen! Komm, ich will dir eine Tasse Tee einschenken.“

„ Weißt *du* was von der Sache?“, fragte ich dringender, und die Alte begann in flüsterndem Tone zu reden.

„Ja, ja, er war ganz tot, und der Graben konnte doch nicht tief sein. Er war auch kein Schlemmer und Säufer, dass er wie ein Stück Vieh hätte hineinfallen können, und die Laterne hatte er auch bei sich. Es war nicht unsere, sie hatten ihm im Krug eine mitgegeben. Ich habe sie mit eigenen Augen gesehen, nein, nicht die Laterne, aber das Licht – von unserem Küchenfenster aus. Es ging hin und her, und dann war es aus. Als wir ihn fanden, war er tot und keiner weiß, wie es eigentlich gekommen ist. Nein, bestimmt weiß es keiner –"

„Auch Peter Lenzmann nicht, und auch Christian Hansen nicht?"

Eid schien sehr erschrocken zu sein und legte ihre Hand auf meinen Mund. „Still", sagte sie, „sprich so was nicht aus – es geht um, aber bei Nacht redet man nicht davon. Keiner weiß es bestimmt, aber morgen kommt das Gericht."

Eine sonderbare wirre Vorstellung schien sich ihrer bemächtigt zu haben, sie murmelte noch allerlei vor sich hin und wackelte fortwährend mit dem Kopfe.

Und dann kam Bonke zurück. Er begrüßte mich in seiner schlichten Weise, erwähnte beiläufig, dass die Sache mit dem Schaf in Ordnung gebracht sei, und setzte sich an den Tisch. Die spät gewordene Mahlzeit verlief ziemlich hastig, und nach derselben setzte Eid sich in einen Winkel, wo sie bald darauf einschlief. Der Alte aber holte aus dem Pesel eine silberbeschlagene Meerschaumpfeife für mich herbei, mischte einen Teepunsch für uns zurecht und setzte sich mir gegenüber in seinen Sorgenstuhl.

„So, Herr Studiosus", sagte er, „nun ist es ganz still, und wenn unser Herr Pastor nicht etwa noch bei seiner Pfingstpredigt sitzt, dann sind wir beiden ganz allein im Dorfe wach. Vielleicht noch mit einer Ausnahme, aber das geht mich nichts an. Und nun können wir von *ihr* reden."

Und ich begann von Elfriede zu erzählen und von ihrem Leben in Kiel. Wenn ich zu rasch sprach oder irgendeine Kleinigkeit zu flüchtig streifte, dann hob Bonke Nielsen die Hand auf, als wenn er mich zurückhalten wollte, und bisweilen stellte er auch, oft nur mit einem einzigen Wort, eine Frage, deren Inhalt bewies, wie genau er achtgab und wie gründlich er alles wissen wollte.

„Ich muss sie vor mir sehen“, sagte er einmal, „so wie ich Sie vor mir sehe. Es muss möglich sein, dass ich nur von ferne den Ton ihrer Stimme höre, um zu wissen, dass sie in der Nähe ist und dass sie kommt.“

„Es wäre doch nicht so weit von hier nach Kiel, Bonke“, sagte ich, und er entgegnete ohne einen Anflug von Bitterkeit: „Herr Studiosus, es ist ein feines Haus, in dem sie lebt, und es gehen feine Leute dort aus und ein. Ich bin nur ein schlichter Arbeiter, und ich passe nicht dahin. Es ist nicht deshalb, weil sie sich ihres Großvaters zu schämen brauchte oder weil ich dergleichen befürchten täte, aber ein jeder Mensch hat seinen Platz, und mein Platz ist hier in dem Hause, wo ich geboren bin. Sie meinen nun wahrscheinlich, dass Elfriede mich besuchen könnte, und dieser Gedanke ist mir auch schon bisweilen gekommen. Aber es tut wiederum nicht gut, wenn sie in ihren feinen Kleidern zu uns auf das Dorf kommt wie ein Sommervogel, der eigentlich nicht hierher gehört und der wieder von dannen fliegt, nachdem die Leute ihn angegafft und ihm einen welschen Namen gegeben haben. Denn wo sie ist, da soll sie *daheim* sein. Es könnte geschehen, dass ihr diese Stube zu eng dünkte und dass die alte Frau dort in der Ecke ihr zu kindisch vorkäme, und sie könnte vielleicht auf den Gedanken verfallen, mein Tagewerk eine gemeine und schmutzige Arbeit zu nennen, denn die Jugend sieht auf den Schein. Ich würde ihr nicht böse sein, aber es könnte mich traurig machen, und es ist nicht gut für *sie*. Darum mag es vorderhand bleiben, wie es ist.“

„Und dennoch, Bonke“, entgegnete ich, „lässt Frau Heimreich Sie daran erinnern, dass Sie dereinst versprochen haben, eine offene Tür zu behalten.“

„Sie ist eine kluge Frau“, sagte der Alte lächelnd, „und sie weiß, dass die Zukunft nicht in ihrer Hand liegt. Was ich versprochen habe, das halte ich auch, aber die Zeit ist noch nicht gekommen.“

Er versank in tiefe Gedanken und sah mich prüfend an.

„Sie haben mir vieles erzählt, Herr Studiosus, und doch möchte ich eins noch gern wissen. Es ist vielleicht die Hauptsache; Elfe hat mir vor längerer Zeit ganz beiläufig geschrieben, dass Jakob Hansen in Kiel sei. Dann ist sie niemals wieder auf die Sache zurückgekommen, obwohl ich wiederholt in meinen Briefen danach gefragt habe. *Einmal* kann das Zufall sein, aber nicht *zweimal* und *dreimal*. Ich sinniere viel bei meiner Arbeit und habe auch darüber nachgedacht. Können Sie mir vielleicht einen Aufschluss geben?"

Es war unmöglich, den Alten zu betrügen, und ich berichtete alles der Wahrheit gemäß – von Jakobs Leben und Bedrängnis, von seiner Liebe und von Elfes Liebe. Vielleicht habe ich mich bemüht, manches in einem freundlicheren Lichte darzustellen, aber sobald ich dazu den Versuch machte, hob Bonke Nielsen warnend die Hand und führte mich so gleichsam immer wieder auf den richtigen Weg.

Sonst aber blieb er wider Erwarten ganz gelassen und sagte, als ich geendet hatte: „Es ist sonderbar, aber ich habe mir dergleichen gedacht. Nicht, weil die beiden als Kinder viel beisammen waren, denn das ist mit Ihnen und Elfe ja auch der Fall gewesen, aber es musste wohl so kommen. Wir können das nicht ergründen, es ist nur eine Gefühlssache. Ich glaube, sie hätten sich am Ende der Welt gefunden, es ist ein Faden zwischen ihnen. Vielleicht hat er an dem Mädchen etwas gutzumachen, und das fügt der liebe Gott dann durch die Liebe ganz einfach zusammen, wir aber können nichts dagegen tun. Also nun werden sie dereinst Mann und Frau sein – hm – hm."

„Sie *hoffen* es, Bonke", sagte ich.

„Nein, nein, das ist kein bloßes Hoffen, es wird so kommen. Also es liegt nur daran, dass Jakob in den Händen von Hiskias Juhl ist? Es liegt nur daran?"

„Er hat sich aufgerafft, und ich glaube, er wird seinen Weg machen, denn er ist nicht schlecht."

Der Alte stand plötzlich auf und legte seine Pfeife beiseite. Es war ein feierliches Wesen über ihn gekommen, wie die Menschen es anzunehmen pflegen, wenn sie einen großen Entschluss gefasst haben.

„Es ist spät", sagte er, „kommen Sie mit mir, ich will Ihnen Ihre Schlafstelle zeigen."

Und dann nahm er das Licht, führte mich in die anstoßende Stube, den sogenannten Pesel, und sah sich dort eine Weile schweigend um. Es befand sich in dem etwas besser eingerichteten Raum ein großes Wandbett mit hoch aufgetürmten Kissen und neben demselben eine kleine alte Kinderbettstelle.

„Hier habe ich geschlafen, solange die kleine Elfe zu Hause war", erklärte der Alte, „und das da war *ihr* Bett. Sie wollte es immer fein um sich haben, und sie mochte doch nicht gern allein sein, da blieb denn nichts anderes übrig, als dass ich auch herübersiedelte. Seitdem steht das nun leer, und jetzt sollen Sie Ihr Quartier in diesem Raume haben. Aber das wollte ich eigentlich nicht sagen, man kommt nur so ganz von selbst in die Erinnerungen hinein. Nehmen Sie mal das Licht, Herr Studiosus, wenn es Ihnen recht ist, und leuchten Sie mir ein bisschen, ich kann den alten Kasten sonst nicht unter dem Bette hervorkriegen."

Er kniete nieder, kramte eine Weile und zerrte dann eine anscheinend ziemlich schwere, mit Eisenklammern beschlagene Kiste hervor, schloss sie auf und brachte zwei bis drei leinene Beutel zum Vorschein. Dann nahm er mir das Licht wieder aus der Hand und stellte es auf den Tisch.

„Dieses wird Sie nun wundernehmen, Herr Studiosus, dass ein alter Kleier so viel Geld beisammen hat, und dazu in harten Talern. Aber es geht alles mit seiner Natürlichkeit zu. Sie wissen, dass das Kleien gut bezahlt wird und dass man damit seinen preußischen Taler den Tag verdient – es sind aber schon viele, viele Jahre, dass ich die Arbeit beschicke, und für mich selbst brauche ich so gut wie nichts. Hier liegen zweitausend Taler und noch ein bisschen darüber. Natürlich hatte ich das Geld auf der Sparkasse, aber nächstens kann ich eine gute Hypothek kriegen, und da habe ich es denn beizeiten gekündigt. Es macht aber gar nichts aus, ob ich nur die Hälfte auf Hypothek anlege, und darum wollte ich Sie bitten, die anderen tausend in Ihren Ranzen zu packen. Sie sind ein bisschen schwer, aber ein junger Kerl trägt das schon bis Niebüll."

Ich blickte dem Alten starr in das Gesicht und fragte erstaunt: „Was soll das bedeuten, Bonke? – Ist dieses Geld für Elfe bestimmt?"

„Natürlich war es für sie bestimmt, das versteht sich von selbst. Und es soll ihr zugute kommen, aber auf andere Weise. Sie sagten doch vorhin, dass Jakob Hansen bei Hiskias Juhl oder bei dem anderen – ich habe seinen Namen vergessen – tausend Taler Schulden hat und dass er sein Examen nicht machen kann, bevor diese Schuld bezahlt ist? Glauben Sie denn, Herr Studiosus, dass Elfe und Jakob einander heiraten können, wenn er sein Examen *nicht* macht? Ich meine also, dass diese Sache ganz einfach liegt und dass Elfe ihm das Geld geben würde, wenn sie es hätte. Sie hat es aber noch nicht, sondern es ist in meinen Händen, und es ist doch ihr Eigentum. Verstehen Sie nun, wie ich das meine, Herr Studiosus?"

„Ja, Bonke", entgegnete ich zögernd, „ich soll die tausend Taler an Jakob aushändigen, damit er seine Schulden damit bezahlt."

„Justement so war es meine Absicht. Er mag mir einen Schuldschein ausstellen, und wenn er die Elfe geheiratet hat, dann ist der Schuldschein ein Stück Papier."

Ich blickte den alten Mann fast ehrfurchtsvoll an, denn trotz meiner Unerfahrenheit wurde mir doch klar, dass hier eine seltene und große Tat geschah, deren sich nur sehr wenige Menschen hätten rühmen dürfen.

Aber Bonke Nielsen machte nicht den Eindruck, als ob er eine Empfindung dafür besäße. Er saß ganz ruhig auf seinem Stuhle und sah in das Licht der Talgkerze, die einen trüben Schimmer verbreitete. Seine Gedanken schienen weit weg zu sein.

„Es wird nun wohl anders kommen, als ich dachte", sagte er endlich. „Die beiden müssen ihre Heimat draußen in der Welt suchen, der Wind weht sie fort. Und dieses alte kleine Haus geht in andere Hände über. Aber die Tür soll dennnoch offen bleiben, solange ich lebe. Gute Nacht, Herr Studiosus, schlafen Sie wohl; das Kinderbettchen wird Ihnen wohl nicht im Wege sein." – –

In dieser Nacht, wo ich wenig schlief, sah ich von meinem Lager aus durch die unverhüllten Fenster hinaus auf die Marsch. Es ging nicht mehr ein Licht über die Fennen, aber wer etwa draußen war, der hätte desselben wohl bedurft, denn es herrschte eine ungewöhnliche Dunkelheit, die auf schwer bedeckten Himmel schließen ließ. – –

9. Kapitel

Den Vormittag des folgenden Tages verbrachte ich mit einem Ausflug an die See, welche ungefähr eine halbe Stunde von meinem Heimatdorfe entfernt war.

Ich wanderte den Deich entlang und sah das Wasser der Nordsee mit der Flut heranbrausen, ich hörte wieder das Kreischen der Möwen und atmete den Salzgeruch; aber nichts vermochte mich in jene wunderbare Stimmung zu versetzen, die das großartigste Bild der Natur sonst in uns wachruft.

Das Gewölk der Nacht hatte einen heftigen regenlosen Wind gebracht, und ich blickte vom Kamm des Deiches häufiger hinunter in die Marsch als hinaus auf das Wühlen des Wassers. Da unten im Lande wühlte auch etwas, aber es war feiner trockener Staub, der von den Wegen aus über die Fennen wehte und alles Grün mit einem grauen Gewand überzog. Es sah hässlich aus unter dem bleischweren Himmel, und ich kann den Eindruck nicht beschreiben, den das unruhige und dennoch lauernde Wetter hervorrief. Wir pflegen wohl in solchen Fällen zu sagen, dass etwas in der Luft liege, aber es lässt sich nicht mit Händen greifen.

Bei dem kleinen friesischen Hafen Südwesthörn, wo der Sielzug durch eine Schleuse ins Wasser geht und wo ein einsames Wirtshaus liegt, machte ich Mittagsrast, denn Eid und Bonke hatten mir den Tag zu Streifereien freigegeben, und ich mochte nicht in das Dorf zurückkehren, solange das Gericht dort seines Amtes waltete.

Eine alte Frau hielt den Krug. Sie war wohl schon an die dreißig Jahre auf diesem Platz und galt als rechtschaffen und bieder, doch die Gewohnheit, ihre Gäste zu unterhalten, hatte sie etwas neugierig und geschwätzig gemacht.

Sie kannte mich natürlich nicht, aber während des Essens setzte sie sich in der leeren Gaststube zu mir, und es währte nicht lange, bis sie heraushatte, wer ich war.

Dann begann sie denn ein Langes und Breites von allen Begebenheiten der Gegend zu erzählen und kam auch so von ungefähr auf die Subhastation zu sprechen, welche heute drüben im Kirchdorfe stattfand.

„Der Krug geht so lange zu Wasser, bis er bricht", sagte sie mit einer bezeichnenden Handbewegung. „Christian Hansen hat sein Schicksal verdient, ja, das hat er. Denn er war immer ein schlechter Kerl, dem es Spaß machte, rechtschaffene Leute in Versuchung zu führen. Davon könnte ich auch eine Geschichte erzählen – jawohl, das könnte ich."

Ich fragte die Alte nicht nach der Geschichte, aber es schien sie zu drücken; heute war der Tag der Abrechnung, und sie wollte auch ihr Konto aufmachen.

„Das sind nun schon viele Jahre her", nahm sie das Wort und strickte dabei eifrig, „da kam Christian Hansen zu mir in den Krug. Da hinten in die Stube kam er, wo ich allein war, und er tat sehr geheimnisvoll. Er hatte ein Fläschchen bei sich mit so braunem Zeug darin, ich weiß nicht, was es gewesen ist. Aber es sollte einen Banktaler kosten, das Zeug. Das wäre was Neues, meinte er, und er wollte mal den Versuch machen, es in der Umgegend bei den Wirten abzusetzen – so unter der Hand. Man täte davon ein paar Tropfen in den Teepunsch oder in den Kaffeepunsch oder in den Grog, und davon würden die Leute duhn. Duhne Leute wollen immer mehr trinken, das wissen wir alle, und darauf war es abgesehen. Es sei übrigens ganz unschädlich, sagte das alte Ekel, man müsse sich nur in acht nehmen und es bei ein paar Tropfen lassen. Jawohl, so sagte er. Na, junger Herr, Sie wissen, dass ich immer auf meine Reputation gehalten habe und dass man bei mir nur gute Ware kriegt, und das habe ich ihm denn auch gesagt. Ich hätte ihn am liebsten vor die Tür gesetzt, aber man darf ja nicht grob gegen seine Gäste werden, sonst bleiben sie ganz weg. Und deshalb blieb ich ganz ruhig, und er hat noch bis zum späten Abend hier auf diesem Platze gesessen und getan wie die liebe Unschuld selbst."

„Sie müssen ein gutes Gedächtnis haben, um sich dieser Dinge so genau zu entsinnen", sagte ich zerstreut, und die Wirtin nickte ein paar Mal vor sich hin.

„Man hat so seine Marksteine, junger Herr – jawohl das hat

man. Just an dem Tage oder in der Nacht, die auf *den* Tag folgte, ist das Malheur mit dem Schmied Nielsen passiert, und die Affäre kommt mir so leicht nicht aus dem Gedächtnis, denn er hat ja auch vorher in meinem Krug gesessen, und die Leute meinten anfangs, ich hätte ihn duhn gemacht, bis ich bewies, dass er nur zwei Teepünsche getrunken hatte."

Ich nahm meinen Heimweg längs dem Sielzug, der die Marsch durchschneidet.

Wer diesen Kanal nie gesehen hat, der kann sich von demselben keine rechte Vorstellung machen. Er schleicht langsam und schwarz und tief zwischen den Fennen dem Deiche entgegen und ist zu breit, um wie die gewöhnlichen Gräben mit dem Klüwerstock übersprungen zu werden. Man überbrückte ihn deshalb an einzelnen Stellen, und er wird auch von Kähnen befahren. Sein Name hat in der Marsch einen geheimnisvollen und mitunter gefährlichen Klang, denn er ist im Vergleich zu den Gräben, was der Tiger gegen die Katze ist.

Es wehte noch immer, aber das Wasser neben mir war zu schlammig, um in eine lebhafte Bewegung zu geraten – es lauerte.

So kam ich endlich bis an die Brücke, welche den von Niebüll durch die Köge führenden Weg mit dem Kirchdorf verbindet und nur etwa zehn Minuten von Letzterem entfernt ist. Sie ist ziemlich hoch gebaut, und wenn einer seitlich an ihr bis zum Wasser hinuntergeht, dann wird er durch ihre letzten Pfeiler verdeckt. Dort stehen einige Fliederbüsche, und das Ufer ist mit Schilf bewachsen. Mitten in diesem grünen Versteck liegt ein großer Stein, von dem keiner weiß, wie er dort hingekommen ist. Aber er liegt da und hat wahrscheinlich seinen Platz schon behauptet, als das Meer noch über jene Gefilde dahinrauschte.

Auf diesem Steine saß Hiskias Juhl. Er hatte die langen Hände zwischen den spitzen Knien gefaltet und starrte in das brackige Wasser, welches unmittelbar zu den Füßen aus dem rauschenden Schilf hervorblinkte. Er war so tief in Gedanken versunken, dass ich an seinem Versteck hätte vorübergehen können, ohne von ihm bemerkt zu werden.

Aber ich stieg die Böschung hinunter und berührte seine Schulter. „Hiskias“, sagte ich, „was treibst du hier?“

„Ich denke an allerlei“, entgegnete er, ohne sich zu regen. „In dieser ekligen Marsch wird man überall gesehen, und die Leute sitzen alle mit dem Kieker hinter den Fenstern. Das ist wenigstens ein Platz, wo man unbeobachtet bleibt.“

„Sind dir die Leute unangenehm?“

„Das just nicht, aber ihre Neugier. Man muss sich daran gewöhnen, denn ich werde nun doch hierherziehen müssen.“

„Also die Geschichte ist vorbei?“

Er deutete auf eine Kutsche, die nach Niebüll zu durch den Koog fuhr. „Das ist das Gericht. Es hat hier nichts mehr zu tun, die Sache ist zu Ende, und Christian Hansen kann sich im Armenhaus anmelden. Nun komme ich an die Reihe.“

„Um denselben Weg zu gehen, Hiskias?“, fragte ich boshaft, und er lachte.

„Nein, Fritz, so dumm bin ich nicht. Ich werde nicht saufen, wie er es getan hat, ich werde auch nicht –“

Er brach ab und warf kleine Erdschollen nach den Schwalben, die unter den Brückenbögen ihre Nester gebaut hatten. „Das Viehzeug will auch wohnen, wo es nicht hingehört. Weißt du, wo ich gestern Abend gewesen bin?“

„Doch wahrscheinlich im Krug?“

„Nun ja, ich habe nicht so gute Freunde wie du. Aber vorher war ich bei dem Glaser Peter Lenzmann. Die Leute sagen, ich schliche so umher wie ein Haufen Unglück. Das tut er auch, und darum passen wir zusammen. Er hat mir einen ordentlichen Teepunsch gemacht und bei der Gelegenheit allerlei Geschichten erzählt. Ich sage dir, Geschichten –“

„Ich kann mir’s denken, Hiskias. Peter Lenzmann ist kein guter Freund von Christian Hansen; es muss da mal etwas passiert sein, und er muss irgendetwas wissen.“

Hiskias Juhl blickte mich von der Seite an und machte mir Platz auf seinem Sitz. „So – davon weißt du auch? Du auch?“

„Es wird so geredet, Hiskias – aber niemals geradeheraus.“

Darauf griff er in die Luft, als wenn er Mücken fangen wollte. „Ja, greif das mal, wenn du kannst. So ging es mir auch.

O, Peter Lenzmann war ein guter Freund des Krämers, und er hat viel Gutes von ihm gehabt; aber die Milchkuh steht nun trocken, und darüber ist er erbost. Das konnte ich mir ungefähr denken, und darum ging ich zu ihm, um mir mal reinen Wein einschenken zu lassen."

„Warum tatest du das, Hiskias?"

Er lachte und setzte seinen Krieg mit den Schwalben fort. „Sieh mal, Fritz, unsereins hat auch so was wie ein Gewissen. Wenn man einen anderen von Haus und Hof jagen will, ohne selbst viel Vorteil davon zu haben, dann möchte man gern einen moralischen Grund dazu besitzen. So bin ich nun einmal, ich kann's nicht ändern. Willst du den Grund hören?"

„Ja", entgegnete ich beklommen, „mir darfst du es eher erzählen als anderen."

„Hm, freilich. Es sind alte Geschichten, oder es ist vielmehr *eine* alte Geschichte. Sie fängt drüben in Südwesthörn an, und sie endigt in einem schlammigen Graben. Peter Lenzmann war dabei. – Du kennst doch die beiden Fennen, welche hinter Bonke Nielsens Haus zusammenstoßen?"

„Ja, die eine gehört Bonke und die andere Christian Hansen."

„Sie *gehörte* ihm, willst du sagen, aber das ist ja schließlich einerlei. Die andere war auch eigentlich nicht Bonke Nielsens Eigentum, sondern Niss Nielsen, der Schmied, hatte sie gekauft – Elfes Vater, weißt du. Und darüber ist es denn gekommen."

Hiskias Juhl rückte näher an mich und begann leise zu reden. Über uns am Rain rauschte die Sommerfrucht im Winde, und zu unseren Füßen säuselte das Schilf im Wasser; wir aber saßen still und verborgen. Es war, als ob die Gegenwart zerflattert sei und als ob die Vergangenheit aus dem tiefen Sielzug emporstiege.

„Christian Hansen hatte schon längst ein Auge auf Nielsens Fenne geworfen", sagte Hiskias, „denn es steckte guter Boden darin, und sie lag ihm zupass. Aber Niss Nielsen gab sie nicht her, und mit dem Alten ließ sich erst recht nicht reden. Es sollte wohl ein Erbe für Elfe sein.

Eines Tages so um die Schummerzeit kommt der Glaser Peter Lenzmann nach Südwesthörn in den Krug und findet Christian Hansen allein am Schenktisch sitzen. Der hat wohl schon, wie gewöhnlich, was im Kopf gehabt, denn er ist ganz rot im Gesicht und bestellt sich eben wieder einen Teepunsch. Nach einer Weile geht auch Niss Nielsen vorüber, der Krämer aber pocht an das Fenster und winkt ihn herein.

Drinnen geht es denn nun wieder los mit der Fenne; der eine bietet, und der andere will nichts von der Sache wissen. Darüber wird es dunkel und spät. Der Niss ist als ein nüchterner Mensch bekannt gewesen, er trinkt auch an jenem Abend nur einen einzigen Teepunsch, immer teelöffelweise, wie die Frauenzimmer. Und dann lässt Christian Hansen ihm noch einen zweiten kommen.

Und nun will es der Zufall, dass Niss von der Wirtin hinausgerufen wird, um ein verdrehtes Schloss aufzumachen, der Krämer aber bleibt mit dem Glaser allein in der Stube zurück. ‚Du, Peter', sagt er da plötzlich, ‚ich will mir mal einen Spaß machen, aber halt's Maul. Der Niss ist sein Lebtag noch nicht duhn gewesen, heute aber soll er es werden.' Und dann nimmt er ein Fläschchen aus der Tasche und tut etwas in den Teepunsch – einen ganzen Löffel voll.

‚Du wirst ihn doch nicht vergeben?', sagt Lenzmann, und jener schüttelt lachend den Kopf: ‚Gott bewahre, er soll bloß duhn werden, denn ich muss die Fenne haben.'

Darauf kommt Niss Nielsen wieder herein; er hat es sehr eilig mit dem Heimwege und trinkt das ganze Zeug mit *einem* Zuge herunter. Dann sagt er ‚Gute Nacht' und ist nicht mehr zu halten, aber anmerken tut ihm keiner was, nur auf dem Hausflur sehen die beiden ihn stolpern, und sie hören, dass die Wirtin sagt, er hätte sich übernommen, er sollte von wegen der Dunkelheit eine Laterne mitnehmen.

Da kriegt es der Lenzmann mit der Angst, und er meint, sie wollten hinterdreingehen, denn es könnte am Ende was passieren. Wie sie aber draußen sind, da ist die Laterne schon ziemlich weit vor ihnen. Sie schwankt immer hin und her, quer über die Felder, wo der Fußweg geht.

Mit einem Mal ist sie verschwunden, und es weht doch kein Wind, der sie hätte ausblasen können.

Peter Lenzmann kriegt es immer mehr mit der Angst. Er will anfangen zu laufen, aber der Krämer fasst ihn am Arm und sagt, er solle kein Narr sein, Niss Nielsen hätte die Laterne selbst ausgemacht, er wäre doch kein kleines Kind, das sich nicht zurechtfinden könnte.

Und so sind die beiden dann auf einem Umwege nach Hause gegangen, den Niss aber hat man noch in derselben Nacht tot aus dem Graben gezogen, er hat mit dem Kopf im Morast gesteckt."

Hiskias Juhl holte tief Atem und rieb die Hände nervös aneinander. „Ich erzähle dir nur wieder, was Lenzmann erzählt hat, aber er log nicht, sondern er sagte die Wahrheit. Ich kenne mich aus auf die Augen der Leute, und seine Augen waren wie ein offenes Buch." –

„Ja, Hiskias", entgegnete ich erschüttert, „er hat die Wahrheit gesprochen, das kann wohl kaum anders sein, denn alles, was ich vor Jahren, was ich gestern und heute gesehen oder gehört habe, stimmt mit diesem Bericht überein. Was willst du jetzt tun?"

Er sah finster vor sich nieder und klemmte seine Unterlippe zwischen die Zähne. „Es hat keinen Zweck, ihn den Gerichten zu übergeben, ich weiß nicht einmal, ob das, was er getan hat, bestraft werden kann, und jedenfalls ist es längst verjährt. Die Gerichte sind mit ihm fertig, und ich bin es auch. Er ist so sehr heruntergekommen, dass es einerlei ist, ob noch ein Schmutzfleck mehr auf ihm haften bleibt oder nicht. *Seinetwegen* könnte die Sache begraben bleiben."

„Dann lass sie begraben sein, Hiskias."

„Meinst du?", sagte er lauernd. „Es ist sonst nicht meine Gewohnheit, etwas halb zu tun. Ich will es mir überlegen – jawohl, nach allen Seiten hin. Was ist das?"

Er wandte den Kopf und lugte zwischen den grünen, uns vollständig verdeckenden Halmen hindurch auf den Weg.

Da kam ein Mann gegangen. Ein verwahrlost aussehender, barhäuptiger Mann. Er stützte sich im langsamen Vorwärtsschreiten auf einen langen, eigentümlichen Stock, eine Art Besenstiel oder dergleichen. Jedenfalls sah er aus wie ein Bettelstab, den sein Träger in einer sonderbar verwirrten Laune ergriffen hatte.

„Still“, sagte Hiskias leise, „das ist Christian Hansen. Er hat sich auf die Wanderschaft gemacht; ich glaube, er ist verrückt geworden. Er war schon heute Vormittag bei der Subhastation wie hintersinnig, so was soll bei Leuten vorkommen, die zu viel trinken. Was meinst du, lassen wir ihn vorübergehen, oder ist es besser, ihn anzureden?“

Christian Hansen war inzwischen bis auf die Brücke gelangt und blieb an einer Stelle stehen, wo das morsche Geländer zerbrochen und nur notdürftig mit einer Latte wieder ausgebessert war. Er sah in den Sielzug hinunter, fuchtelte mit seinem Stock und murmelte allerlei abgerissene Worte.

Er hatte uns noch nicht gesehen, aber nun erfolgte plötzlich eine Begebenheit, die noch heute wie ein Traum in meiner Erinnerung erscheint.

Hiskias Juhl mochte irgendeine Bewegung an dem verwirrten Manne bemerkt haben, die ihn erschreckte oder mit Besorgnis erfüllte, denn er hob plötzlich seine beiden langen Arme gen Himmel und richtete sich zwischen den Schilfblättern auf, sodass es den Anschein hatte, als wenn er aus dem schwarzen, sumpfigen Wasser emporgestiegen sei.

Vielleicht war sein Gesicht auch noch bleicher als sonst, oder die fahle Beleuchtung des bedeckten Himmels gab ihm eine leichenähnliche Färbung, denn Christian Hansen schrie plötzlich auf und nannte den Namen dessen, der wohl häufig in der Einsamkeit vor ihm gestanden haben mochte, den Namen dessen, an den Peter Lenzmann dachte, als er sagte: „Ich glaube, Christian, du bist selten allein.“

Jakobs Vater schrie auf und machte eine Bewegung vorwärts. Und ich werde niemals behaupten, dass diese Bewegung in seinem Willen lag, denn ich glaube, dass sein Wille von abergläubischer Furcht gelähmt war. Aber ich hörte plötzlich das Brechen von Holz und sah das Aufschlagen eines menschlichen Körpers in dem stillen, tiefen Wasser des Sielzugs.

Dann stiegen Blasen auf, und es wurde still. –

Erst weiter unten, wo eine Weide ihre Arme über das Wasser streckt, wurde er von uns mit unsäglicher Anstrengung herausgezogen, und er war tot.

Man brachte ihn einstweilen in die große, kahle Halle des Armenhauses, wo er in besseren Tagen mit den Juraten und Armenpflegern zusammengekommen war, um die Gemeindeangelegenheiten zu beraten. So war er dennoch, wenn auch als ein bedürfnisloser und schweigender Mann, an dem Platze angelangt, vor dem er sich vielleicht auf seinem letzten Wege geflüchtet hatte. Ich aber nahm in der Frühe des nächsten Morgens von meinen Gastgebern Abschied.

Bonke Nielsen trug seinen langen Sonntagsrock, denn er stand im Begriff, das Pfingstfest einzuläuten, und er war in einer feierlichen Stimmung. Als er mir das für Jakob Hansen bestimmte Geld übergab, konnte ich nicht umhin, eine Frage an ihn zu richten.

„Bonke", sagte ich, „jeder dieser Taler ist mit ehrlicher Arbeit erworben, und ich hege die Überzeugung, dass ein jeder Segen bringen wird. Aber die Leute reden davon, dass Jakob Hansens Vater die Schuld trägt an Eurem größten Unglück. Sie werden vielleicht noch mehr davon reden, und es ist keiner da, der sie widerlegt. Wird niemals die Zeit kommen, dass diese Wohltat Euch gereut?"

„Niemals", entgegnete er schlicht. „Ich weiß jedenfalls alles, was Sie mir heute nicht sagen mögen, und ich wusste es vielleicht früher als Sie. Denn wenn eine solche Rede durch viele Jahre hindurchgeht, dann kommt sie auch denen zu Ohren, die nichts davon erfahren sollen. Er ist tot, und ich werde ihm den letzten Weg einläuten, wie ich es bei vielen vor ihm getan habe. Man muss einen Unterschied zwischen den Menschen machen, und man soll nicht dem einen aufladen, was der andere vielleicht getan hat. Ich glaube nicht, dass eine jede Schlechtigkeit sich forterbt, denn dann käme immer mehr dazu, und das Gute hätte am Ende nicht mehr Raum.

Aber *sie* soll nichts von alledem erfahren, denn es würde einen Schatten auf ihr Leben werfen. Und nun muss ich gehen, um das Pfingstfest einzuläuten, und wenn ich zurückkomme, sind Sie fort, aber ich habe die Zuversicht, dass wir uns noch einmal im Leben wiedersehen."

Unter den Klängen der Glocken zog ich meine Straße durch die Marsch. Der Weg war heute frei, denn Hiskias Juhl hatte sich schon auf die Heimreise gemacht. Und ich dachte an die Worte, mit denen meine alte Wärterin von mir Abschied nahm.

„Mein lieber Junge", hatte sie gesagt, „ich bin sehr glücklich gewesen, dass du noch einmal zu deiner alten Eid kamst. Aber du sollst mir kein Haus bauen, ich brauche es nicht mehr, denn bei dem nächsten Sterben gehe ich auch mit. Bis du mal wiederkommst, sind wir alle weg. Baue dir dann selbst ein Haus, damit es dir nicht so wunderlich vorkommt, wenn du allein bist." Und dann hatte sie sich an ihr Spinnrad gesetzt und den alten Faden wieder aufgenommen.

Aber wir Jungen müssen neue Fäden spinnen, und die neuen Fäden reißen an der feinsten Stelle ab; es ist ein ewiges Wirken und Schaffen.

10. Kapitel

Die wenigen Tage der Ruhe schienen an Jakob Hansen körperlich ein Wunder getan zu haben, denn als ich ihn noch am Abend meiner Rückkehr nach Kiel aufsuchte, konnte er bereits in der Stube umhergehen, sobald er sich eines Stockes bediente.

Er war schwarz gekleidet und in einer sehr ernsten Stimmung, denn ich hatte bereits am Pfingstsonnabend Gelegenheit gefunden, ihm das plötzliche Ende seines Vaters telegrafisch zu melden. Er gab mir seine eiskalte Hand, zog mich neben sich auf das Sofa und bat mit halblauter Stimme um nähere Mitteilungen.

„Über die Umstände dieser traurigen Lösung", sagte er mit einer besonderen Betonung.

Es wurde mir recht schwer, die geeigneten Worte vorsichtig zu wählen, denn das Ende des unglücklichen Mannes hing zu eng mit seiner Vergangenheit zusammen, um ohne diese eine Erklärung zu geben. Ich aber hegte den festen Vorsatz, dem Sohne die Erinnerung an den Vater nicht noch mehr zu trüben, als es schon ohnehin der Fall sein mochte. Ich hoffte, auch Hiskias zu einem gleichen Verhalten bewegen zu können.

Jakob hörte mich gelassen an, als ich von der offenbaren geistigen Verwirrung des Verunglückten redete und seinen *Sturz* in das Wasser als einen verhängnisvollen Zufall hinzustellen bemüht war.

„Ich danke dir für deine Rücksicht", sagte er dann. „Du willst mich glauben machen, dass dies alles auch dem besten und schuldlosesten Menschen hätte zustoßen können, bloß weil es irgendwo eine morsche Planke gab und weil sich unter dieser morschen Planke ein tiefes Wasser befand. – Es sind wohl Hunderte an jener Stelle vorübergegangen, viele gewiss in stockfinsterer Nacht, und es ist keinem etwas passiert. Versteh mich recht, Fritz, ich glaube nicht, dass mein Vater den Tod im Wasser *gesucht* hat, nein, wenn er jemals auf diesen Gedanken verfallen wäre; im *Wasser* hätte er ihn niemals gesucht; aber dennoch *musste* er ihn dort finden. Das ist die Sache, um die wir nun einmal nicht herumkommen."

Er schien auf meine fragenden Augen eine deutlichere Antwort geben zu wollen, hob die Hand und ließ sie wieder sinken. „Du wunderst dich wohl, dass ich nicht zum Begräbnis hinreise", sagte er dann abbrechend.

„Du bist ja Invalide, Jakob."

„O, deshalb ginge es schon an. Wenn es gilt, einem Menschen die letzte Ehre zu erweisen, dann kriecht man auf allen vieren hin, wenn es nicht anders möglich ist. Jawohl, die letzte *Ehre*. Es steht im Katechismus, dass man seinen Vater ehren soll, aber ich müsste heucheln, um das zu tun. Ich will später einmal an seinem Grabe beten, aber vor allen Leuten – nein, ich kann es nicht."

„Und dennoch musst du es tun", entgegnete ich eifrig. „Hast du etwa kein Geld? Hiskias soll dich nicht mehr daran hindern mit seinen dummen Wechseln. Dem werfen wir den ganzen Plunder vor die Füße."

Während er aufhorchend den Kopf in die Hand stützte, erzählte ich ihm von dem alten Bonke und flocht zum ersten Mal an diesem Abend den Namen ‚Elfe' in meine Rede. Und schloss mit den Worten: „Es mag deinem Stolz schwer ankommen, Jakob, von dem einfachen Arbeiter eine Wohltat anzunehmen, aber auf andere Weise kommst du niemals aus den Klauen dieses Raubtiers und wirst niemals imstande sein, deine Elfe zu heiraten."

Da knirschte er leise die Zähne zusammen und packte sich mit der Faust in die krausen Haare.

„Weißt du, Fritz, was das heißen will?", sagte er so leise und doch so heftig, wie ein Mensch nur in der höchsten Erregung sprechen kann. „Hast du eine Ahnung davon? Ich soll eine Wohltat annehmen von dem Manne, der durch meinen Vater um sein eigen Fleisch und Blut gekommen ist?"

„Jakob!", schrie ich auf. „Was weißt du davon?" Und er streckte sich wieder, wie in seiner alten mutlosen Zeit, rücklings auf das Sofa hin.

„O, das alte Haus auf der hohen Warft hat seine dunkeln, unheimlichen, geschwätzigen Winkel. Da piepsen nicht nur die Ratten und die Mäuse herum, sondern die geheimsten Gedanken werden bei Tage darin geflüstert und bei Nacht bisweilen hinausgeschrien. Im Schlaf, in der Trunkenheit, in der abergläubischen Angst, was weiß ich, aus welchem von den hundert Gründen, die die Natur hat, wenn sie sich rächen will. Nein, nicht mehr heute, nun ist es auf eine Weile still geworden, bis ein anderer vielleicht ruhelos in diesem Hause des Elends herumwandert, aber früher war es so – damals. Glaubst du denn wirklich, Fritz, dass ein Sohn aus dem Vaterhause wegläuft, weil man ihm die Butter nicht dick genug aufs Brot strich? Man hängt doch mit seinen Wurzeln in dem Boden und muss sich erst losreißen. Aber ich hörte zu viel, was ich nicht hören sollte, und ich konnte es keinem wiedererzählen, denn ich hätte damit in die Welt hinausgeschrien, dass mein eigener Vater ein Menschenleben auf dem Gewissen trägt. Ich hörte es niemals im Zusammenhang, sondern stückweise, bald hier ein Wort und bald da ein Wort, wie es die Träume herauspressten und die Geister des Branntweins. Bald sprach er von einem schlimmen Handel und dann wieder von einem vergifteten Trunk; dann war wieder von einem schlammigen Graben die Rede, von einer Laterne, die mitten im Felde verschwand, und vom Krug auf Südwesthörn. Alles durcheinander, und dazwischen bisweilen ein Name. Den sprach er stets leise aus, aber der Name kam immer wieder, wie ein Gespenst immer wiederkommt. Und als du mir heute von seinem Ende erzähltest, da stand die ganze Begebenheit so klar vor meinen Augen, als wenn ich von Anfang bis zum Ende dabei gewesen wäre, denn es gibt keinen Zufall in der Welt, sondern nur Lohn und Strafe. Darum bin ich in die Welt hinausgegangen, deshalb bin ich niemals wieder heimgekehrt, darum schrieben wir uns nicht, und aus diesem Grunde stehe ich heute nicht an seinem Sarge. Denn es war nicht nur ein Mensch, den er auf dem Gewissen hat, sondern es war Elfes Vater."

Jakob Hansen schwieg und schraubte die Lampe höher,

und bei dem helleren Lichte sah ich, wie unendlich blass sein Gesicht geworden war.

„Jakob“, sagte ich nachdenklich, „was du da sprichst, ist die Wahrheit. Frage nicht, wie ich sie erfahren habe, aber es ist wirklich so. Und nun beantworte mir eins: Glaubst du wirklich, dass zwischen dir und Elfe jemals von Glück die Rede sein kann, wenn dieser Schatten zwischen euch steht?“

Seine Antwort kam erst nach einer langen Pause, und sie war so seltsam wie der ganze Mensch.

„Ich habe sehr oft darüber nachgedacht“, sagte er, „woher es kommt, dass mein Herz gerade auf dieses Mädchen verfallen ist. Das sind nicht nur Erinnerungen aus der Kindheit, denn man schließt manche Jugendfreundschaft, ohne dass später eine Liebe daraus wird. Im Gegenteil, die Freundschaft ist ein Feind der Liebe. Aber bevor ich eine Ahnung von alledem hatte, was wir vorhin besprachen, betrachtete ich Elfe gewissermaßen als mein Eigentum. Es erschien mir ganz selbstverständlich, dass ich überall für sie eintrat, es wäre mir geradeso natürlich erschienen, mein Leben für sie hinzugeben. Das sind Geheimnisse, die wir nicht ergründen können; ich glaube, sie werden von einer unsichtbaren Hand gewoben. Die Natur lässt die Kinder für die Sünden der Eltern büßen, das Gesetz legt den Kindern die Pflicht auf, die Schulden der Eltern zu bezahlen. Warum sollte ein höherer Wille es nicht auch fügen, dass der Sohn auf andere Weise gutmachen muss, was der Vater verbrochen hat? Da hast du vielleicht das Geheimnis meiner Liebe, ich vermag es dir nicht anders zu lösen. Aber Elfe darf niemals erfahren, welches Verhängnis über unseren Familien schwebte, denn ihre Liebe zu mir ist anders geartet, und sie würde sich vielleicht von mir abwenden aus Furcht vor dem Schicksal. Denn sie ist noch abergläubischer als unsere Stammesgenossen gewöhnlich zu sein pflegen, es steckt in ihr ein Gemisch von Waldnacht und Moornebel.“

Von dem Gelde war zwischen uns beiden nicht weiter die Rede. Ich wagte es nicht, das Gespräch noch einmal auf diesen Gegenstand zu bringen, sondern beschloss im Stillen, die mir anvertraute Summe in Elfes Hände zu legen. Der

Alte hat ja selbst gesagt, dass es ein Teil ihres Erbes sei, und das Mädchen mochte dann selbst entscheiden, in welcher Weise darüber verfügt werden sollte.

Über den Ausfall der Entscheidung war ich freilich keinen Augenblick im Zweifel.

An demselben Abend fand eine anderweitige Lösung dieser Angelegenheit statt. Als ich nach Hause kam, lag ein Brief auf meinem Schreibtisch, dessen Aufschrift von einer schweren, ungeübten Hand zeugte. Er war von Bonke und musste unmittelbar nach meiner Abreise geschrieben sein.

„Ich habe mir die Sache überlegt", schrieb der Alte, „und Sie sollen ihm nichts von dem Gelde sagen. Er könnte vielleicht zu stolz sein, um es von einem einfachen Manne anzunehmen, und es muss doch sein um Elfes willen. Geben Sie es selbst dem Hiskias oder dem andern, dessen Namen ich nicht behalten habe, damit *er* ganz frei wird und die beiden sich heiraten können.

Eid lässt Sie auch grüßen, und sie redet noch immer von dem Hause, welches Sie ihr bauen wollten, aber es ist nur eine Vorbereitung zum Heimgange. Dann werde ich ganz allein sein."

Dieses Schreiben war keine tadellose Vollmacht, sondern nur das Zeugnis einer unendlich zarten und schlichten Gesinnung, aber es genügte mir vollkommen. Ich ging sofort hinunter in das Kontor hinter dem Gewölbe und traf dort Dose mit Hiskias beisammen.

Die beiden schienen in einer heftigen Auseinandersetzung begriffen zu sein, denn schon an der Tür vernahm ich ihre lauten Stimmen.

„Ich habe mir vieles von Ihnen gefallen lassen", sagte der Alte, „aber dieses ist eine Unverschämtheit. Sie mögen mich selbst meinetwegen einen Narren heißen, denn dass ich mich mit Ihnen befasste, war die größte Narrheit meines Lebens, aber von meinem Sohne sollen Sie mit Respekt reden, Herr, oder ich schlage Ihnen das Hauptbuch auf den Schädel, so wahr ich Justus Dose heiße und meinen Vornamen wieder mit Ehren führen will!"

Worauf Hiskias giftig erwiderte: „Es wäre wohl kein Hauptbuch, wenn mein Kopf es nicht dazu gemacht hätte, aber mir soll's recht sein, dass wir auseinandergehen. Ich gedenke mich ohnehin selbstständig zu machen."

In diesen Streit platzte ich wie eine Bombe. Ich vergesse niemals das Gesicht meines Jugendgenossen, als ich mit vollkommen ruhiger Geschäftsmiene den alten Dose um Jakobs Kontoauszug ersuchte, da die Schuld desselben noch heute beglichen werden solle.

„Sie sollen ihn haben, Herr Studiosus", sagte Dose eifrig, „Sie sollen ihn *sofort* haben. Es ist mir eine Freude, wenn die Namen aus meinen Büchern gelöscht werden, und ich gebe Ihnen mein Wort, dass keine neuen mehr hineinkommen. Die Firma Justus Dose soll wieder gerecht dastehen, und die Herren Professoren sollen wieder in das Gewölbe kommen zu dem alten Justus wie früher, denn ich will mein Haus rein machen und abrechnen."

Das Geld reichte gerade, und ich stellte den Sack auf den Tisch, in welchem sich Bonke Nielsens Taler befanden.

Da streckte Hiskias seine lange Hand aus. „Es sind noch Zinsen zu berichtigen", sagte er grimmig, „wir nehmen keine Teilzahlung an."

Aber Justus Dose rieb sich grinsend die Hände. „Keine Zinsen, wenn ich bitten darf, keinen roten Heller. Warum? Weil ich mir auch mal ein Vergnügen gönnen will, und wenn das Vergnügen mich mein gutes Geld kosten sollte. Aber es kostet mich nicht mein Geld, sondern es bringt mir nur nichts ein, und es ist ein billiges Vergnügen, was man umsonst haben kann. Wollen Sie wissen, Hiskias Juhl, worin mein Pläsier besteht? Dass Sie ein Gesicht machen wie die Katze, wenn der Vogel ihr vor der Nase entwischt ist, und dass ich es bin, der den Vogel entwischen lassen kann. Geben Sie das Geld her, Herr Studiosus, und nehmen Sie die Wechsel an sich, es soll ein großer Strich über das Konto gemacht werden – ein großer Strich."

Er überließ es Hiskias, die Summe durchzuzählen, schob mir eine Handvoll Papiere zu und verfiel wieder in seinen gewöhnlichen brütenden Zustand, indem er nur von Zeit zu Zeit etwas von einem großen Strich murmelte, ohne unsere Gegenwart weiter zu beachten.

Hiskias und ich entfernten uns zu gleicher Zeit aus dem Kontor, und Juhl blieb noch einen Augenblick in dem Gewölbe stehen.

„Der Alte ist ein kompletter Narr“, sagte er achselzuckend, „es wäre gut, wenn man ihn entmündigte. Morgen weiß er nichts mehr davon, dass er sich von mir trennen wollte, aber ich gehe von selbst. Es ist mit einem Narren keine Seide zu spinnen, man wird schließlich selbst dabei verrückt. Höre nur, wie er da drinnen lacht, weil er glaubt, mich geärgert zu haben. Ich bin froh, dass es so gekommen ist. Was geht mich schließlich noch die Geldgeschichte an, ich habe bessere Waffen in den Händen, viel bessere Waffen.“

Er schnäuzte sein Licht und stieg langsam die Treppe hinauf, und wenn er dabei im roten Mantel auf einem Fass gesessen hätte, so würde mich das nicht wundergenommen haben.

Ich folgte ihm, packte die mir von Dose übergebenen Papiere in ein Kuvert und adressierte dasselbe an Bonke Nielsen. Und ich glaube noch heute, dass der Empfänger sie unbesehen in den Ofen gesteckt hat, denn es ist niemals wieder von ihnen die Rede gewesen. Sie waren eingesargt wie Jakob Hansens schlimmster Lebensabschnitt. –

Inzwischen waren einige Tage vergangen, als ich ganz unerwartet ein Billet von Elfe erhielt. Ich hatte schon jeden Tag nach Villa Heimreich hinausgehen wollen, um dem Mädchen die Grüße aus der Heimat zu bringen, aber es hatte sich immer eine Arbeit dazwischengeschoben, und nun wurde ich plötzlich gerufen.

Elfe schrieb: „Ich darf Jakob jetzt nicht belästigen, denn er steckt bis über die Ohren in Arbeit und steht dicht vor dem Examen. Auch kann ich das Haus nicht verlassen, da Tante Doris unpässlich ist und mir eigentlich etwas Sorge verursacht. Komm doch, bitte, so bald als möglich, ich habe dich um einen Rat zu fragen. Ich weiß mir nicht zu helfen.“

Eine Stunde später war ich daußen auf Düsternbrook. Elfe empfing mich allein; sie trug zum ersten Mal ein dunkles schlichtes Hauskleid und sah etwas angegriffen aus.

„Es ist hoffentlich nichts Schlimmes mit Tante Doris“, sagte sie auf meine Frage, „sie klagt nur mehr als gewöhnlich über Kopfschmerzen und liegt fast den ganzen Tag auf dem Sofa. Ich denke, das wird sich schon wieder geben. Aber ich habe da einen Brief bekommen, einen höchst sonderbaren Brief.“

Sie zog ein zusammengefaltetes Papier aus der Tasche, schlug es mit den Fingerspitzen auseinander und fuhr fort: „Du kannst dir unmöglich denken, von wem der Wisch herstammt. Er ist von Hiskias Juhl. Der Mensch schreibt, dass er mich in einer wichtigen Angelegenheit zu sprechen wünsche, und fragt an, ob ich geneigt sei, ihn zu empfangen. Was mag er nur wollen, und was soll ich tun?“

Ich erschrak so sehr, dass Elfe aufmerksam wurde und mich forschend anblickte. Sie ließ auch ihre fragenden Augen nicht von mir, als ich hastig entgegnete: „Nein, Elfe, du darfst ihn nicht empfangen, auf keinen Fall, hörst du! Auch wenn er noch einmal schreiben sollte, musst du seinen Brief uneröffnet zurückschicken. Es darf zwischen ihm und dir nicht die geringste Gemeinschaft bestehen, denn das würde dein Unglück sein, so wahr ich hier stehe.“

Meine Worte waren sehr unüberlegt, aber ich kannte noch nicht den weiblichen Charakter und wusste nicht, dass der Widerspruch das beste Reizmittel ist.

„Du glaubst doch nicht, dass er mehr für mich ist als ein Lufthauch?“, sagte sie stolz. „Was ich tun und lassen *darf*, das vermag ich allein zu beurteilen, ich wollte nur von dir wissen, was ich tun *soll*. Indessen wird es wohl am besten sein, ihm dennoch eine Stunde zu bestimmen.“

Ich wandte mich gekränkt ab, und im nächsten Augenblick war sie an meiner Seite.

„Nein, nicht so, es war garstig von mir, aber ich kann nicht anders. Sieh, Fritz, ich habe mich von Kindheit an vor diesem Menschen gefürchtet, und ich weiß ganz bestimmt, dass seine Nähe mir nur Unheil bringt. Aber er ist die Klapperschlange, und ich bin der Vogel, da sind Dinge, über die man nicht hinauskann. Ich möchte dich wenigstens bitten, in meiner Nähe zu sein, wenn er kommt. Du stehst gewissermaßen an Jakobs Stelle, denn ich darf ihn jetzt in keiner Weise belästigen, und außerdem –"

„Außerdem, Elfe?"

„Kann ich jetzt das Haus ebenso wenig verlassen, wie Jakob hierher kommen darf."

Ich nahm die Hand, welche sie auf meinen Arm gelegt hatte, und sah dem Mädchen in das Gesicht.

„Wann soll die Heimlichkeit aufhören, Elfe?"

„Lieber heute als morgen", entgegnete sie leise. „Sie beginnt mich zu drücken, und es wäre mir am liebsten, wenn ein Zufall alles herausbrächte. Tante Doris ist so harmlos, es ist ein Unrecht, harmlose Leute zu hintergehen."

Wir bestimmten für die Zusammenkunft die Nachmittagsstunden des folgenden Tages – so um die Dämmerzeit – sagte Elfe.

Und dann schrieb sie einige Worte, die ich mitnahm und unterwegs in einen Briefkasten steckte; es war mir dabei auffällig erschienen, dass Juhl die Antwort postlagernd erbeten hatte, aber als ich nach Hause kam, wurde mir der Grund klar. Hiskias hatte Doses Haus verlassen.

„Mit Sack und Pack", sagte der Alte, „und ich weiß nicht wohin. Er ist ausgelöscht wie ein bezahlter Posten, er hat einen Strich über sich gemacht. Ich hoffe, dass er nie wieder auftauchen wird, denn wo er hinkommt, da ist das Unglück. Morgen lasse ich mein Haus neu anstreichen, und es kommt wieder die alte Firma ‚Justus Dose' an ihren gehörigen Platz, das ‚Justus' aber soll mit größeren Buchstaben geschrieben werden. Ich arbeite jetzt an einem Bücherkatalog, es ist ein saures Werk, denn mein Sohn kann mir nicht mehr dabei helfen. Aber die Professoren werden wiederkommen, ich hoffe bestimmt darauf."

Hiskias Juhl war noch in Kiel, man hatte ihn in der Stadt gesehen, aber niemand kannte seinen Aufenthalt, auch auf dem Meldeamt wussten sie nicht seine Wohnung anzugeben.

So suchte ich ihn bis spät in die Nacht und setzte am Vormittag des folgenden Tages meine Nachforschungen fort, denn ich wollte ihn bitten – ein anderes Mittel stand mir nicht zu Gebot –, auf die Unterredung mit Elfe Verzicht zu leisten, weil ich ahnte, welchen Inhalt diese Unterredung haben werde. Aber er schwand vor mir hin wie ein Schatten. Er wollte offenbar ein Zusammentreffen mit mir vermeiden, und diese offenkundige Absicht erfüllte die unendlichen Stunden jenes unvergesslichen Tages mit einer fast unerträglichen Pein. Dann kam ein Wetter hinzu, wie es in den heiteren Junitagen nur selten einzutreten pflegt.

Der Himmel war mit einem schwefelgelben Dunst umzogen, und das Wasser des Hafens lag wie Blei zwischen seinen Ufern; jedes Blatt am Baume war schlaff, und jeder aufwachende Laut versank gleichsam wieder in dem allgemeinen unendlichen Schweigen der Natur.

Wir hatten am Tage zuvor von dem Eintritt der Dämmerung gesprochen, ohne zu bedenken, dass diese im Juni erst mit den Abendstunden kommt, aber die Dämmerung währte den ganzen Tag und verwirrte den Zeitbegriff. Als ich in der Villa Heimreich eintraf, erwartete Elfe mich bereits am Gittertor des Gartens.

„Er ist noch nicht da“, sagte sie, „aber ich habe das Gefühl, dass er bald kommen wird. Ich bin so unruhig, ich weiß nicht, was das zu bedeuten hat. Vielleicht sorge ich mich auch ganz unnötig um Tante Doris, der Doktor war da und ging wieder fort, ohne ein Wort zu sagen. Und nun hat sie den Wunsch ausgesprochen, dich zu sehen. Ist das nicht sonderbar, jetzt, wo sie krank ist?“

Es dünkte mich auch allerdings etwas sonderbar, aber kranke Leute haben ihre Launen, und so folgte ich Elfe in das Haus.

Unterwegs sagte das Mädchen:

„Tante hat sich im Salon auf das Sofa gelegt, sie ist also gar nicht so eigentlich krank. Wenn Juhl kommt, dann werde ich ihn in das Gartenzimmer führen, dann seid ihr doch beide in meiner Nähe, und ich kann mich zu euch hereinflüchten, wenn ich mich fürchte. Denk dir nur, ich fürchte mich wirklich."

Einige Minuten später stand ich neben dem Ruhebett, auf welchem Frau Heimreich unter einer leichten Decke lag. Sie war vollständig angekleidet und machte wirklich nicht den Eindruck einer Kranken, denn die Blässe ihrer schönen, sanften Züge konnte auch eine Folge der sonderbaren Beleuchtung sein.

Sie reichte mir freundlich die Hand, zog mich neben sich auf einen Stuhl und sagte:

„Ich hörte, dass Sie heute kommen wollten, es ist hübsch von Ihnen, dass Sie auch zu mir kommen. Ist Elfe fort? Der Kopf schmerzt mich etwas, und ich schließe am liebsten die Augen."

„Elfe hat uns allein gelassen, gnädige Frau."

„Sagen Sie doch Tante Doris zu mir. Sie sind ja noch so sehr jung."

Ich beugte mich auf ihre Hand, um dieselbe zu küssen, und ein sonderbares kühles Gefühl durchschauerte dabei meine Lippen.

Wir schwiegen beide einen Augenblick, dann nahm Frau Heimreich wieder das Wort: „Sie kommen also von dem alten Manne, nicht wahr?"

„Von Justus Dose?"

„Nein, nein; der eine *heißt* so, und der andere *ist* es. Ich meine den anderen."

„Ja, Tante Doris, ich war Pfingsten bei ihm."

„Richtig; wie war er denn? Ich meine, machte er den Eindruck eines sehr einsamen alten Mannes?"

„Er sprach nicht viel davon, aber aus seinem Wesen konnte man es wohl entnehmen."

„Und haben Sie ihm das gesagt, was ich Ihnen auftrug? Ich meine, das mit der offenen Tür?"

„Ich habe es ihm gesagt, aber ich glaube nicht, dass es nötig war. Das Haus und die Einrichtung und alles, was ich sah, machten den Eindruck, als ob es nur für einen einzigen Zweck bereitstünde. Wenn Elfe wirklich einmal dorthin zurückkehren sollte, so kann sie gerade da wieder anfangen, wo sie als Kind aufgehört hat."

„Alles Dazwischenliegende ist nur ein Traum gewesen", sagte Frau Heimreich lächelnd. „Wie gut Sie mich verstehen. Ich glaube, Sie sind doch älter, als es den Anschein hat. Es ist nämlich sehr wohl möglich, dass die Zeit kommt, wo Elfe auf diese letzten zehn Jahre wie auf einen Traum zurücksieht."

„Auf einen schönen Traum."

„Ich weiß doch nicht", entgegnete sie nachdenklich. „Ich habe sie immer sehr lieb gehabt, fast so, wie ich es mir von einem eigenen Kinde vorstelle, aber es sind mir doch häufig Bedenken gekommen, ob ich recht daran tat, Elfe aus dem Heimatboden zu reißen und aus selbstsüchtiger Sehnsucht nach Liebe den alten Mann einsam zu machen. Nun ist sie erwachsen und fühlt das vielleicht selbst, deshalb möchte ich sie gerne selbstständig machen, damit sie sich frei entscheiden kann."

„Tante Doris", sagte ich etwas übereilt, „Elfe wird sich niemals freiwillig entscheiden, Sie zu verlassen."

Aber sie legte die Hand an die Stirn und schüttelte leise den Kopf.

„O, o, mein lieber junger Freund, da kommt wieder die große Jugend zum Vorschein. Glauben Sie denn, dass ich keine Augen habe, um zu sehen? Meinen Sie wirklich, dass mir alles entgangen ist, was da heimlich aufblüht? Aber davon will ich jetzt nicht reden, heute nicht. Elfe wird selbst kommen zu ihrer Zeit und sprechen. Nein, nicht mehr davon, ich wollte jetzt eine andere Sache erwähnen. Der Doktor war vorhin bei mir."

„Elfe hat es mir erzählt, Tante Doris."

„Ja, aber sie ist nicht zugegen gewesen, als er mit mir sprach. Das heißt, so darf ich es eigentlich nicht ausdrücken, denn der Doktor hat überhaupt nicht zu mir gesprochen, sondern er ist stumm wieder fortgegangen. Das ist schon gar nicht gut, wenn die Ärzte stumm sind und gar nichts verordnen, sie wissen dann entweder zu viel oder zu wenig. Nun verstehen Sie doch, was ich damit meine?"

Es überkam mich eine plötzliche Angst, als sie so sonderbar sprach und immer auf etwas Besonderes hindeutete.

Ich griff nach der Hand, die von dem Deckbett heruntergeglitten war, und fühlte einen leisen, müden Druck derselben. In demselben Augenblick aber hörte ich auch Stimmen in dem Gartenzimmer, welches nur durch ein kleines Kabinett vom Salon getrennt war.

Hiskias Juhl musste soeben eingetroffen sein.

„Ja“, sagte Frau Doris Heimreich mit einer merkwürdig klaren Stimme, „es ist wohl besser, dass Sie noch heute hingehen und den Notar holen. Ich hatte doch schon davon gesprochen? Nein? Sehen Sie, meine Gedanken wandern. Ich glaube, es ist eine sehr ernsthafte Krankheit im Anzuge. Elfe aber soll das nicht wissen. Mich dünkt, sie hat Besuch bekommen, es wird da vorn gesprochen. Gehen Sie ganz still an ihr vorüber, dann fragt sie sicherlich nicht. Inzwischen möchte ich ein wenig schlafen; sind die Gardinen fest zusammengezogen?“

„Nein, es lauert ein Gewitter in der Luft.“

Sie antwortete nicht mehr, und ich stand leise auf. Mein Hut lag vorn im Gartenzimmer, ich musste also durch dasselbe hindurch. Aber in dem kleinen davor befindlichen Kabinett blieb ich stehen, um noch einmal zurückzuhorchen. Nur zurück, nicht vorwärts.

Die Portiere nach dem Gartenzimmer war halb geöffnet, und ich sah in den mit Dämmerlicht gefüllten Raum – ich sah noch durch denselben auf die Veranda und in das finstere Gewölk, das sich über den Bäumen heraufschob. In dieser fahlen Beleuchtung stand Hiskias Juhl mit dem Hut in der Hand; er trug einen schwarzen Anzug und hatte das blasse Gesicht nach der Tiefe des Zimmers gewandt, aber von Elfe konnte ich nichts sehen.

„Es sind viele Jahre vergangen“, sagte er, „seitdem ich Ihnen so nahe war, wie ich es heute bin, und es sind ebenso viele Jahre her, dass ich zum letzten Mal eine Träne in meinen Augen gespürt habe. Das war damals, als Sie in einer Kutsche unser Dorf verließen und ich vor der Tür des Armenhauses stand, um Ihnen nachzusehen. Ich wünschte damals in meinem kindischen Sinn, dass Sie ebenso arm sein möchten wie ich oder dass ich ebenso vornehm werden könnte, wie Sie es werden sollten – ich wünschte das eine oder das andere, und es war mir gleichgültig, welches von beidem eintreten würde. Das wollte ich Ihnen heute sagen, Elfe, damit Sie wissen, dass ich einen Traum in meinem Leben geträumt habe, geradeso gut wie andere Menschen. Es ist weder das eine noch das andere eingetreten, und ich weiß außerdem, dass Sie mich verabscheuen und dass ich Ihnen widerwärtiger bin als eine Kröte oder eine Schlange.

Und darum habe ich verlernt zu weinen, und ich habe verlernt zu hoffen. Das wollte ich Ihnen auch sagen, Elfe.

Und weil Sie das nun wissen, so könnte ich wieder heimgehen, um mich in meiner Höhle zu verkriechen und mein Geschäft fortzusetzen, welches darin besteht, die Menschen zu benutzen und sie zu verachten, wie sie mich verachten.

Gelegentlich auch sie zu hassen – besonders einen vor allen."

Er schwieg einen Augenblick und ich sah, dass er sich die Stirn mit einem Tuch trocknete, während das Gewitter langsam zu grollen begann.

Dann aber sagte Elfes Stimme: „Einen zu hassen, den ich liebe, Hiskias Juhl."

„Den Sie lieben –", wiederholte er mechanisch. „Wenn ich das so gewiss wüsste, Elfe, wie ich von meinem eigenen Hass überzeugt bin, und wenn ich so gewiss wüsste, dass er Sie glücklich machen wird, als ich weiß, dass ich Sie glücklich sehen möchte, dann würde ich vielleicht geneigt sein, von hier fortzugehen, um Ihnen nie wieder in den Weg zu treten."

„Dann gehen Sie", sagte Elfes Stimme wiederum.

„Es ist schwer, Elfe, es ist sehr schwer. Sie sind hier von Glück und Reichtum umgeben, und *er* wird seine Hand danach ausstrecken. Nicht um mit Ihnen zu teilen, sondern, Elfe –"

Er hielt plötzlich inne und wandte das Gesicht nach der Seite. Vielleicht hatte nur der erste Blitz, dessen aufleuchtender Schein in diesem Augenblick das Gemach erhellte, die Netzhaut seines Auges getroffen, vielleicht war es aber auch ein Laut gewesen, der seine Stimme zum Schweigen brachte.

Ich selbst vernahm diesen eigentümlichen Ton mit großer Deutlichkeit, und er klang wie ein tiefes Aufseufzen, durch welches die Last und die Freude eines ganzen Lebens dem Schweigen und der Nacht zurückgegeben wird. Ich eilte auf den Platz zurück, wo Frau Doris Heimreich scheinbar in tiefen Schlaf versunken lag, und als ich mit meinen zitternden Händen ihr aufwärtsgewandtes Gesicht berührte, da ward ich mit Entsetzen inne, dass sie nicht mehr atmete, dass ein vielleicht von ihr geahnter Schlaganfall diesem reichen und sonnigen Dasein ein vorzeitiges Ziel gesteckt habe.

Die Begebenheiten der nächsten Minuten haften nur un klar und verwischt in meinem Gedächtnis.

Ich sehe Elfe neben dem Ruhebett der Entschlafenen knien und mit zärtlichen Namen, die ich sonst niemals vernommen hatte, die mütterliche Freundin rufen; ich höre ein Brausen in der Luft, welches das Hereinbrechen des Unwetters ankündet und die Büsche des Gartens zerpeitscht; und ich stehe neben Hiskias Juhl, der den Pfosten der offenen Verandatür umklammert und fassungslos in den wilden Aufruhr der Natur hinausstarrt. Und ich schreie ihm in die Ohren, dass dies ein Haus der Trauer sei, welches er durch seine Gegenwart nicht in ein Haus des Schreckens umwandeln dürfe.

Er sieht mir starr in das Gesicht, winkt mit der Hand und sagt: „Ich gehe schon – ich gehe schon. Du sollst nicht glauben, dass ich so schlecht bin, diesem armen, verlassenen Kinde auch das Allerletzte zu nehmen, woran ihr Herz hängt, ich fürchte mich bei *dem* Wetter vor dieser Schlechtigkeit."

Und dann geht er hinaus, mitten in den niederströmenden Regen. Ich sehe ihn in gebückter Stellung durch die Büsche streichen, ängstlich jeden Baum vermeidend und bei jedem niederzuckenden Blitz den Kopf zwischen die Schultern duckend. So verschwindet er langsam vor meinen Augen wie ein geschlagener Mann, der die Strafe des Himmels fürchtet und sich vor dem flammenden Auge Gottes verbergen möchte.

11. Kapitel

Es waren Tage der Trauer und der Verwirrung, die mir nur eine unfreundliche Erinnerung hinterlassen haben.

Frau Doris Heimreich hatte keine näheren Verwandten, aber die ferneren kamen zusammengelaufen, als sie die Todesnachricht vernahmen, und es stellte sich sehr bald heraus, dass ein Testament nicht vorhanden war.

Der Notar, welcher den Nachlass zu ordnen hatte und dem das junge, vereinsamte Mädchen leid tun mochte, fragte mich zwar, ob die Verstorbene nicht etwa vor ihrem Tode irgendwelche Anordnungen in Beziehung auf ihr Pflegekind getroffen habe, aber ich konnte nur die dunklen Worte wiederholen, welche Frau Heimreich in ihrer letzten Stunde zu mir gesprochen hatte. Der Mann des Rechtes zuckte bedauernd dic Achsel.

„Sie war eine Frau“, sagte er, „und sie mag sehr viel Liebe besessen und gespendet haben, aber Frauen pflegen selten in geschäftlichen Dingen an das Notwendigste zu denken. Es war nicht gut, dass die Verstorbene ein Kind aus dem Volke zu sich heraufzog, ohne ihm die Mittel zu verschaffen, das einmal begonnene Leben fortzusetzen. Die junge Dame wird fortan eine dienende Stellung einnehmen müssen, und das ist ein hartes Brot für jemand, der es besser gewöhnt war.“

Ich teilte ihm mit, dass Elfe einen Großvater besitze und dass ich an denselben geschrieben habe.

„Na ja“, meinte er darauf, „Großväter sind ja besser als nichts, aber solche Leute aus dem Volke pflegen nicht übermäßig viel Gefühl zu besitzen. Wenn er sie zu sich nimmt, ist es gut. Einstweilen habe ich bei den Erben ausgemacht, dass die junge Dame in der Villa bleibt, wenigstens so lange, bis die Beerdigung vorüber ist.“

Von Jakob Hansen sprach ich nicht. Er steckte mitten im Examen und konnte kaum die Zeit finden, einige tröstliche und zugleich hoffnungsreiche Worte an Elfe zu schreiben; ihn selbst sah ich nur auf wenige flüchtige Sekunden.

Auch mit Elfe kam ich nicht in Berührung.

Seitdem fremde und habgierige Hände in dem mir so teuren Hause auf Düsternbroock schalteten, besaß ich kein Recht, dort einzudringen, und nur am Tage der Beerdigung konnte ich auf dem Friedhofe einen kurzen Gruß mit dem Mädchen tauschen. „Du darfst über mich ganz ruhig sein“, sagte sie, „er wird kommen und mich holen.“

Über dieses „er“ konnte kein Irrtum obwalten, und ich fragte nur ebenso kurz, ob Elfes Großvater geschrieben habe.

„Nein“, entgegnete sie darauf, „er schreibt nicht. Er hat keine Worte, sondern er hat Taten. Ich werde nicht lange nötig haben, das Gnadenbrot hier zu essen. Ich habe es ausgerechnet, dass er heute kommen kann.“

In dieser Stunde ihrer größten Einsamkeit redete sie nicht von Jakob, sondern sie wandte ihre Gedanken dem Manne zu, der sie durch die längsten Jahre am treuesten auf dem Herzen getragen hatte.

Wir verließen den Friedhof und trennten uns; ein jeder ging seinen Weg. Mir war sehr einsam um das Herz, und als ich unter dem Dach der neuerstandenen Firma Justus Dose auf meinem Zimmer saß, durchschauerte mich ein Herbstgefühl, obschon draußen der Sommer die Flur schmückte. Ich glaube nicht, dass der Schatten derjenigen, die wir soeben mit Sand bedeckt hatten, in diesem Augenblick neben mir stand, denn so sehr ich die Tote verehrt hatte, sie war mir doch nicht mehr gewesen als ein freundliches Bild – aber ich spürte das Absterben irgendeiner törichten Hoffnung.

Da kam ein schwerfälliger, langsamer Schritt die Treppe herauf. Eine Stimme sagte: „Ich danke Ihnen, Herr – nein, ich kann wirklich nicht Ihren Namen behalten – aber nun finde ich mich schon zurecht, und Sie sollen sich nicht weiter bemühen. Ein dunkles Haus und ein bisschen weitläufig; in der Marsch bauen wir anders.“

Es war Bonke Nielsen, und ich riss meine Zimmertür auf, sodass er im vollen Lichte vor mir stand. Er trug seinen langen dunkelblauen Rock, in dem er die Glocken meiner Heimat zu läuten pflegte, und sah auch sonst ganz reputierlich aus. Nur die breitschirmige Mütze ging ein bisschen stark ins Ländliche, und sein Knotenstock schien einer jungen Eiche zu entstammen.

„So, Herr Studiosus“, sagte er, „nun bin ich da. Sie sitzen hinter den Büchern, wie es sich gehört, und ich habe meinen Spaten auf ein paar Tage in die Ecke gestellt, wie es sich gehört. Nun wollte ich Sie bitten, mich ein wenig zurechtzubringen, denn es sind hier viele Häuser und viele Menschen, ich glaube, mehr, als in unserer ganzen Marsch zusammengenommen.“

„Also meinen Brief habt Ihr richtig bekommen, Bonke?“

„Es ist alles in seiner Ordnung; diese Zeit musste sich einstellen. Ich habe nur ein Betrübnis, dass die junge, schöne Frau unter die Erde gegangen ist, indem wir Alten doch eher an der Reihe gewesen wären, aber was geschehen soll, das geschieht oft auf eine wunderliche Weise.“

Er sprach nicht von dem eigentlichen Zweck seines Kommens, und ich fragte ihn auch nicht danach. Sein Ausdruck, dass alles in Ordnung sei und dass es so kommen musste, war wie ein ehernes Wort, an dem sich nicht deuten ließ. Er wollte Elfe heimholen, und ich fühlte, dass diese Gewissheit jenes sonderbare Herbstgefühl in mir wachgerufen hatte.

Während Bonke, den Stock zwischen seinen Knien, auf einem Stuhl saß und kopfnickend meine Bücher betrachtete, machte ich mich fertig. Einmal sagte er: „Ganz wie bei unserem Herrn Pastor. Sonderbar. Ich dachte immer, dass die anderen, die nicht aufs Predigen studieren, keine Bücher gebrauchen, aber ich sehe, dass es nicht an dem ist.“

„Wollen wir gleich zu Elfe gehen?“, fragte ich, und er schüttelte den Kopf.

„Nicht gleich, wenn es Ihnen recht ist. Zuerst möchte ich mit dem anderen reden – Sie wissen schon. Das ist nicht um des Geldes willen, nein, aber ich will doch sehen, wie er sich gemacht hat und ob ich ihm das Kind dereinst mit Ruhe anvertrauen kann. Ihr Glück steht nur auf vier Augen, und zwei davon beginnen nach der Erde zu blicken.“

Dann ging er neben mir die Treppe herunter und warf im

Vorübergehen einen Blick in das mit Büchern angefüllte Gewölbe. „Sie erzählten mir Pfingsten von dem alten Manne, dessen Namen ich nicht behalten kann; er scheint gar nicht so schlimm zu sein, denn als er mich zu Ihnen führte, erzählte er mir von seinem verstorbenen Sohne und dass er den sehr lieb gehabt hätte. Ich möchte ihm wohl die Hand geben, denn ich komme doch nicht wieder hierher."

Auf meinen Ruf kam Dose aus seinem Winkel hervorgekrochen, und Bonke umschloss mit seiner breiten Tatze die welke Rechte des dürren Männchens.

„Zum Abschied, alter Herr", sagte er. „Wir haben nicht viele Worte miteinander geredet, aber wir hatten beide einen Sohn und haben ihn beide verloren. Sonst ist unser Geschäft ziemlich verschieden, denn ich wühle in der Erde und Sie wühlen in was anderem. Darum braucht man nicht zu sein, wie Hiskias Juhl einer ist, und ich glaube auch nicht, dass Sie mit ihm zusammenpassen. Vor allen Dingen aber sollen Sie meine Hand haben wegen unserer gemeinsamen Erinnerung. Es ist nicht gut, wenn man ein Kind begraben muss, die Enkelkinder stehen einen Schritt weiter von uns, und sie fliegen noch früher aus als die eigenen Kinder."

Auf der Straße warf er einen Blick auf meinen Anzug und sah sich um. „Sie haben so feine schwarze Sachen an, Herr Studiosus, es ist wohl heute das Begräbnis gewesen? Können wir nicht auf einem Wege zu Jakob hinausgehen, wo wir nicht so vielen Menschen begegnen? Es ist ein so großer Unterschied zwischen Ihnen und mir, ich möchte nicht gerne, dass Sie meinetwegen von Ihren Kameraden verlacht werden."

Aber ich ging an seiner Seite mitten durch die Stadt und war stolz darauf.

Wir trafen Jakob nicht zu Hause an, doch meinte Frau Merten, er müsse jeden Augenblick aus der Navigationsschule zurückkehren, und Bonke bestand darauf, ihn zu erwarten.

So führte die Frau uns in sein Zimmer, und sie sagte dabei halblaut zu mir: „Jetzt kann jeder hineinkommen, es sieht nun ganz anders aus als früher."

Bonke hörte es wohl, und über sein ernstes, faltenreiches Gesicht glitt ein ganz leises flüchtiges Lächeln, aber er machte keine Bemerkung und wartete ganz gelassen, bis die Wirtin das Zimmer wieder verlassen hatte. Dann setzte er sich auf das harte Sofa, warf einen prüfenden Blick ringsum und sagte: „Es ist hier etwas anders als bei Ihnen, Herr Studiosus. Ich bemerke nicht so viele Bücher, aber um ein guter Seefahrer zu sein, braucht man wohl weniger die Gelehrsamkeit als ein paar tüchtige Arme und das Herz auf dem rechten Fleck. Habe ich recht, Herr Studiosus?"

„Ganz gewiss, Bonke."

„Ja, und dann das Rechnen; aber daran wird es wohl nicht fehlen. Der Alte lief auch nur so mit dem Finger über die Zahlen. Also das wäre in Ordnung. Dann noch eins. Die Frau sagte da vorhin etwas von dem früheren Zustand, und das möchte ich ergründen. Sie sind sein Freund, und es wäre nicht hübsch, Sie auszuhorchen, aber ich bin in einem Notstand, denn ich bin der Großvater."

„Es war nicht alles, wie es sein sollte", entgegnete ich. „Es war eine Mutlosigkeit über ihn gekommen, und Ihr wisst, Bonke, wie es dann in jungen Jahren geht."

„Ja, man verfällt auf die Teepünsche. War das alles?"

„Das war alles, und es ist vorbei."

„Keine sonstigen Schlechtigkeiten, Herr Studiosus? Sie verstehen mich doch, wie ich es meine, wir sind ja zwei Männer beisammen?"

„Niemals, Bonke, darauf kann ich mein Wort geben."

„Dann ist es gut. Ich höre ihn kommen, bleiben Sie hier, und lassen Sie mich gewähren, ich will mit ihm reden."

Er stellte sich mitten in die Stube und blickte aufmerksam nach der Tür, und wenn ich jemals in diesem stillen Gesicht den Ausdruck einer gewissen Aufregung bemerkt habe, so war es in jenem Augenblick, wo er den Sohn Christian Hansens wiedersehen sollte. Ich versetzte mich so lebhaft in die Empfindung des alten Mannes, dass, als Jakob nun unter die Tür trat und mit seinen großen Augen das Zimmer überflog, eine plötzliche neue Entdeckung wie helles Licht über mich kam.

Jakob besaß nicht die geringste Ähnlichkeit mit seinem Vater, sondern jeder Zug des Gesichtes erinnerte mich an die Mutter, welche freilich schon vor langen Jahren gestorben war und nur verblasst in meinem Gedächtnis als eine tüchtige ehrenwerte Frau lebte.

Aber in diesem Augenblick, wo ich mit Bonke Nielsens Augen sah, wusste ich es wieder und empfand darüber eine sonderbare Befriedigung.

Der alte Arbeiter redete den jungen Mann auf Friesisch an, und weil die friesische Sprache kein „Sie" und kein „Ihr" kennt, so nannte er ihn „Du". – „Guten Tag, Jakob", sagte er, „du brauchst keine Angst zu kriegen, dass ich hier bin. Ich habe mir alles angesehen und überlegt, es ist alles in Richtigkeit. Ich bin nur gekommen, um Elfe mit mir nach Hause zu nehmen, weißt du, Jakob, auf so lange, bis du dein Examen gemacht hast und bei Brot bist. Denn ich denke, dass du den Willen hast, Elfe zu heiraten, und dass sie den Willen hat, dich zu nehmen. Ich kann nicht sagen dass ich mir das immer gewünscht habe, sondern ich glaubte, sie würde mal in dem kleinen Hause sitzen und die Fenne haben mitsamt den Sparkassenbüchern, aber die Frauensleute denken in dem Punkte anders als wir Alten, und wenn sie das nicht täten, dann wäre es auch wieder nicht recht. Sie ist nun auf dich verfallen, und ihr beide seid von jetzt ab in meinen Augen ein verlobtes Brautpaar. Ich sage dir nur eins, Jakob: Halte sie gut – halte sie gut –"

Seine Stimme zitterte, und ich verließ leise das Zimmer.

Draußen stand Frau Merten und sah durch die offene Haustür auf den Hafen.

„Wer ist der alte Mann?", fragte sie. „Er hat so was Apartes." Und ich entgegnete: „Er ist auch etwas Apartes und nicht wie andere. Er hätte ein König werden müssen."

„Ja", sagte sie, „es liegt in den Augen, die sind so tief und still wie unser Kieler Hafen und auch so majestätisch. – –"

Nach einer Weile gesellte sich Bonke wieder zu mir; er drückte unter der Tür Jakob die Hand und legte die Rechte einen Augenblick auf seine Schulter. Dann zog er mich mit sich fort und sagte: „Nun wollen wir zu Elfe gehen, Herr Studiosus, wenn es Ihnen recht ist. Aber vielleicht können wir einen kleinen Umweg machen, denn ich möchte gern das Grab von der Dame sehen, und wir können auch vielleicht unterwegs einen Kranz kaufen." –

So geschah es, und nach Verlauf einer halben Stunde standen wir an der Stelle, wo die Totengräber wenige Stunden zuvor Doris Heimreichs sterblichen Teil der Erde übergeben hatten. Es war ein kahler, schmuckloser Erdhügel, der uns entgegenstarrte, und er passte zu dem herben Gefühl, welches heute noch die Zurückgebliebenen beherrschte; erst wenn die Erinnerung stiller wird, blühen Blumen zwischen uns und unseren Toten auf.

Bonke Nielsen legte den Kranz auf das Grab und lehnte sich in tiefem Sinnen auf seinen Stock.

„Sie war jung und schön", sagte er, „und sie hatte Augen, denen man nicht widerstehen konnte. Und dann – wie sie sprechen konnte! Sie wissen vielleicht noch, als ich damals vom Turm herunterkam und die Dame mit Elfe und Ihnen bei den Gräbern war; als ich damals diese Stimme hörte, die jetzt hier unten schweigt, da wusste ich, dass Elfe auf viele Jahre für mich verloren sein werde. Was hätte ich alter, rauer Mann wohl gegen diese schöne Dame ausrichten können, wenn sie meine Elfe in die Arme nahm und auf den Mund küsste, gerade wie eine Mutter es mit ihrem Kinde zu machen pflegt – denn ich bin ja doch nur der Großvater, und Elfe war ein kleines, zartes Mädchen. So habe ich das Kind weggegeben, obwohl ich wusste, dass es nicht immer gut ist, einen Menschen auf einen Platz zu tun, wo er von Haus aus nicht hingehört, und nun ist dieser Platz so klein geworden, dass man ihn mit einem Stein bedecken kann. – Kommen Sie, Herr Studiosus, es geht auf den Abend."

Die Sonne war tief in den Westen hinabgestiegen und blendete mit ihrem Schein das Auge; sie stand über meiner Heimat und schien dorthin zu locken. Von der entgegengesetzten Seite aber sah ich eine schwarz gekleidete Gestalt langsam zwischen den Gräbern herankommen.

Der Osten war ganz dunkel und von Wolken umsäumt; die Gestalt schien gleichsam aus diesen Wolken hervorzutreten und der scheidenden Sonne zögernd zu folgen, und nun hob sie die Hand, um die Augen zu beschatten.

„Es ist Elfe“, sagte ich, „sie fühlt sich in der Villa Heimreich vereinsamt, sie kommt hierher.“

Auch Bonke war meinem Blick gefolgt und nickte.

„Ich erkenne sie wieder, sie kommt hierher, und sie soll nicht mehr einsam sein. O, Herr Studiosus, die Leute sagen immer, dass wir unser Glück begraben; ich habe viele Jahre in der Erde gegraben, und es ist nichts als Segen zu Tage gekommen, aber dies ist das Beste.“

Und dann trafen sich die beiden wieder an einem Grabe, wie sie vor zehn Jahren an einem Grabe voneinander Abschied genommen hatten. Es stand nichts Lebendes mehr zwischen ihnen, und die Tote trennte sie nicht mehr – so reichten sie sich über dem Hügel die Hand.

Ich war beiseitegetreten, um dieses erste Wiedersehen zwischen Großvater und Enkelin nicht zu stören, und ich habe nicht gehört, was sie miteinander redeten. Aber die Stille und der Friede des Platzes, an dem wir uns befanden, schwebte wie ein Engel über uns, und die sanfte Stimme dieses Engels sprach von einem neuen Tage. –

Als wir nach der Stadt zuschritten, fragte Elfe auch, wie es der alten Eid gehe, und Bonke entgegnete: „Ganz sachte, mein Kind. Sie spinnt jetzt an deiner Aussteuer und spinnt ihre Erinnerungen hinein. Sie schläft auch viel und sagt, das wäre ein Übergang. Als ich abreiste, war sie im Pesel und nusselte zwischen den alten Sachen herum; wenn du kämst, sagte sie, sollte es alles sein, wie es gewesen ist. Aber dafür habe ich schon Sorge getragen, nur das Zuwachsen der Kuhle konnte ich nicht hindern und das Einbrechen vom Steg und das Aufwachsen der jungen Bäume im Garten. Sonst ist alles geblieben, die Tür hat immer offen gestanden, und das Licht hat immer gebrannt bis in die Nacht.“ – –

Am nächsten Morgen reisten sie ab. Jakob und ich waren auf dem Bahnhof, um dort von ihnen Abschied zu nehmen, und die Leute drehten verwundert die Köpfe um, als sie den alten, bäurisch gekleideten Mann in der Gesellschaft des jungen, schönen Mädchens sahen.

„Sie wollen es nicht glauben“, sagte Bonke lächelnd, „dass wir beiden zusammengehören – sie und ich. Es kommt mir selbst ganz wunderlich vor, dass es so sein soll, und Eid würde sagen, es sei auch nur ein Übergang. Aber es ist kein Übergang, sondern es wird so bleiben.“

Und dann legte er seine Hand auf Jakobs Arm und sprach wieder Friesisch. „Nein, Jakob, du sollst nicht denken, dass es mir leid geworden ist und dass ich deine Elfe für immer bei mir behalten will. Wenn du dein Brot hast, dann magst du kommen und sie dir holen. Sie wird dann mit dir auf das Meer gehen oder ins fremde Land oder sonst wohin, wo ich nicht sein kann. Aber das macht alles nichts, sie ist doch wieder daheim gewesen auf friesischer Erde, und sie ist mein.“

Dann setzte er sich in eine Ecke des Wagens und kreuzte die Hände, während Jakob und Elfe sich küssten.

„Du sollst auch einen Abschied haben“, sagte Jakob, als Elfe bereits auf dem Trittbrett stand. „Nein, Elfe, gib ihm nicht nur die Hand, er hat etwas Besseres um dich verdient – oder um mich“, setzte er leise hinzu.

So wurde mir zum zweiten Mal von den Lippen meiner lieben Jugendgespielin ein Dank zuteil, auf den ich stolz sein durfte, denn der Kuss einer Braut soll für den Mann die höchste Ehre sein, wenn er auch mitunter den Beigeschmack eines Almosens hat. Für mich aber schien diese leise flüchtige Liebkosung noch einen tieferen Sinn zu besitzen – die Bedeutung einer Abbitte dafür, dass die Spenderin mich nicht so lieb haben konnte, wie ich es vielleicht einmal in einer törichten Stunde gewünscht hatte. Durch ein trübes Fensterglas sah ich ihr Gesicht zum letzten Mal; dann nie wieder. – –

Einige Tage nach diesem Abschied erkundigte ich mich auf dem Meldeamt, ob Hiskias Juhl noch in Kiel sei.

Man gab mir seine Adresse in einem entlegenen Stadtteil an, und ich machte mich dorthin auf den Weg.

Es war keine Neigung, die mich dazu trieb, diesen seltsamen Menschen noch einmal aufzusuchen, aber ich hegte trotz jener Szene in der Villa Heimreich die Befürchtung, dass der Schatten seiner Gestalt nochmals auf einen Weg fallen möchte, den ich auf immer sonnig zu sehen wünschte. Denn nicht immer donnert und blitzt es aus den Wolken in das Gewissen der Menschen hinein.

Ich fand ihn in einer kahlen Stube beim Packen beschäftigt. Auf dem Fußboden stand derselbe alte Koffer, aus dessen Tiefe er einst Gaben für die elendesten aller Menschen hervorgeholt hatte, und der Anblick dieses Ungetüms erfüllte mich mit einer gewissen Beruhigung, denn er erinnerte mich daran, dass keine Menschenseele so tief umnachtet ist, dass in ihre verborgenste Falte nicht ein Sonnenstrahl hineinfallen könnte.

Hiskias betrachtete mich bei meinem Eintritt erstaunt von oben bis unten und sagte: „Ich hätte nicht geglaubt, Fritz, dass du mich in dieser Einsamkeit ausfindig machen würdest, aber es ist hübsch von dir, der alten Freundschaft dieses Opfer zu bringen.“

„Ich erfuhr deine Wohnung auf der Polizei, Hiskias.“

Er schob mir einen Stuhl hin, schloss den Koffer ab und setzte sich darauf. „Ja, die Polizei ist liebevoll um mich besorgt. Sie wünscht sogar zu wissen, wovon ich lebe. Es wird ihr angenehm sein zu erfahren, dass ich gerade einpacke.“

„Du willst fort, Hiskias?“

„Ich will fort. Seitdem der alte Justus gänzlich verrückt geworden ist, hat mein Aufenthalt in Kiel keinen rechten Zweck. Wenn ich Geld genug beisammenhätte, um davon leben zu können, dann würde ich mich vielleicht hier ankaufen. Die Villa Heimreich steht ja in der Zeitung, das wäre ein hübsches Besitztum, und ich könnte in den angenehmsten Erinnerungen schwelgen. Ich würde niemals die Wege im Garten rechen lassen, denn es findet sich vielleicht noch hier und da die Spur gewisser Füße –“

Er brach ab und klapperte mit seinen Schlüsseln.

„Ja, Fritz, du siehst mich unwillig an, denn das dünkt dich wie eine Entweihung. Ich male mir ja das alles auch nur aus, man kommt so selten zu einer Stunde ruhigen Nachdenkens. Luftschlösser, nichts als Luftschlösser! Ich brauche nur einmal recht tief Atem zu holen, dann fällt das Kartenhaus zusammen."

„Wohin gehst du denn, Juhl?"

„Wohin gehen die Menschen schließlich alle? Dahin, wo sie hergekommen sind. Der eine früher, der andere später. Man redet von einer Heimat und macht viele schöne Worte davon, aber was man eine Heimat nennt, das habe ich eigentlich niemals besessen. Denn du wirst mir doch nicht zumuten, das Armenhaus dafür anzusehen; ich habe wenigstens niemals Veranlassung gehabt, mich in demselben heimisch zu fühlen. Es ist dennoch eine eigene Sache, und man kommt nicht leicht darum herum. Siehst du, Fritz, wenn ich mal als Kind so gerade hinausheulte, dann kam der Wind und trocknete mir die Backen; und wenn ich dachte, dass es gar nicht dunkler werden könnte, dann kam die Sonne und schien mir ins Gesicht. Hier weht der Wind, und hier scheint die Sonne auch, aber es ist nicht das, woran ich denke. Besser weiß ich es nicht auszudrücken, aber vielleicht verstehst du mich auch so."

„Du wirst dich also in Christian Hansens Haus niederlassen und das Geschäft fortsetzen?"

Er nickte und ließ alle zehn Finger knacken.

„Eine Krämerseele bin ich nun einmal, da wird für mich wohl nichts anderes übrig bleiben, als den Kram zu übernehmen. Vielleicht in größerem Maßstabe, denn ich muss die Konkurrenz totmachen, geradeso wie alles Übrige, was sich mir in den Weg stellt. Auf andere Weise kann der Mensch nicht obenauf bleiben, wenn er von unten heraufgekommen ist."

Ich legte meine Hand aufs Juhls Arm und sah ihm in das finstere Gesicht. „Alle müssen sie unter deine Füße, Juhl, ich glaube deinen Worten. Weißt du, dass Elfe sich ebenfalls auf dem Wege in die Heimat befindet, um dort zu bleiben, bis Jakob sie heimführt? Wirst du auch mit ihr keine Ausnahme machen?"

Sein starres Gesicht nahm einen weicheren Ausdruck an, und er sprach so leise, dass ich ihn nur mit Mühe verstehen konnte: „Ich wusste das nicht, Fritz, aber ich ahnte es. Ich kann nicht sagen, dass ich darüber Freude empfinde, es wäre mir lieber gewesen, sie niemals wiederzusehen, und das wird nun dennoch der Fall sein. Aber du brauchst keine Sorge zu haben, dass ich mit Elfe Nielsen rechne wie mit anderen Menschen. Es gab eine Zeit, wo ich die Hoffnung hegte, dass sie trotz allem und allem dennoch einmal die Meine werden sollte; ja; ich war so töricht, das zu glauben. Da es nun einmal nicht sein soll, so sehe ich nicht ein, warum von mir aus nicht alles geschehen sollte, um sie in ihrem Sinne glücklich werden zu lassen. Es ist nicht viel, was ich dafür zu tun brauche, ich habe nur zu schweigen und ihre Wege zu meiden. Bist du zufrieden, wenn ich dir dieses wenige verspreche?"

Ich gab ihm die Hand und sagte, dass ich vollkommen damit zufrieden sei, und fügte hinzu, dass ich Mitleid mit ihm empfinde. Aber er machte eine abwehrende Bewegung und schüttelte den Kopf. „Das ist nicht notwendig, ich habe dir schon früher einmal gesagt, warum ich nicht bemitleidet werden will. Es sind nur schwache Menschen, die sich bemitleiden lassen, und vom Mitleid zur Verachtung ist nur ein Schritt. Wenn du noch einmal etwas von mir hörst, dann wird es nicht viel Gutes sein, aber die Leute, die von mir reden, werden furchtsam um sich blicken, ob ich es auch nicht höre. Ich werde mit keinem Freundschaft haben als vielleicht mit den kleinen zerlumpten Insassen des Armenhauses – es ist immer angenehmer, selbst einen Menschen zu bemitleiden, als die Rolle des Leidenden zu spielen." –

So nahm ich von diesem seltsamen Menschen Abschied, und ich habe ihn niemals in meinem Leben wieder gesprochen.

Nur einmal sah ich ihn noch von ferne.

Nach langen Jahren streifte ich auf einer Reise nach Sylt die Grenzmarke meiner Heimat. Es war ein stürmisches Wetter, die Wolken jagten über den Himmel, und die Dunkelheit begann sich über die Marsch zu lagern.

Ich stand am Sielzug auf der Brücke und sah nach den Häusern hinüber, die einstmals eine ganze Welt für mich gewesen waren, aber ich fand nicht den Mut, die wenigen Schritte abseits zu gehen, um mich zu überzeugen, dass keine Hand da sein werde, um mir den Willkomm zu bieten. Da schritt in einiger Entfernung eine lange dürre Gestalt langsam über die Fennen.

Ich wandte mich an einen Arbeiter, der Schilf schnitt, und fragte, ob dieser Wanderer nicht Hiskias Juhl sei.

„Der Herr ist wohl in der Gegend bekannt", entgegnete jener, „denn die Sache hat ihre Richtigkeit. Das da ist Hiskias Krämer, wie wir ihn nennen, denn es gibt nur wenige, die seinen wirklichen Namen wissen."

„Geht er immer so einsam?", sagte ich und der Mann nickte.

„Er hat keine Ansprache bei den Leuten, und ich glaube, dass ihm auch nicht darum zu tun ist. Das da sind alle seine Fennen, er kann weit gehen, bis er an das Ende kommt."

So sprach der Friese in der kurzen Weise seines Stammes und beugte sich wieder über das rauschende Schilf.

Wir können weit gehen, bis wir an das Ende kommen. Auch du, Hiskias Juhl, hast vielleicht noch viele Schritte zu machen, aber die Einsamkeit schreitet dir zur Seite.

Ich musste an einen anderen denken, der nicht nur die weiten Gefilde der Marsch, sondern die unendlich viel weitere Fläche des Weltmeers seine Heimat nennt. Aber jedes Mal, wenn er heimkehrt, begrüßen ihn die geheimnisvollen Augen einer Elfe, und es wird nicht allzu lange währen, bis er ganz daheim bleibt, um die Tiefe dieses Geheimnisses zu ergründen. –

Dann setzte ich meinen Wanderstab weiter.

Es war spät geworden, und die Lichter blinkten im Dorfe auf.

Keine Hand zündete für mich eine Kerze an, und die Gräber drüben mochten mit Gras bewachsen sein.

Ich sah zuletzt meine Heimat in Nacht, und so versinkt sie langsam in meiner Erinnerung. – –

Nachwort

Elfe.

Roman

von

Friedrich Jacobsen.

Gegründet 1850

Jena.

Hermann Costenoble.

Verlagsbuchhandlung.

Titel der Erstausgabe „Elfe“

Friedrich Jacobsens Roman „*Elfe*“ erschien erstmals 1898 in der Verlagsbuchhandlung Hermann Costenoble in Jena. Das Erscheinungsjahr wird im Buch selbst nicht angegeben, es ergibt sich jedoch aus der Meldung im *Börsenblatt für den Deutschen Buchhandel und die verwandten Geschäftszweige* vom März 1898. Jacobsen arbeitete damals in Thüringen als Richter. Auch sein Roman „*Waldmoder*“ war drei Jahre zuvor bei Costenoble herausgekommen. Hermann Costenoble (1826–1901) hatte den Verlag 1850/51 in Leipzig gegründet und ihn 1863 nach Jena verlegt, wo er auch eine eigene Druckerei betrieb. Die Romanliteratur nahm in seinem Verlag breiten Raum ein. So veröffentlichte er das Gesamtwerk Friedrich Gerstäckers, dessen Abenteuerromane aus Amerika viel gelesen wurden und auch Karl May inspirierten, außerdem zum Beispiel die gesammelten Werke Karl Gutzkows. Auch der von der nordfriesischen Autorin Thusnelda Kühl verfasste Roman *„Der Lehnsmann von Brösum"* erschien bei Costenoble. Zum breiten Verlagsprogramm gehörten außerdem umfangreiche Publikationen zur Philosophie, Länderkunde, Kunst- und Literaturgeschichte, aber auch etwa zur Elektrotechnik und zum Maschinenwesen.

Friedrich Jacobsen – ein vergessener Romancier aus Emmelsbüll

In manchen seiner vielen Romane spielt der Freitod eine Rolle. In den Morgenstunden des Neujahrstages 1919 schied der Autor selbst freiwillig aus dem Leben: Friedrich Jacobsen, Landgerichtsdirektor in Flensburg. Dies sei „in einem Anfall von Schwermut" geschehen, hieß es im Nekrolog der in Berlin erscheinenden Zeitschrift *Das literarische Echo*. Dass er sich selbst das Leben nahm, wird allerdings in dem Nachruf der Zeitung *Flensburger Nachrichten* nicht erwähnt. „Über die Grenzen seiner Heimat hinaus war er als Romanschriftsteller bekannt und geschätzt", heißt es darin. Die näheren Umstände seines Todes sind ungeklärt, und auch über sein Leben weiß man wenig. Dabei gehörte Jacobsen in seiner Zeit zu den vielgelesenen Romanciers. Von ihm stammen mehr als dreißig Bücher, manche spielen ganz oder teilweise in seiner Heimat Nordfriesland. Sowohl hier als auch überregional sind seine Werke weithin vergessen. Es gibt nur kurze Einträge in literarischen Lexika. In diesem Nachwort wird erstmals ein Überblick über sein Leben und sein schriftstellerisches Werk gegeben.

Friedrich Heinrich Jacobsen wurde am 15. November 1853 in Emmelsbüll in der nordfriesischen Wiedingharde geboren. Sein Vater Gustav Ferdinand Jacobsen, geboren 1809 als Sohn eines Kaufmanns und Schiffers in Kappeln, war dort Pastor. Friedrichs Mutter Sophie Dorothea Charlotte geb.

Friedrich Jacobsen Quelle: Buch „Die letzten Menschen", 1905

Lewon stammte aus Oldesloe, sie war die Tochter des dortigen Arztes Friedrich Johann Heinrich Lewon. Friedrich hatte drei ältere Geschwister, die ebenfalls in Emmelsbüll zur Welt kamen. Seine Schwester Emilie wurde Privatlehrerin in Flensburg, Marie heiratete den Pastor der nicht weit von Emmelsbüll entfernten Gemeinde Braderup, Friedrichs Bruder Gottfried starb bereits 1855 mit nur drei Jahren. Zuvor schon, Friedrich war keine vier Monate alt, starb seine Mutter. Später heiratete der Vater erneut.

Nach der Ordination 1843 hatte Gustav Ferdinand Jacobsen als Hilfsgeistlicher auf Nordstrand und in Hamberge bei Lübeck gewirkt. Im Oktober 1847 wurde er gemäß der Prediger-Tafel in der Kirche zu Emmelsbüll introduziert, seinen Dienst hier trat er wohl endgültig im Oktober 1848 an, also im Jahr der Erhebung der deutschen Schleswig-Holsteiner

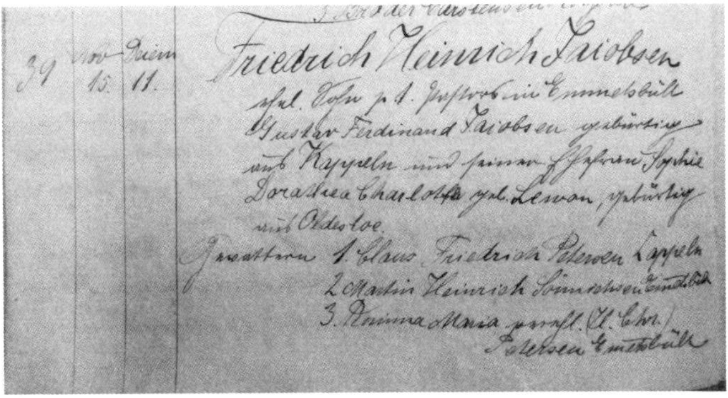
39 Nov. 15. Decem. 11. Friedrich Heinrich Jacobsen
ehel. Sohn p. t. Pastors in Emmelsbüll
Gustav Ferdinand Jacobsen gebürtig
aus Kappeln und seiner Ehefrau Sophie
Dorothea Charlotte geb. Lemon, gebürtig
aus Oldesloe.
Gevattern 1. Claus Friedrich Petersen Kappeln
2. Martin Heinrich Sönnichsen Emmelsbüll
3. Annina Maria verehl. (U. Chr.)
Petersen Emmelsbüll

Eintrag zu Friedrich Heinrich Jacobsen im Geburtsregister der Kirchengemeinde Emmelsbüll, geschrieben von seinem Vater, Pastor Gustav Ferdinand Jacobsen

Quelle: Kirchenkreisarchiv Nordfriesland, Breklum; Foto: Albert Panten

gegen Dänemark. Über seine fast ein Vierteljahrhundert währende Amtszeit ist wenig bekannt, da er das 1703 begonnene „Archivum“ der Kirchengemeinde Emmelsbüll nicht weiterführte, ebenso wenig wie bereits sein Vorgänger. Mit seiner Familie bewohnte er das wohl im 18. Jahrhundert erbaute reetgedeckte Pastorat, das noch heute diesem Zweck und als Gemeindehaus dient. Im August 1871, im Jahr der Gründung des deutschen Kaiserreichs, wechselte Gustav Ferdinand Jacobsen nach Esgrus in Angeln. 1885, mit 76 Jahren, wurde er emeritiert und starb hochbetagt 1898 in Schleswig.

Im Jahr zuvor widmete ihm Friedrich Jacobsen seinen Roman *„Im Weltwinkel“*. Die Handlung vollzieht sich vor allem in dem nordfriesischen Dorf „Moorbüll“, insbesondere im dortigen Pastorat, in den Jahren 1860 bis 1864, also in der letzten Zeitspanne der Verbindung Schleswig-Holsteins mit Dänemark. Das Buch beginnt: „Es war im Hochsommer des Jahres 1860. Die Zwingherrschaft des dänischen Scepters ruhte auf den Herzogtümern und wurde von allen gleichmäßig schwer, am unwilligsten aber von dem Friesenstamme getragen, der die Marschniederung der schleswigschen Westküste bewohnte. Denn es ist ein hartköpfiger, freiheitliebender Volksschlag, der sich seit dem grauen Altertum gar oft mit seinem nordischen Nachbarn gemessen und ihn gelegentlich auf den dicken Schädel gehauen hat."

Hier nimmt Jacobsen die den Friesen häufig zugeschriebenen Eigenschaften auf. Den deutsch-dänischen Gegensatz seiner Kinderjahre verortet er auch in einer Zeit, in der dieser noch keine Rolle gespielt hatte. Am Schluss des Romans ist Schleswig-Holstein befreit von der dänischen „Zwingherrschaft". Wie sich aus der Widmung ergibt, schildert Jacobsen hier auch das Erleben seines Vaters in Emmelsbüll. Ganz gewiss gehörte Gustav Ferdinand Jacobsen also zu den vielen deutsch-schleswig-holsteinisch gesinnten Geistlichen. Und es besteht kein Zweifel, dass auch sein Sohn diese politische Einstellung vertrat.

Friedrich, im Dorf offenbar „Fritz" genannt, wuchs im weitab aller Zentren gelegenen Emmelsbüll auf. Ebenfalls im Roman *„Im Weltwinkel"* heißt es: „Aus der großen Welt

Das Pastorat in Emmelsbüll, 2022 *Foto: Thomas Steensen*

schwang sich kaum ein verirrter, verhallender Laut in die entlegene Marscheinsamkeit; ihre Fennen lagen im Winter unter Wasser und im Sommer unter schwerem Halmensegen; wenn der Wind darüber hinstrich, bewegten sich Wasser und Halme gleich träumerisch. Man kannte keine Chausseen und sah niemals den Rauch einer Eisenbahn; an jene wurde erst gedacht, von dieser erzählte man sich, wie Großmutter Märchen berichtet." Man fühlt sich an Storms Gedicht „Abseits" erinnert: „Kein Klang der aufgeregten Zeit / Drang noch in diese Einsamkeit."

Friedrich besuchte vermutlich die Dorfschule in Emmelsbüll und wechselte dann ans Gymnasium in Flensburg, wo er das Abitur machte. Sein Vater hätte es gern gesehen, wenn sein Sohn in seine Fußstapfen als Pastor getreten wäre. Friedrich studierte jedoch Medizin, wechselte nach kurzer Zeit zu den Rechtswissenschaften und belegte auch Seminare in Geschichte und Philosophie. Sein Studium absolvierte er in Marburg, Leipzig und Jena, die Studienzeit schloss er mit der Promotion zum Dr. jur. ab. Mit 26 Jahren trat er als Referen-

Landgericht in Flensburg, 2022 *Foto: Thomas Steensen*

Kirche zu Emmelsbüll, 2022 *Foto: Thomas Steensen*

dar in den Großherzoglich Sächsischen Dienst in Eisenach, wurde 1881 Assessor, 1882 Amtsrichter in Gehren im Fürstentum Schwarzburg-Sondershausen, heute zur Stadt Ilmenau in Thüringen gehörig. Ab 1887 war er ebenfalls als

Ein schneller, unerwarteter Tod traf gestern in der Morgenfrühe den stellvertretenden Vorsitzenden des Landgerichts,

Herrn Landgerichtsdirektor Geheimen Justizrat

Dr. Jacobsen.

In der Liebe zu seiner engeren Heimat Schleswig-Holstein wurzelnd, hat der Entschlafene durch reiche schriftstellerische Tätigkeit in weiten Kreisen Freunde erworben.

Uns war er durch langjährige treue Mitarbeit eng verbunden. Seines immer freundlichen Wesens und hilfsbereiten Entgegenkommens werden wir stets in aufrichtiger Dankbarkeit gedenken.

Flensburg, den 2. Januar 1919.

Die Mitglieder
des Landgerichts, des Amtsgerichts und der Staatsanwaltschaft Flensburg.

Kondolenzanzeige aus den Flensburger Nachrichten, 3. Januar 1919

Amtsrichter für kurze Zeit in Arnstadt tätig und wurde 1888 Landrichter in der nahen thüringischen Hauptstadt Erfurt, wo er 1898 zum Landgerichtsrat ernannt wurde. Nachdem er etwa ein Vierteljahrhundert in Thüringen gelebt und gearbeitet hatte, erhielt er 1903, mit fünfzig Jahren, die Ernennung zum Landgerichtsdirektor in Flensburg, wo er in der Toosbüystraße und später in der Moltkestraße wohnte, also in einem Villengebiet der Stadt. Er wirkte als stellvertretender Vorsitzender des Landgerichts und führte zuletzt auch die Geschäfte des Landgerichtspräsidenten. Jacobsen trug den Ehrentitel Geheimer Justizrat.

Im Jahr 1882 heiratete er in Marburg Emmy Auguste Charlotte Eulner, die Tochter eines Apothekers in der hessischen Kleinstadt Rosenthal. Vermutlich hatte er sie während seines Studiums in Marburg kennengelernt. Das Paar hatte zwei Söhne und eine Tochter. Jacobsen widmete seiner Frau den 1892 erschienenen Roman *„Falsche Propheten“*: „der besten Gattin und Mutter, in treuer Liebe gewidmet“. Sie starb im Dezember 1922 im Alter von 63 Jahren in Flensburg, musste also den Selbstmord ihres Mannes miterleben; nur neun Tage vor ihrem Tod war ihr ältester Sohn Erich in Hamburg gestorben.

Warum Friedrich Jacobsen in den Tod ging, obliegt der Spekulation. Die Annahme, er sei bestürzt gewesen wegen des von Deutschland verlorenen Weltkriegs und des abrupten Endes der Monarchie wenige Wochen zuvor, lässt sich nicht bestätigen. Gewiss war er als Richter und Staatsbeamter eng verbunden mit dem preußischen Staat und dem deutschen Kaiserreich, was in manchen seiner Romane zum Ausdruck kommt. Zugleich zeigen manche Passagen in seinem Werk aber auch, dass er differenziert urteilen konnte und weder von Hurrapatriotismus noch von Kriegsverherrlichung befallen war.

Dies zeigt sich deutlich in seinem mitten im Weltkrieg, 1916, erschienenen Roman *„Zwei Seelen“*. Die Handlung bezieht sich auf den deutsch-französischen Krieg 1870/71. Das Buch nehme für sich den „Vorzug“ in Anspruch, schreibt Jacobsen einführend selbst dazu, kein „Kriegsroman“ zu sein, es sei auch vor dem 1. August 1914 geschrieben worden. Er mahnt: „Alle Männer und Frauen, die zur schriftstellerischen Tätigkeit berufen sind oder sich dafür berufen halten, sollten mit dem Modegewürz blutiger Kriegsszenen möglichst sparsam umgehen.“ Ein „unaufhörlicher Schlachtgesang“ könne schlimme Folgen haben.

Der Richter als Schriftsteller

Neben seinem Beruf widmete er sich der schriftstellerischen Tätigkeit. Wohl bereits mit 25 Jahren veröffentlichte er *„Siebenzig Semester“*. Genannt wird das Buch nur in Franz Brümmers *„Lexikon der deutschen Dichter und Prosaisten“* (6. Auflage, 1913) und *„Kürschners Deutscher Literaturkalender“* 1936. Seine nach bisherigem Kenntnisstand ersten drei Erzählungen erschienen unter dem Titel *„Nachtschatten“* 1890 bei der Deutschen Verlags-Anstalt. In der Erzählung „Der Fall gegen ‚Unbekannt‘“ wird in einer norddeutschen Handelsstadt ein stadtbekannter Sonderling ermordet. „Das Kreuz des Satans“ handelt von einem Irrenarzt. Hauptpersonen in der Erzählung „Die Grundmühle“ sind ein Amtsrichter, ein Landpastor und ein Müller.

Was er als Richter erlebte, verarbeitete er auch weiterhin in mehreren seiner Bücher, die dadurch zu realitätsnahen Kriminalromanen wurden. Immer wieder sind es Berufsgenossen, Richter oder Staatsanwälte, deren Lebenswelt er schildert. Den Roman *„Im Dienst“* (1907) widmete er „den deutschen Richtern“, denn es sei „ein Brauch geworden, den deutschen Berufsrichter mit Steinen zu bewerfen“. Weiter schreibt er, und dies trifft auch auf weitere seiner Bücher zu: „Möge die gewählte Romanform nicht zu dem Glauben verleiten, daß die Darstellung der Tatsachen nur dem Gebiet der Phantasie entnommen ist. Meine langjährige Tätigkeit im Dienste des Rechts verleiht mir die Befugnis, als Sachverständiger zu reden.“ Mehrere Romane spielen in Thüringen, wo er an verschiedenen Orten arbeitete. Andere siedelte er im studentischen und akademischen Milieu an und griff auch hier häufig auf eigenes Erleben zurück.

In einer kurzen Selbstbiografie, die 1907 in dem von Richard Dohse herausgegebenen Buch *„Meerumschlungen"* erschien, schreibt er: „Zu den schleswig-holsteinischen Schriftstellern im engsten Sinne darf ich mich kaum rechnen, denn meine Landsleute kleben an der Scholle – siehe Frenssen – ich habe den besten Teil meines Lebens, 30 Jahre, auswärts zugebracht und meinen Fuß auf viele Erdschollen gesetzt, aber so oft ich über das Land zwischen Nord- und Ostsee schrieb, kam der Erdgeruch zum Durchbruch."

Unter der Überschrift „Heimat, du süßes Wort" gibt er in demselben Buch eine stark gefühlsbetonte, sentimentale Einschätzung dieses Begriffs: „Nur eine Mutter könnten wir mehr lieben, denn sie trug uns unter dem Herzen; doch sie stirbt, und selbst der Mutter vergessen wir, wenn sie nicht mehr da ist; auch die Heimat trug uns in ihrem Schoße, und wann wir auch heimkehren, sie öffnet uns die Arme, wir schmiegen uns hinein und sind wieder Kinder. – Ich kannte einen Mann, der auf einer Hallig geboren war; wie er nach langer Irrfahrt heimkehrte, hatte die Sturmflut seine Insel zerstört; der Mann hatte keine Heimat mehr, er wurde tiefsinnig. – Unser Jahrhundert hat die Welt mit einem Schienennetz umspannt und mit Telegraphenfäden durchwirkt; unser Leib fliegt mit dem Vogel um die Wette und unser Wort mit dem Blitz; haben die Leute nicht recht, wenn sie reden von einem heimatlosen Geschlecht? Nein und tausendmal nein. – Kehre nur heim auf *deine* Scholle, du fahrender Mann; dann wirst du inne werden, daß der Mensch vom Staube stammt und zu Staub wird; du fällst auf deine Knie und küssest den heimatlichen Boden."

Nordfriesland, die Heimat seiner Kindheit und Jugend, wird in mehreren seiner Werke zum Schauplatz. Bereits in seinem zweiten Buch *„Morituri te salutant"* (1891), wenn es auch im Thüringer Wald spielt, steht ein Mann namens Axel Anderson im Mittelpunkt, „eigentlich ein Däne, von der

Dorfstraße in Emmelsbüll, um 1900 *Sammlung Jens Uwe Nissen*

Grenze diesseits der Königsau". Er hat zwar akademische Abschlüsse gemacht, ist Lizentiat der Theologie und Doktor der Philosophie und der Rechte, jedoch auch ein ewiger Student, der wie schon sein Vater, cin Dorflehrer, den Dingen auf den Grund gehen will, sich aber mit dem Broterwerb schwertut. Auf die Frage nach Heimat und Vaterland sagt Anderson: „Mein Vater war ein Däne, und meine Mutter war eine Inselfriesin; unter dänischem Regiment bin ich geboren, ein Deutscher bin ich geworden durch Kriegsfälle, ich weiß kaum, wohin ich gehöre."

Der in zwei Bänden erschienene umfangreiche Roman *„Falsche Propheten"* (1892) nimmt seinen Beginn in „Horseby", einem kleinen nordfriesischen Dorf, „kaum einen Steinwurf vom Meere entfernt", in der Mitte des 19. Jahrhunderts. Hauptfigur ist Erich Norden, Sohn des Pfarrers Waldemar Norden, der von den Dänen zunächst keine eigene Pfarre bekommt, dann aber doch, und zwar in der friesischen Marsch, die „von jeher als eine verlassene, sturm- und meerbedrohte Öde" galt. Hier verarbeitete Jacobsen sicherlich eigene Eindrücke aus seiner Kindheit und Jugend in Nordfriesland. Den Ortsnamen „Horseby" hat er wohl von Horsbüll abgeleitet, dem Nachbardorf seines Geburtsorts Emmelsbüll. Waldemar Nordens Frau stirbt bei der Geburt Erichs. Dieser wird schließlich Geschichtsprofessor. Er freundet sich mit einem revolutionären Arbeiter an, der vor Gericht gestellt wird. Die „falschen Propheten" sind in dem Buch, so hieß es in der Verlagswerbung, „die Anhänger und

Verkündiger einer öden Freigeisterei, eines trostlosen Materialismus und der zersetzenden wühlenden Sozialdemokratie, die zu Aufruhr und namenlosem Elend führt. Das Bestrickende der Irrlehren übt auch auf die geistige Entwickelung des Helden einen magischen Einfluß aus, aber er kämpft sich per aspera ad astra zu einer geläuterten Weltanschauung durch." Als „prächtige Friesengestalt" wird die Hauptfigur bezeichnet.

Der Roman *„Im Weltwinkel"* (1896/97) schildert dann die politisch entscheidenden Jahre 1860–64 in „Moorbüll", womit sicherlich Emmelsbüll gemeint ist. In diesen Jahren steht Nordfriesland im Mittelpunkt seiner literarischen Arbeit, wie sich in dem Schauspiel *„Sturm"* (1897) und sodann im Roman *„Elfe"* (1898) zeigt.

Jacobsen betätigte sich fast ausschließlich im epischen Bereich. Das im Berliner Verlag von Felix Bloch erschienene Schauspiel *„Sturm"* mit vier Aufzügen bildet eine Besonderheit. Es spielt „in der Gegenwart" in einem „Pfarrhaus auf einer Nordseehallig". Hier lebt zufrieden Pastor Martin Paulsen mit seiner Frau Anna. Rechtsanwalt Dr. Evers kommt mit Olaf Harden auf die Hallig und unterbreitet ihm das Angebot, Pastor an St. Katharinen in Hamburg zu werden. Paulsen antwortet: „Sie ist recht klein, diese Welt. Ein Mann, der von draußen kommt – so aus dem Vollen und Ganzen … – der mag meine Welt auch erbärmlich nennen." Es gebe dort keine Bibliothek, keine gebildeten Menschen. Er rede „stündlich mit den einfachsten Menschen über die alltäglichsten Dinge; aber ich bin mit meiner Gemeinde verwachsen". Und außerdem sei da auch noch seine Frau. Ihr Vater, Geschäftsmann in Hamburg, sei Bankrott gegangen, was sich nach seinem Tod herausstellte. Er war Jäger und starb beim Reinigen seiner Waffe. Paulsen will es ihr ersparen, nach Hamburg zurückzukehren. Der Pastor wird zu einer todkranken Frau auf die Nachbarhallig gerufen. Es stellt sich heraus, dass Olaf Harden, ebenfalls Sohn eines reichen Hamburger Kaufmanns, mit Anna verlobt war. Sie hat die von den Eltern arrangierte Verlobung gelöst, nachdem ihr Vater gestorben ist. Bei Anna scheint die Liebe zu Olaf wieder wach zu werden. Die beiden küssen sich. Anna erhält die Nachricht, dass ihr Mann bei einem Sturm umgekommen sei. Sie ringt mit sich. Aber Martin Paulsen hat ein anderes Boot genommen und kommt nach Hause. Es herrscht lebensbedrohlicher Sturm. Anna gesteht ihrem Mann nun die ihm verschwiegene Verlobung und die Schuld, nicht darüber gesprochen zu haben. Plötzlich legt sich der Sturm. Die Sonne scheint. Paulsen deutet dies als „Licht der Wahrheit". Er legt den Arm um sie und zieht sie an sich.

In *„Meerumschlungen"* schreibt Jacobsen, sein Schauspiel sei „über alle großen Bühnen Deutschlands und Österreichs gegangen" und habe „den wärmsten Beifall des Publikums und der vornehmen Kritik gefunden". Enttäuscht, fast beleidigt fügt er indes hinzu: „Die weniger vornehme Kritik aber, die wohl etwas wie Anstand, Gedanken und Poesie in dem Werke wittern mochte, fiel so wildwütig darüber her, daß ich mich mit Ekel von der Bühne abwendete. Ich gehöre eben keiner Klique an." Später veröffentlichte er nur noch ein kürzeres Bühnenstück, das Drama *„Du sollst nicht töten"* (1901), dessen Thema er dann später in einem Roman aufgriff.

Ganz im nördlichen Nordfriesland spielt dann die recht düstere „Romandichtung aus der friesischen Marsch" mit dem seltsamen Titel *„Niflheim"* (1904), womit in der nordischen Mythologie eine eisige, dunkle Welt ganz im Norden gemeint war. Ein Bauernhof in der Wiedingharde geht in Flammen auf. Als Schuldiger stellt sich ausgerechnet ein im Dorf lebender Jüte heraus. Den Angehörigen dieses dänischen Stamms begegnete so mancher Friese mit Hochmut. Auffällig sind in diesem Roman recht lange Passagen auf Plattdeutsch.

In dem Roman *„Sand"*, erschienen 1906 in der Reihe „Kürschners Bücherschatz", sucht ein junger Schriftsteller in München seinen Weg. Ein großer Teil der Handlung spielt sodann auf der nordfriesischen Insel Sylt, wo sich Jacobsen offenbar mehrfach aufhielt. Im Roman *„Elfe"* setzt eine Reise nach Sylt den Schlusspunkt: Der Erzähler macht Station in seinem Heimatdorf, und der letzte Satz lautet: „Ich sah zuletzt meine Heimat in Nacht, und so versinkt sie langsam in meiner Erinnerung."

Aber auch in späteren Büchern nimmt er gelegentlich nordfriesische Motive auf. *„Hans im Glück"* (1908), ein „Studentenroman", handelt von einem jungen Mann, der in einem friesischen Dorf „einsame Kinderjahre" durchlebte, ganz wie der Verfasser. Als Student muss er mancherlei innere Kämpfe durchstehen, versucht aber seinen hohen Idealen treu zu bleiben. Die Liebe seiner Lebensgefährtin lässt ihn schließlich zu einem „Hans im Glück" werden.

In seinem posthum erschienenen Roman *„Umnachtet"* (1919) spielt erneut Sylt eine Rolle. Es geht um einen Mordfall in Hamburg und einen jungen Staatsanwalt, der gern Karriere machen möchte. Verschiedene Sylter Motive webt Jacobsen in die Handlung ein: „Die Sturmflut hatte abgeebbt und Westerlands Badegäste mühten sich damit ab, im Schein der untergehenden Sonne neue Burgen zu bauen; das war keine leichte Arbeit, denn nach hergebrachtem Strandbrauch hob das Meer die erworbenen Rechte auf, und jeder mußte sie sich neu erkämpfen." Erwähnt wird das „große

Die ehemalige Mühle in Emmelsbüll Sammlung Jens Uwe Nissen

Dünenhotel" Miramar(e), außerdem die „alte Sylter Sage", dass am Jacob-Kressen-Tal „der wilde Jacob die schöne Kressen hätte küssen wollen". In Hörnum am Leuchtturm verlobt sich der Staatsanwalt mit seiner Ilse. Zu einem weiteren Aufenthalt heißt es: „Auf der Insel Sylt gehen die Geister um. Das ahnt keiner von den Sommergästen." In der Heide brennt ein altes Friesenhaus ab. Weitere Schauplätze sind England, die Südküste von Wales, die Anstalt eines französischen Psychiaters in Paris und das Krankenhaus Bethanien in Berlin, zwischen Tannenwälder eingebettet, wo viele Melancholiker behandelt werden, darunter ein Scharfrichter. Der Roman endet mit einer Zugfahrt vom Pariser Nordbahnhof aus. Ein Täter springt auf der Flucht aus dem Zug und kommt dabei um – „wenn man nicht etwa einen Selbstmord annehmen möchte". Seine Witwe, eine „zartbesaitete Psyche", hat „mit dem Dämon der Schwermut zu kämpfen". So sind in seinem wohl letzten Roman Selbstmord und Schwermut gegenwärtig.

Seine Selbstbiografie in Richard Dohses Buch zeugt von erheblichem Selbstbewusstsein, wenn nicht von Eitelkeit: „… ich suchte keine Beziehungen zu den Eintagsfliegen, hielt mich fern von der Mode des Tages und schrieb für die Ritter vom Geiste. Das ist ein sehr stolzes Wort, aber ich darf es aussprechen, denn es ist von *allen*, die meine Werke besprachen, bestätigt worden. Das Ziel, welches ich mir steckte, war edle Realistik; ich suchte die Menschen zu schildern, wie sie wirklich sind; wir haben auch häßliche Seiten, und ich habe die niemals vertuscht; aber das Häßliche wird mir niemals Selbstzweck sein. Meine Sprache gilt als gefeilt und zum Vorlesen geeignet; so bin ich ein Freund in vielen Familien geworden". Will man Jacobsens Werk einer literarischen Richtung zuordnen, so wird man seiner Selbsteinschätzung folgen und ihn wohl dem bürgerlichen Realismus zurechnen können. Einen „Unterhaltungsschriftsteller von Ruf" nennt ihn sein zwei Jahrzehnte jüngerer Schriftsteller-Kollege Wilhelm Lobsien in seiner Übersicht *„Die erzählende Kunst in Schleswig-Holstein"* (1908); Lobsiens Roman *„Landunter"* erschien als Band 11 in der Reihe „Nordfriesland im Roman". Er lobt unter anderem: „glänzende Phantasie, flüssiger Stil, eine aus seiner Tätigkeit als Richter herrührende Bekanntschaft mit fast allen Gesellschafts- und Berufsklassen".

Über seinen Schreibprozess teilt Jacobsen ebenfalls in *„Meerumschlungen"* mit: „Die geistige Disziplin, in die jeder Jurist getaucht wird, übt ihren Einfluß auch auf meine Arbeitsweise. Meine richterliche Tätigkeit zwingt mich zur genauen Zeiteinteilung; ich habe keine Zeit, Stimmungen abzuwarten, ich muß nach Goethes Rat ‚die Poesie kommandieren'. Ich kann das Aktenstück aus der Hand legen und das Manuskript vornehmen – in einer Minute bin ich mitten drin. Die Idee wird in wenigen Stunden ohne Zange geboren, eine knappe Disposition nimmt einen Tag in Anspruch; die Personen stammen fast alle aus meinem ziemlich bewegten Leben und werden in der Disposition mit Geheimzeichen versehen, die nur mir verständlich sind; ich kann nicht schreiben, ohne die Gestalt vor mir zu sehen – sogar der Name spielt eine Rolle, der unpassende verzerrt mir den ganzen Charakter."

In dem 1905 erschienenen Roman *„Die letzten Menschen"* erweist sich Friedrich Jacobsen als früher Phantastik-Autor. Die Handlung spielt in einem tausend Jahre fernen Zeitalter. Neu entdeckt wurde das Buch durch den Schriftsteller und Literaturwissenschaftler Claus Ritter, der einem breiteren Publikum in der DDR vor allem durch seine Sachbücher zur Science Fiction bekannt wurde. In seinem 1982 erschienenen Buch *„Anno Utopia"* heißt es, Jacobsen zeichne ein „auf Bütten gedrucktes und mit Goldschnitt versehenes Endzeitbild". Das „Richten und Verurteilen, also die tägliche Konfrontation mit dem Bösen", habe wohl seine negative Zukunftssicht bestimmt. In dem Roman wird eine von sozialer Kälte bestimmte Gesellschaft beschrieben. Ein Sonderling hat sich Mitmenschlichkeit bewahrt, aber am Tag des Weltuntergangs geht er – wie später der Autor – selbst in den Freitod, um dem Leiden zu entgehen. Zwei ihm anvertraute junge Menschen finden in Liebe zueinander, aber eine aufrauschende Welle reißt auch sie hinweg. Das Buch wurde, damals noch ungewöhnlich, auch in die Blindenschrift übertragen. Vor einigen Jahren kam es in Erfurt als bibliophil gestalteter Neudruck heraus. Mit Ausnahme seiner bereits 1890 als „Erstling" erschienenen Erzählung *„Das Kreuz des Satans"* (Nachdruck 2011) wurde seit mehreren Jahrzehnten kein anderes Werk Jacobsens neu aufgelegt.

Seine Bücher erschienen in renommierten Verlagen, vor allem in der damaligen Verlagshochburg Leipzig, so bei Georg Wigand, Philipp Reclam und W. Vobach, außerdem im Verein der Bücherfreunde in Berlin, bei Velhagen und Klasing in Bielefeld und Leipzig sowie der Deutschen Verlags-Anstalt in Stuttgart. Weitere Romane und Novellen veröffentlichte er in Fortsetzungen in den Zeitschriften *Daheim. Ein deutsches Familienblatt mit Illustrationen* und *Das Buch für Alle*, die ihren „langjährigen, hochgeschätzten Mitarbeiter" zu seinem 60. Geburtstag 1913 als einen „der beliebtesten deutschen Erzähler" bezeichnete. In *Daheim* erschien beispielsweise im Jahr 1890 die Novelle „Eine Scholle Land", die in der nordfriesischen Halligwelt spielt.

Jacobsens Romane wurden in mehreren Zeitschriften und großen Tageszeitungen sehr anerkennend besprochen, einige Beispiele seien genannt. Zu seinem frühen Roman *„Morituri te salutant"* (1891) schrieb *Die Christliche Welt*, wichtigste Zeitschrift des deutschen Kulturprotestantismus: „Wer ein Buch sucht, von dem er mehr hat als flüchtigen Genuß, der greife dazu; ohne inneren Gewinn wird er es nicht aus der Hand legen." Die konservative *Neue lutherische Kirchenzeitung* meinte zum selben Buch: „In unserer Zeit, wo der Materialismus fast alle Klassen der menschlichen Gesellschaft mehr oder weniger durchdringt und auch die sogenannte schöne Litteratur fast vollständig beherrscht, muß es besonders wohlthuend berühren, wenn vor unseren Augen einmal ein Bild entrollt wird, welches uns zeigt, daß auch in unseren Tagen das Christentum noch immer seine heilende, tröstende Kraft für das zerrissene Menschenherz bewahrt hat."

Über *„Falsche Propheten“* (1892), worunter hier Freigeister und Sozialdemokraten zu verstehen sind, schrieb die nationalliberale Zeitung *Hamburger Korrespondent*: „Der ethische Gehalt des Buches ist ein bedeutsamer und wird dem denkenden Leser von Nutzen sein. Die Charakterzeichnung ist sehr sorgfältig und namentlich bei der Gestalt des Helden, einer prächtigen Friesenfigur, von wunderbarer Plastik; die Sprache ist edel; kurzum der Roman kann als eine anregende gehaltvolle Lektüre empfohlen werden.“

Zu Jacobsens Buch *„Bergfriede“* (1905), in dem er „fröhliches Studenten- und ehrsames Philisterleben im schönen Jena“ – wo er selbst studiert hatte – schildert, schrieb die in Berlin erscheinende liberale *Vossische Zeitung*: „Durch das Buch weht nicht nur ein würziger Hauch deutschen Waldesdufts, sondern auch ein warmer Strom echten Gemütslebens. Die zu einem glücklichen Ende führende Erzählung ist spannend in allen Einzelheiten, ohne die Nerven der Leser zu überreizen; die geschilderten Charaktere sind prächtige Menschenkinder, die das Herz auf dem rechten Fleck haben und des Lebens Ernst mit einer ausreichenden Dosis Humor zu würzen verstehen.“

Anlässlich des Romans *„Im Rosengarten“* (1912/13) hieß es in der *Deutschen Tageszeitung*: „Es ist ein wirklicher Genuß, einen Roman von Friedrich Jacobsen zu lesen. Eine seltene Poesie liegt in seinen Werken. Ohne auch nur im geringsten schwerfällig oder sentimental zu sein, verbreitet er etwas von Märchenzauber über seine Zuhörer. (…) Friedrich Jacobsen weiß fröhlichen Humor und tiefen Ernst in geschickter Weise zu verbinden, hinzu kommt noch die ursprüngliche Kraft, die seinen Dichtungen entströmt, und alles dies zusammen trägt dazu bei, uns seine Romane wertvoll zu machen.“

In dem 1913 erschienenen umfangreichen *„Führer durch die deutsche Literatur des 20. Jahrhunderts“* kommt Max Geißler – dessen Roman *„Inseln im Winde“* als Band 17 in der Reihe „Nordfriesland im Roman“ neu herauskam – trotz mancher Abstriche zu einer positiven Einschätzung des

Werks von Jacobsen: „Etliche Werke ragen durch ihre phantasievolle Größe oder durch die poetische Beseelung der Form zu den Höhen, da die Dichter wohnen, wie z. B. das gestalten- und gedankenreiche ‚Die letzten Menschen'."

„Elfe" – ein Roman aus der nordfriesischen Marsch

Im Zentrum der Handlung in dem Roman *„Elfe"* steht die Lebensgeschichte dreier Menschen aus der nordfriesischen Marsch, die sich von Kindheit an kennen. Erzählt wird sie vom Sohn des Dorfgeistlichen, dem Vierten im Bunde, der in den Konflikten zwischen ihnen vermittelt und „Fritz" genannt wird (Friedrich, der „Friedenskönig"). Der Autor schildert die Restriktionen, die der Dorfstruktur zugrunde liegen und, lebenslang verinnerlicht, auch später nicht aufgebrochen werden können. Er spiegelt sie in den Vornamen der Protagonisten des Handlungsgeschehens.

Da ist der „Underdog" des Dorfes aus dem Armenhaus, stigmatisiert schon durch seinen jüdischen Vornamen „Hiskias" („Jahwe ist Stärke"), der es zu etwas Wohlstand bringen wird, aber sozial geächtet bleibt. Unklar ist, warum Jacobsen, dem nach seiner eigenen Aussage die Namen seiner handelnden Personen wichtig waren, diesen in der nordfriesischen Marsch völlig ungebräuchlichen Namen wählte. Juden gab es im ländlichen Nordfriesland so gut wie nicht. In der Bibel ist Hiskias ein König von Juda, der manche Reformen durchführt und durchaus vorbildlich handelt. Im Roman ist Hiskias hingegen „der Ärmste unter den Armen". Er scheitert auch in seinem Bemühen, die Liebe Elfes zu gewinnen. Sie, die von außen ins Dorf gekommen ist, wird Jakob (den „rechten Mann"), den späteren Kapitän zur See, ehelichen. „Elfe", ein eigenständiger, von Elfriede („die Edle, die Friedliche") abgeleiteter seltener Mädchenname, fand vor allem Verwendung im gehobenen Bildungsbürgertum und bezeichnet ihre herausgehobene Rolle unter den Jugendlichen in der friesischen Marsch.

Die dörflichen Familienverhältnisse bestimmen weitgehend die durch sie vorgegebenen Lebensschicksale der darin befangenen Menschen. Sie finden ihre Fortsetzung in der Großstadt Kiel. Hiskias ist jetzt Handlungsgehilfe, hat aber selbstverständlich keinen „Zutritt zu den vornehmen Villen auf Düsternbrook" (S. 53).

Einen breiten Raum in der nordfriesischen Regionalliteratur zu Beginn des zwanzigsten Jahrhunderts nehmen die sozialen Umbrüche in der Landschaft ein, die Konflikte zwischen Tradition und Moderne, wie sie etwa in den Romanen „*Dammbau*" von Margarete Boie (Nordfriesland im Roman, Band 6), „*Landunter*" von Wilhelm Lobsien (Nordfriesland im Roman, Band 11) oder „*Inseln im Winde*" von Max Geißler (Nordfriesland im Roman, Band 17) eindrücklich beschrieben worden sind. Von all dem ist bei Friedrich Jacobsens „*Elfe*" nichts zu finden. Berichtet wird stattdessen vom täglichen Einerlei der Handwerker (Peter Lenzmann), Gewerbetreibenden (Christian Hansen) und Arbeiter (Bonke Nielsen), von der Welt der „kleinen Leute" im Dorf. Von den reichen Bauern der Marschen, die auf ihrer „fetten Scholle" sitzen und die Politik der Landschaft bestimmen, ist nicht die Rede, obwohl erst durch sie die abwertende Bezeichnung der armen Leute von der Geest, insbesondere der dänischen Jüten, als Kontrastfolie ihren Sinn erhält.

Im Zentrum des Romans steht das Lebensschicksal dreier junger Menschen, die in der tiefsten Provinz aufwachsen. Erzählt wird es vom Autor, der sich in der Figur des teilnehmenden Beobachters Friedrich in das Handlungsgeschehen einbringt – zwar darin eingebunden und verwickelt, aber zugleich auch in Distanz, einmal, mit Blick auf die Leserschaft, als Interpret des Geschehens und seiner Hintergründe, zum anderen, mit Blick auf den Selbstfindungs- und Entwicklungsprozess der drei darin involvierten Akteure, als Vermittler zwischen ihnen: „Vier Menschen, die in einem und demselben kleinen Dorfe geboren sind" und zehn Jahre später in Kiel „wieder beisammenleben an demselben Ort" (S. 61).

Elfriede („Elfe“) Nielsen und Jakob Hansen

Die Persönlichkeit eines Menschen wird maßgeblich geprägt durch die Familie, in die er hineingeboren wird. Sie eröffnet Möglichkeitsräume und legt Grenzen fest. Wie sie in dem einen Fall genutzt, in dem anderen vielleicht überwunden werden, darin entscheidet und festigt sich das Erscheinungsbild eines Menschen. Das ist im Roman von Friedrich Jacobsen nicht anders. Allerdings zeichnet er sich durch einige Merkwürdigkeiten aus, die sofort ins Auge springen. So fällt als Erstes auf, dass alle vier Proponenten des Handlungsgeschehens Einzelkinder sind, etwas ungewöhnlich für eine Zeit, in der selbst in Pastorenfamilien, wie wir zum Beispiel aus der Chronik der Familie Kühl in Oldenswort wissen, sechs bis sieben Kinder durchaus üblich waren. In der Gegenwart dagegen sind Einzelkinder fast schon der Normalfall und machen die Einrichtung von Erziehungs- und Sozialisationsinstitutionen, in denen Gleichaltrige künstlich zusammengebracht werden, um ihre Persönlichkeit entwickeln zu können, zur kulturellen Notwendigkeit.

Betitelt ist der Roman mit dem Namenskürzel „Elfe“. Schon das ist ungewöhnlich für ein Handlungsgeschehen, das sich in einem kleinen nordfriesischen Dorf und nicht in einer Großstadt wie Berlin oder Hamburg ereignet. Dem Autor scheint es deshalb eine relativierende Erklärung abgenötigt zu haben, ohne dass sie wirklich zu befriedigen vermag: „Elfe war das Enkelkind des alten Bonke Nielsen und hieß eigentlich Elfriede. Mit der friesischen Neigung zu Namensverdrehungen hatte man ihr jene Abkürzung beigelegt, ohne sich der eigentlichen Bedeutung derselben bewusst zu werden. Es gab in der Marsch wohl Sümpfe genug, über denen nachts die Irrlichter schwebten, es wurden abends am Herdfeuer Geschichten erzählt von Niss und Puck, und der beständige Wind weckte in den Eibenbäumen ein geheimnisvolles Rauschen – aber von Elfen berichtete keiner, denn die Poesie des Volkes war zu herb, um jene zarten Wesen auszusinnen“ (S. 10 f.). Noch ungewöhnlicher ist, dass ihr Anteil am Fortgang des Romans relativ gering ist und ihre Persönlichkeit in blassen Farben gezeichnet wird. Zwar ist sie die Tochter des unglücklich zu Tode gekommenen Dorfschmieds Niss Nielsen, aber ihre früh verstorbene Mutter kam aus Thüringen und erweckte in ihr eine Sehnsucht, durch die sie sich von den anderen Dorfbewohnern als fremd unterschied. Eigentlich möchte sie fort aus der flachen rauen „Marsch mit ihrem Nebel und ihren Gräben“ (S. 82) in eine lieblichere waldreiche Gegend und hofft, dass sie von ihrer künftigen Ziehmutter „ebenso schöne Kleider“ bekommen wird, wie jene anhat (S. 40).

Im Übrigen ist ihr Interesse darauf gerichtet, früher oder später Jakob Hansen zu ehelichen, ein durchaus übliches Motiv im Themenspektrum der Romane jener Zeit. Im Unterschied zu den Entwicklungsromanen der Männer, in denen das Finden einer ihnen angemessenen Position in der Gesellschaft im Zentrum ihrer Bemühungen steht bzw. deren tragisches Scheitern, etwa in K. v. d. Eiders friesischem Dorfroman „*Meerumschlungen*“ (Nordfriesland im Roman, Band 15), behandeln entsprechende Frauenromane das Erwachen der Frau aus Mädchenträumen und das Finden des rechten Ehegatten, wie es, um ein weiteres Beispiel zu nennen, in überaus sozialkritischer Weise von Friede Kraze in ihrem Roman „*Die Frauen von Volderwiek*“ (Nordfriesland im Roman, Band 7) geschildert wird. Zu Recht, auch in Hinblick auf eine benötigte Aussteuer, macht sich der Großvater Bonke Nielsen deshalb Sorgen, was mit Elfe ist, wenn sie „einmal groß sein wird“, woraufhin der Pastor lapidar antwortet: „Dann kriegt Elfe einen braven Mann, der für sie sorgt“ (S. 31).

Und so wird Elfe geduldig warten, bis Jakob in ferner Zukunft in der Lage sein wird, sie und ihre Familie zu ernähren. Sich auf eigene Füße zu stellen, einen Beruf, etwa den der Gouvernante oder Gesellschaftsdame anzustreben, wozu sie aufgrund ihrer Erfahrungen im Hause ihrer wohlhabenden Ziehmutter in Kiel wohl durchaus in der Lage wäre, kommt ihr überhaupt nicht in den Sinn: eine passive, von den Umständen getriebene Person ohne Profil und Charakter – „im

Partie in Düsternbrook, Ende des 19. Jahrhunderts
Zeichnung von F. Keller-Lenzinger

besten Fall eine Wohnstubendekoration oder ein brauchbares Haustier", würde Franziska zu Reventlow sagen, die „an einen netten Mann verheiratet, im Haushalt und dergleichen versumpfen", „als großes Mädchen je nach den Verhältnissen als Nutzobjekt oder Dekorationsgegenstand im Hause fungieren" oder „als Frau dem Gatten sorgend und liebend zur Seite stehen, den Pflichten des christlichen Ehebettes nach bestem Vermögen nachkommen und ihre Kinder zu derselben trostlosen Lebenslangeweile erziehen". Ob Elfe allerdings die für die Führung eines Ehehaushalts notwendigen Fähigkeiten wie Kochen, Putzen, Kindererziehung und alles, was sonst noch damit zusammenhängt, von ihrer vermögenden Ziehmutter vermittelt bekommt, Fähigkeiten, die im Normalfall der leiblichen Mutter abgeschaut oder in dem seinerzeit üblichen „Einjährigen" in einem fremden Haushalt erworben werden, lässt der Autor offen.

Dem Roman den Titel „*Elfe*" zu geben, lässt sich eigentlich nur damit rechtfertigen, dass seine Namensträgerin im Kopf aller drei Jünglinge ständig präsent ist, als Projektionsfläche männlicher Begehrlichkeit. Ähnlich ungereimt verhält es sich mit dem Titel von Jacobsens Roman „*Niflheim*", der ebenfalls für eine Veröffentlichung in der Reihe „Nordfriesland im Roman" zur Diskussion stand. Auch hier erschließt sich dem Leser, der Leserin der Sinn seiner Titelgebung nicht.

Die angestrebte Ehe zwischen Jakob Hansen und Elfriede Nielsen ist in ihrem Glück durch eine dunkle Vorgeschichte belastet, die im Dorf gerüchteweise kolportiert, dem Leser, der Leserin aber erst nach und nach enthüllt wird: Christian Hansen, der Vater des künftigen Ehegatten, hat den Tod von Niss Nielsen, dem Vater von Elfe, verschuldet. Normalerweise würde ein solches Ereignis zum dauerhaften Zerwürfnis zwischen den Familien Hansen und Nielsen führen, wie es so oft zum Gegenstand der Roman- und Schauspielliteratur geworden ist. Denken wir nur an die Generationen überdauernde Fehde zwischen den Familien Montague und Capulet in Shakespeares „*Romeo und Julia*" oder an dessen Adaption in Gottfried Kellers Novelle „*Romeo und Julia auf dem Dorfe*". Nicht ohne Grund zweifelt Friedrich, unser teilnehmender Beobachter, daran, dass zwischen Jakob und Elfe jemals von Glück die Rede sein könne, wenn dieser Schatten zwischen ihnen steht (S. 131). Doch der Autor gibt der Geschichte eine andere Wendung. Üblicherweise „lässt die Natur die Kinder für die Sünden der Eltern büßen, das Gesetz legt den Kindern die Pflicht auf, die Schulden der Eltern zu zahlen". Für ihn jedoch besteht der tiefere Sinn der Liebe zwischen Jakob und Elfe gerade darin, „dass der Sohn auf andere Weise gutmachen muss, was der Vater verbrochen hat" (S. 131).

Auch Jakob wird, ähnlich wie Elfe, in blassen Farben gezeichnet. Wir erfahren lediglich, dass er lange auf See war, dass auch er, wie sein Vater, dem Alkohol zu verfallen droht, weil er in eine finanzielle Abhängigkeit von Hiskias Juhl geraten ist, sich aber noch rechtzeitig, nicht zuletzt durch Unterstützung von Friedrich, zu besinnen weiß. Er wird sein Examen machen und in einer fernen Zukunft wohl tatsächlich Elfe ehelichen.

Hiskias Juhl

Die merkwürdigste Figur des Romangeschehens ist zweifellos Hiskias Juhl. Schon sein Vorname gibt Rätsel auf. Viel erfahren wir nicht über seine Herkunft, nur dass seine Eltern früh starben und dass er in der leiblichen Erscheinung ein Spott auf seinen Namen sei, denn „seine Aussichten, dereinst König zu werden, schienen außerordentlich gering, und es gab außerdem Leute, die seinem Herzen jene Frömmigkeit absprachen, die man dem jüdischen Herrscher beilegt" (S. 16). Jüdischer Herkunft ist Hiskias Juhl, trotz seines Namens, offensichtlich nicht. Jüdische Händler, die in der Provinz mit ihren Waren über Land fuhren, hatten ihr Domizil nicht in einem Dorf, sondern in der Stadt. In ihrem Roman *„Um Ellwurth"* beschreibt Thusnelda Kühl ihr Leben und Treiben, deren soziale Funktion nicht nur darin bestand, ihre Waren vor Ort anzubieten, sondern auch darin, die neuesten Nachrichten aus der Welt auf dem flachen Lande zu verbreiten. Im Ellwurth-Roman repräsentiert der Jude Levy die Rastlosigkeit des Handelskapitals. Er ist nicht Bestandteil der dörflichen Gemeinschaft wie Hiskias Juhl, der, zwar sozial verachtet, gleichwohl dazugehört. Als ruhelos Umhergetriebener, immer auf der Suche nach Gewinn, vermittelt Levy *zwischen* den einzelnen Dorfgemeinschaften. Damit erfüllt er eine wichtige soziale Funktion. Er verkauft hier und verkauft dort. Manchmal ärgern sich die Leute über ihn, wenn sie sich übervorteilt fühlen. Wirklich gefährlich aber wird er der dörflichen Gemeinschaft nicht. Dazu ist er zu sehr isoliert und vereinzelt.

Obwohl Hiskias Juhl offensichtlich nicht jüdischer Herkunft ist, versieht der Autor ihn mit Attributen, die in der belletristischen Literatur seiner Zeit als Stereotype des jüdischen Warenhändlers weit verbreitet waren, prominent und exemplarisch etwa in dem Roman *„Soll und Haben"* von Gustav Freytag. Dort wird der Jude Veitel Itzig, gleichsam die Verkörperung der negativen Auswüchse des Kapitalismus, völlig beziehungs- und bindungslos dargestellt. Das Geschäftemachen und Übervorteilen anderer wird bei ihm durch keinerlei mitmenschliche Regung gemildert. Ähnlich stellt sich die Persönlichkeitsstruktur von Hiskias Juhl dar. Er wird nicht nur als äußerst hässlicher Mensch geschildert, den die anderen gleichermaßen fürchten und verabscheuen (S. 14, S. 50). Jakob Hansen, die Verkörperung des blonden, blauäugigen Friesen, weigert sich sogar, ihn zu verprügeln, denn es ekelt ihn, Hiskias zu berühren (S. 89), „weniger wegen seiner sozialen Stellung als seiner kaustischen Eigenschaften halber" (S. 17). Vor allem wird er dargestellt als die Personifizierung der berechnenden Vernunft. „Denn er kann rechnen – rechnen – rechnen!" (S. 65). Rechnen allerdings können die Friesen auch, aber es ist ein anderes Rechnen; ihnen geht es nicht so sehr um Übervorteilung und Profit, sondern um Nautik und Navigation, um Sternen- und Gezeitenkunde. Wenn Jakob Nielsen rechnet, dann eher in der Tradition Hans Momsens. Anders Hiskias Juhl: Seine Stärke ist das „Berechnen, jene berechnende Vorsicht, die sein ganzes Wesen auszeichnete". Etwas „umsonst zu tun, war er schlechterdings außerstande" (S. 17). „Seine Freundschaft", so charakterisiert ihn der alte Kaufmann Dose, „ist wie die einer Schlange. Wo sich ein Spalt in der Tür findet, da schleicht er herein, um nie wieder hinauszugehen. Er tut unschuldig, redet klug und macht sich nützlich, sodass Sie glauben, einen Schatz in das Haus bekommen zu haben. Und dann beißt er Sie hinterrücks in die Ferse – " (S. 66). Einzig mit den Schweinen „pflegte er eine gewisse Freundschaft zu unterhalten" (S. 37).

Diesen Charakterzug schreibt ihm der Autor bereits in den Jahren seiner frühen Kindheit zu und erläutert ihn am Beispiel des Gewinnspiels mit Murmeln. Daran möchte Hiskias mit sechs Murmeln teilnehmen und sagt zu Jakob und Friedrich: „Ihr könnt besser spielen als ich, Jakob, ihr könnt sie mir abgewinnen." Doch Jakob lehnt ab: „Nein, Hiskias, du wirst uns betrügen." Von Christian Hansen, dem Vater Jakobs, erfahren wir später, „dass in dieser Satanskröte ein Kerl stecke, der noch mal die ganze Welt betrügen würde" (S. 18 f.).

Und tatsächlich. Hiskias wird seinen Weg machen, wird kaufen, um „doppelt so teuer" zu verkaufen (S. 22). Eine Krämerseele sei er nun einmal, stellt er selbstkritisch fest, und so übernimmt er am Ende Christian Hansens Trödelladen, um daraus „in größerem Maßstab" etwas zu machen, „denn", fügt er hinzu, „ich muss die Konkurrenz totmachen, geradeso wie alles Übrige, was sich mir in den Weg stellt. Auf andere Weise kann der Mensch nicht obenauf bleiben, wenn er von unten heraufgekommen ist" (S. 153). Gegen Ende des Romans ist Hiskias Juhl am Ziel seiner Wünsche. Gegen Friedrich gewandt, äußert er: „Ich bin kein Rothschild geworden in den fünf, sechs Jahren, wo ich Geld verdienen konnte, aber so viel habe ich zusammengescharrt, um *das* Gelumpe (den Besitz der Hansens, d. Hrsg.) unter meine Hand zu bringen. Der Alte ist mir geradeso gut in das Netz gegangen wie der Junge, denn wenn bei dem einen das Wasser bis an die Kehle stand, so war's bei dem anderen der Schnaps. – ... Ich sage dir, ich habe ihn in meinen Händen, den stolzen Jakob, und ich kratze von seinem Leben Stück für Stück herunter, gerade wie den Kalk von dieser morschen Mauer" (S. 90). Wie bei Veitel Itzig wird auch bei Hiskias Juhl das Geschäftemachen und Übervorteilen anderer durch keinerlei mitmenschliche Regung gemildert. Die Parallele zu Shakespeares Komödie „*Der Kaufmann von Venedig*", vom Autor beabsichtigt oder nicht, ist unübersehbar. Völlig im Rahmen der Legalität, aber unter Absehung des menschlichen Leids, das er dadurch verursacht, fordert der Jude Shylock, dass seinem Schuldner, entsprechend dem vereinbarten Preis, ein Pfund Fleisch aus seinem Körper herausgeschnitten werde.

Bemerkenswert in diesem Zusammenhang ist ein weiteres Ereignis: Friedrich, gerade in Kiel angekommen, erkennt Hiskias Juhl, der ihm aus den Augen geraten war, nach Jahren wieder. Friedrich steht am schwarzen Brett in der Universität, um eine Wohnung zu suchen, als ihn plötzlich ein Fremder anspricht: „Wenn der Herr Studiosus eine Wohnung sucht", sagt die Stimme, „dann wüsste ich wohl eine Wohnung zu nennen, wie sie für den Herrn passt. Eine schöne

Wohnung, wo man nicht gestört wird – von keinem nicht." Es war nicht die Stimme, die Friedrich im Fremden Hiskias Juhl erkennen lässt, „sondern die verschwenderische Häufung der Verneinungen, gleichsam der Ausdruck jenes Geistes, der stets verneint" (S. 46).

Der Autor in seiner Zeit

Will man den Roman Jacobsens einordnen, insbesondere die literarische Ausgestaltung der Figur des Hiskias Juhl, so ist zu berücksichtigen, dass die deutsche Gesellschaft in der Zeit, in der das Buch geschrieben wurde, maßgeblich geprägt war von einem unterschwelligen, weitgehend konsensuell getragenen Antisemitismus. Selbst Persönlichkeiten, die sich im öffentlichen Raum wiederholt gegen jede Form des politischen Antisemitismus aussprachen, erlaubten sich, wie unter anderem aus dem Briefwechsel zwischen Ferdinand Tönnies, dem Begründer der Soziologie in Deutschland, und Friedrich Paulsen, dem Berliner Philosophen und Schulreformer, hervorgeht, antisemitische Ausfälle. Ohne Kenntnis dieser latent vorhandenen, durchgängigen Vorurteilsstruktur lässt sich kaum erklären, wie es später, zum Teil vermittelt über die „Heimatliteratur", nahezu bruchlos zu ihrer Manifestation als Staatsideologie im Nationalsozialismus kommen konnte.

Im Roman *„Elfe"* gibt es zwei Textstellen, in denen Friedrich, unser teilnehmender Beobachter, beginnt, Verständnis zu zeigen für die asozialen Verhaltensweisen des Hiskias Juhl. Gegenüber den Vorwürfen des alten Dose wendet er relativierend ein: „Hiskias hat eine sehr traurige Kindheit verlebt", und er fügt hinzu, „es gibt wohl keinen Menschen, der jemals weniger Liebe erfahren hätte" (S. 67). Später dann, nach einem klärenden Gespräch mit Hiskias, wird er noch deutlicher: „Obgleich ich ihm zornig nachblickte und obwohl ich von Herzen wünschte, dass er sich einmal ohne mein Zutun den Hals brechen möchte, so wäre ich doch nicht mehr imstande gewesen, die Hand zum Schlage gegen ihn zu erheben, selbst dann nicht, wenn Elfe es von mir gefordert haben würde. Denn seine Vergangenheit war *zu* elend und *zu* dunkel, und ich habe auch später noch im Leben die Erfahrung gemacht, dass es bisweilen keine Genugtuung gewährt, einen Schurken zu züchtigen, sobald man weiß, *was* ihn zum Schurken gemacht hat“ (S. 90 f.).

In diesen Relativierungen dürften sich berufliche Erfahrungen des Autors als Richter und Jurist zu Worte gemeldet haben. Als er das Buch schrieb, hatte es im Reich seit längerem eine Diskussion über die Reform des deutschen Strafrechts gegeben, an der auch Ferdinand Tönnies als Mitglied der „Internationalen Kriminalistischen Vereinigung“ maßgeblich beteiligt war. Zwei Richtungen standen sich unversöhnlich gegenüber: die konservative juristische und die fortschrittliche soziologische Schule. Zur Diskussion stand ganz grundlegend der Zweck des Strafrechts: Bestrafung (Vergeltung) oder Besserung (Resozialisierung). Dem Motiv und der Gesinnung des Straftäters sollte bei der Urteilsfindung stärkere Beachtung zuteilwerden. Im Gegensatz zur überkommenen juristischen Lehre forderte die soziologische Schule unter den Juristen, weniger der Tat als vielmehr dem Täter Beachtung zu schenken. Sie will, in den Worten von Tönnies, dass „der Verbrecher in seinem Wesen und in seinen Bedingungen erkannt, also erforscht werde“. Sie „steht also in einem wesentlichen Zusammenhange mit dem soziologischen und dem (viel älteren) psychologischen Studium des verbrecherischen Menschen“. Möglicherweise findet sich hierin eine der Ursachen, warum Jacobsen, als Richter in das juristische Reformgeschehen beruflich involviert, die Figur des Hiskias Juhl wesentlich gründlicher durchgearbeitet hat als jene der Elfriede Nielsen und des Jakob Hansen, zumal sein Anspruch als Romancier „edle Realistik“ war. Er „suchte die Menschen zu schildern, wie sie wirklich sind“.

„Elfe“ – Orte des Geschehens und historischer Hintergrund

Friedrich Jacobsen ließ sich in seinem Roman *„Elfe“* zweifellos durch seine eigenen Erlebnisse in Emmelsbüll inspirieren. Nicht zufällig heißt der Ich-Erzähler Fritz, und er ist der Sohn des Pastors. Im Roman überkommt den kleinen Fritz „eine ganz dunkle Erinnerung an meine früh verstorbene Mutter“ (S. 37). Tatsächlich starb die Mutter des Autors, als er gerade vier Monate alt war.

Den zweiten Teil der Handlung lässt er in Kiel spielen, wo „Fritz“ studiert, nachdem sein Vater ihn zuvor auf das Internatsgymnasium Schulpforta in Sachsen-Anhalt, eine traditionsreiche Schule für besonders begabte Kinder, gesandt hatte. Ob dies auch auf Friedrich Jacobsen zutrifft, konnte bisher nicht herausgefunden werden. In Kiel studierte er sicher nicht, wohl aber sein Vater. Jacobsens Verbundenheit mit Thüringen spiegelt sich darin, dass Elfes Mutter wohl daher stammte, ebenso ihre spätere Pflegemutter Doris Heimreich. „Da fängt der Wald an“, sagt Fritz im Roman, und Eid fügt hinzu: „… und gleich dahinter kommt die Türkei.“ (S. 12)

Kaufmannsladen Michelsen in Emmelsbüll, um 1910
Sammlung Jens Uwe Nissen

Der Gasthof in Südwesthörn, 2022 *Foto: Thomas Steensen*

Dass Emmelsbüll der Schauplatz ist, obwohl das Dorf namentlich nicht genannt wird, ergibt sich aus der Biografie des Autors und zudem aus mehreren im Buch geschilderten Sachverhalten. Der Roman spielt in einem Kirchdorf, „eine halbe Stunde von der See entfernt" (S. 118). Ein durch die Köge führender Weg sorgt für die Verbindung mit Niebüll. Von dort werden „frische Semmel, Zeitungen und Briefe" in die Marsch gebracht (S. 28). Nicht ganz stimmig ist allerdings die Angabe, von Niebüll ins Heimatdorf dauere der Fußweg eine Stunde, denn er nimmt doch sicherlich zwei Stunden in Anspruch. Aber nahe am Dorf liegt der „kleine friesische Hafen Südwesthörn, wo ein Sielzug durch eine Schleuse ins Wasser geht und wo ein einsames Wirtshaus liegt" (S. 118). Dieser Gasthof spielt dann im Roman eine verhängnisvolle Rolle.

Auch die Brücke über den alten Sielzug, „nur etwa zehn Minuten" (S. 120) vom Kirchdorf entfernt, in dem Elfes Vater ertrinkt, lässt sich lokalisieren. Sie liegt in genau dieser Entfernung östlich der Kirche und besteht in anderer Form noch heute. Dieser Sielzug „schleicht langsam und schwarz und tief zwischen den Fennen dem Deiche entgegen und ist zu breit, um wie die gewöhnlichen Gräben mit dem Klüwerstock übersprungen zu werden", so wird er im Roman beschrieben (S. 120). An beiden Seiten wachsen heute hohe Sträucher.

Als Hiskias und der Erzähler von Kiel in ihr Heimatdorf zurückreisen, fahren sie „nach Tondern, wo die Bahn aufhörte und von wo ein Omnibus nach Niebüll ging“ (S. 100). Gemeint ist hier ein von Pferden gezogener Omnibus, einen motorbetriebenen gab es noch nicht. Diese Reiseschilderung erlaubt auch Rückschlüsse auf den Zeitpunkt des Geschehens. Tondern erhielt seinen ersten Bahnhof 1867. Die von Hamburg entlang der schleswig-holsteinischen Westküste verlaufende „Marschbahn“ erreichte Niebüll 1887. Zwischen beiden Jahren muss die Reise also stattgefunden haben.

Die Geschehnisse in Emmelsbüll ereignen sich in der Kindheit des 1853 geborenen Friedrich Jacobsen. Im Roman heißt es dann: „In den zehn Jahren, die ich nunmehr überspringe, haben sich sehr bedeutende Veränderungen zugetragen. Kurze Zeit nachdem Elfriede Nielsen das heimatliche Dorf verlassen hatte, um nach Kiel überzusiedeln, wurde mein Vater in die Nähe von Flensburg versetzt, und da wir in der Marsch keine Verwandten besaßen, hörten unsere Beziehungen zum Friesenlande bald auf. Nur dann und wann flatterte eine unverbürgte Nachricht herüber in das neue Angler Pas-

Der ehemalige kleine Hafen Südwesthörn, 2022
Foto: Thomas Steensen

torat“ (S. 45). Tatsächlich wurde Friedrichs Vater 1871 nach Esgrus in Angeln versetzt. Zwei Jahre danach, mit 20, beginnt Fritz gemäß der Romanschilderung sein Studium in Kiel, die dortigen Ereignisse können also ins Jahr 1873 und kurz danach datiert werden.

Der Zeitraum, den also der Roman umspannt, brachte für Schleswig-Holstein und Deutschland einschneidende Veränderungen: den deutsch-dänischen Krieg 1864, die Einverleibung Schleswig-Holsteins in Preußen 1866/67, die Gründung des Deutschen Kaiserreichs 1871. Aber sie klingen im Roman überhaupt nicht an. Friedrich Jacobsen geht es hier einzig um die sozialen Verhältnisse und menschliche Schicksale. Die politischen Entwicklungen hat er hingegen in anderen Büchern geschildert, insbesondere in dem Roman *„Im Weltwinkel“*, und zwar aus deutsch-schleswig-holsteinischer Perspektive.

Emmelsbüll, seit 1974 Teil der Gemeinde Emmelsbüll-Horsbüll, ist ein Hauptort der Wiedingharde, ganz im Nor-

Der alte Sielzug in Emmelsbüll, von hohen Sträuchern eingefasst, 2022 *Foto: Thomas Steensen*

Am Weg von Emmelsbüll nach Südwesthörn, 2022
Foto: Thomas Steensen

den Nordfrieslands gelegen. Als Harde bezeichnete man im Königreich Dänemark und in dem bis 1864 mit ihm verbundenen Herzogtum Schleswig einen Gerichts- und Verwaltungsbezirk. Landverlust und Landgewinn, Sturmfluten und Eindeichungen bestimmen die Geschichte der Wiedingharde. Nach den schweren Verlusten der „Mandränke" 1362 wurde sie im Jahr 1465 vollständig mit einem Deich umschlossen, dem „goldenen Ring". Hundert Jahre lang blieb sie nun eine Insel und wurde erst durch die Eindeichung des Gotteskoogs mit dem Festland verbunden.

Emmelsbüll liegt am südlichen Rand der Wiedingharde, 17 Kilometer südwestlich von Tondern, wo sich zum Zeitpunkt der Romanhandlung die Amts-, seit 1867 die Kreisverwaltung befand, und gut zehn Kilometer nordwestlich von Niebüll. Die Endsilbe -büll (Siedlung) deutet auf eine Besiedlung durch Friesen hin, die in einer zweiten Einwanderungswelle seit etwa 1000 von der südlichen Nordseeküste her das Festland des später Nordfriesland genannten Gebiets besiedelten. Erstmals genannt wird Emmelsbüll im „Erdbuch“ des dänischen Königs Waldemar im Jahr 1231.

Über Emmelsbüll erfährt man aus der Topographie Johannes von Schröders, die 1854, ein Jahr nach Friedrich Jacobsens Geburt, erschien, recht wenig. Das eigentliche Dorf hatte demnach damals „außer der Prediger- und Küsterwohnung“ nur 24 Häuser, „die auf Werften [Warften] erbauet sind“, jedoch gehören zum Kirchdorf eine ganze Reihe weiterer Siedlungen. Es gebe eine Distriktsschule, ein Wirtshaus, eine Schmiede und westlich von Emmelsbüll eine Windmühle. Der Boden sei „nur von sehr mittelmäßiger Art und muß, obgleich er Marschboden ist, sehr stark bedüngt werden“. Die „Volkszahl“ des Kirchspiels wird mit 956 angegeben. Ein halbes Jahrhundert später werden in Henning Oldekops Topographie, erschienen 1906, 804 Einwohner für die Landgemeinde Emmelsbüll genannt, es gibt 239 Pferde, 1283 Schafe und 10 708 Rinder, worin die Bedeutung der Viehwirtschaft deutlich wird. Mittlerweile durchzieht das Dorf eine von Tondern nach Munksbrück verlaufende Chaussee. Oldekop verzeichnet eine dreiklassige Schule, einen Arzt, eine Mühle, sechs Wirtshäuser, sechs Geschäfte, 15 Handwerker. Allgemein heißt es: „Die Gemeinde ist bedeutend und hat viele zugehörige Häusergruppen und Höfe. Die Häuser liegen an den Deichen oder sind auf Werften erbaut.“

Über die Kirche, an der Friedrich Jacobsens Vater Pastor ist, heißt es bei Oldekop, sie sei der Nachfolgebau der 1768 abgebrochenen, die etwas weiter westlich lag. Die im Jahr danach geweihte neue Kirche „liegt an der Chaussee, (…) ist regelmäßig gebaut und gewölbt, hat Schieferdach und zwei kleine Türme“. Zu Gustav Ferdinand Jacobsens Amtszeit war die Kirche noch mit Blei gedeckt. Der genannte zweite Turm, ein Dachreiter, ist heute nicht mehr vorhanden, er war mehrfach bei Stürmen zerstört worden und wurde in den 1960er Jahren abgetragen. Das Inventar stammt großenteils aus dem Vorgängerbau, insbesondere der alte Taufstein, die Kanzel und der Altar. Das Tonnengewölbe soll aus Brettern stammen, die als Strandgut auf Sylt antrieben und über Süd-

In der Kirche zu Emmelsbüll, 2022 *Foto: Thomas Steensen*

westhörn hierher befördert wurden. Zur Zeit von Pastor Jacobsen wurde es 1854 neu verputzt und weiß übertüncht. Bei der umfassenden Kirchenrenovierung in den 1950er Jahren erhielt es eine Bemalung mit geometrischem Muster. 1993 aber machte bröckelnder Putz eine erneute Renovierung nötig. Dabei wurde die ursprüngliche „himmlische" Bemalung wiederentdeckt und restauriert. Als Friedrich Jacobsen in Emmelsbüll aufwuchs, war die Kirche noch ein roter Backsteinbau. Erst in den 1950er Jahren wurde sie weiß verputzt und erhielt damit ihr heutiges Aussehen.

Das Armenhaus, „ein ödes trauriges Gebäude", lag hundertfünfzig Meter vom Pastorat entfernt; heute beherbergt es eine ansehnliche Pension. Im Roman werden das Haus und die darin herrschenden Verhältnisse recht genau beschrieben (S. 16 f.): „Dasselbe lag auf einer ziemlich hohen Warft unmittelbar am Eingang des Dorfes und unterschied sich von den übrigen Häusern durch den gänzlichen Mangel eines Ziergartens; seine Hinterfront blickte auf einen baumlosen Streifen schwarzen Kartoffellandes, zwischen Haustür und Dorfstraße aber lag eine kleine unfreundliche Grasflä-

Das ehemalige Armenhaus in Emmelsbüll befindet sich heute in Privatbesitz und wurde zu einer Ferienpension ausgebaut. Es lag zu Fuß nur zwei Minuten vom Pastorat entfernt.

Foto: Thomas Steensen

che, unter deren langen schmutzigen Halmen ein übelriechender Rinnstein entlangsickerte. Das Armenhaus besaß eine unzählige Menge Fenster und eine dementsprechende ebenso große Anzahl kleiner Wohnungen." Über dessen Verwaltung heißt es: „Bei den monatlichen Versammlungen der Juraten wurde wohl das leibliche Budget der Anstalt für den nächsten Monat bis auf Heller und Pfennig festgesetzt, oder wie Christian Hansen sagte ‚herunter gerechnet', allein in den Büchern nahm die kommunale Liebe einen zu großen Raum weg, als dass für die Menschenliebe auch nur eine schmale Kolonne hätte übrig bleiben können."

Hiskias Juhl sagt in seiner Abneigung gegen das Leben im Armenhaus, „er wollte lieber Kettenhund bei Christian Hansen sein, denn der dürfe wenigstens jeden in die Beine beißen" (S. 17). Und in der Rückschau beklagt er, dass man hier keinerlei freien Willen hatte (S. 48). Zudem bekamen die Bewohner oftmals die ganze Geringschätzung zu spüren. Hiskias wird von Jakob Hansen, dem Sohn des Kaufmanns, als „Armenhauskröte" beschimpft (S. 19). Niemals hätte er ihn um Hilfe gebeten, sagt Jakob rückblickend, „dazu habe ich ihn zu sehr verachtet“ (S. 75). Bei ihrer Rückkehr als Erwachsene ins Dorf sieht das Armenhaus noch „ebenso kahl und düster und frostig aus wie vor zehn Jahren und wahrscheinlich schon vor hundert Jahren“ (S. 105 f.).

Solche Armenhäuser, zumeist gleichzeitig Arbeitshäuser, gab es vor allem aufgrund des in der ersten Hälfte des 19. Jahrhunderts wachsenden „Pauperismus“ vielerorts. Auf engstem Raum lebten hier Gebrechliche, arme Witwen, Waisen, Kranke, „Arbeitsscheue“, Kleinkriminelle und andere Gestrauchelte zusammen. Die Hausordnungen glichen denen von Gefängnissen. Unter strenger „Zucht“ mussten die „Alumnen“ bei der Ernte helfen, spinnen, nähen, Fußmatten flechten, Besen binden, Fäkalien beseitigen und manches mehr. Die Verhältnisse in den Armenhäusern zogen manche Kritik auf sich. „Alle sind ihrer Freyheit beraubt“, schrieb der Bredstedter Pastor Godber Nissen über die dort 1837 eröffnete Anstalt. Sein Husumer Kollege Martin Hinrich Kaftan wandte sich 1853 gegen die Zwangsarbeit in den Armenhäusern, weil sie das Denken und die Tatkraft der Menschen abstumpfe. Über die Armen- und Arbeitsanstalt in Husum schrieb der Amtsarzt 1861, die Menge der dortigen Wanzen könne „nicht mehr nach Tausenden wie nur nach Millionen geschätzt werden“. Die meisten Arbeits- und Armenhäuser wurden bis zum Ende des 19. Jahrhunderts aufgehoben. Die wirtschaftliche Lage hatte sich verbessert, und die von Reichskanzler Otto von Bismarck auf Druck der Arbeiterbewegung eingeführte Sozialgesetzgebung führte Fortschritte herbei.

Die Bewohner des Armenhauses bildeten die deklassierte Schicht im dörflichen Gefüge. Aber auch Zugewanderte standen häufig im Abseits. Im Roman betrifft dies den Glaser, über den es heißt: „Peter Lenzmann schlich immer und sprach stets leise. Wir Jungen konnten ihn nicht leiden, vielleicht schon deshalb, weil er kein richtiger Friese, sondern von der Geest war, und wir fügten ihm allen nur möglichen Schabernack zu.“ (S. 25) Hier klingt das verbreitete Überlegenheitsgefühl der friesischen Marschbewohner gegenüber der zumeist ärmeren Geestbevölkerung an. Lenzmann erscheint im Roman als zwielichtiger, berechnender Charakter.

Eine unheilvolle Rolle spielt die verbreitete Trunksucht, die auch andere Autorinnen und Autoren jener Zeit thematisieren, Margarete Böhme etwa in ihrem Buch *„Wind und Wellen“* (Nordfriesland im Roman, Band 13), Thusnelda Kühl in *„Der Inseldoktor“* (Nordfriesland im Roman, Band 14) und auch Theodor Storm zum Beispiel in der Novelle *„Carsten Curator“*. Im Roman *„Elfe“* ist Christian Hansen, der Krämer im Dorf, vom übermäßigen Alkoholtrinken gezeichnet, und daraus ergibt sich das Unglück, das Elfes Vater widerfährt.

Im größten Teil der Wiedingharde war zum Zeitpunkt des Romangeschehens Friesisch die Umgangssprache, hier die Variante des *Freesk*. Die friesische Sprache kenne kein „Sie“ und kein „Ihr“, wird darüber gesagt (S. 148); allerdings wurden ältere Personen zumeist in der dritten Person angeredet. Im Roman spricht Bonke Nielsen, Elfes Vater, mit Jakob Hansen Friesisch, als er ihm seine Zustimmung zur Heirat gibt. Friedrich Jacobsen dürfte Friesisch von seinen Spielkameraden in Emmelsbüll gehört und vielleicht gelernt haben. Im Pastorat des Dorfes wurde sicher kein Friesisch, sondern Hochdeutsch, allenfalls Plattdeutsch gesprochen, zumal beide Eltern nicht aus Nordfriesland stammten.

Zu dieser Ausgabe

Der vorliegenden Ausgabe wurde die erste Auflage von 1898 zugrunde gelegt. Der Text wird hier in der heute gültigen Rechtschreibung wiedergegeben. Wo der Duden Spielraum lässt, wurde in der Regel die von Friedrich Jacobsen benutzte Form belassen. Offensichtliche Druckfehler und widersprüchliche Angaben sind stillschweigend korrigiert worden.

Boskett: Lustwäldchen, Gruppe von beschnittenen Büschen und Bäumen
brackig: ungenießbare Mischung von Süß- und Salzwasser
Büxen: plattdeutsch: Hose
Doppelfüchse: doppeltes Geld, zum Beispiel zwei Fünfziger
duhn: plattdeutsch: betrunken
Fenne: Wiese, Weide, Grasland in der Marsch
Hucke: auf dem Rücken getragene Last
Hümpel: plattdeutsch: Haufen
Hundsfott: Schurke
Inkunabel: Druckerzeugnis aus der Frühzeit des Buchdrucks (vor 1500)
Jurat: Vertreter der Kirchengemeinde, der mit dem Pastor gemeinsam die Finanzen verwaltete, hier die des Armenhauses
kalfatern: die hölzernen Schiffsplanken abdichten
kaustisch: spöttisch, sarkastisch
Kieker: Fernglas
Kismet: das dem Menschen von Allah zugeteilte Los
Kleien: im Roman auf S. 30 beschrieben
Klüwerstock: s. Springstock
Koog: dem Meer abgewonnenes, eingedeichtes Stück Land
Kracke: altes Pferd
krall: frisch
Marschfieber, Marschenfieber: eine Form der Malaria, die vor allem in den Marschen Norddeutschlands verbreitet war; durch die weitgehende Entwässerung war sie am Ende des 19. Jahrhunderts fast verschwunden
Niss und Puck: eigentlich Nis Puk, ein in Nordfriesland und in Volksmärchen des ganzen schleswigschen Raums bekannter Hausgeist
Norne: Schicksalsgöttin in der nordischen Mythologie, auch eine Orchideenart
nusseln: Die Bedeutung ist hier nicht ganz klar; das plattdeutsche Wort „nusseln“ bedeutet eigentlich: langsam ar-

beiten, trödeln; die auch mögliche Bedeutung „nuscheln, undeutlich sprechen“ passt nicht in den Sinnzusammenhang

Pandora: die erste Frau in der griechischen Mythologie; sie trägt alles Unheil in einem Gefäß, um es auf Zeus' Befehl unter die Menschen zu bringen; die Büchse der Pandora: Unheilsquell

Pesel: unbeheiztes Zimmer („kalte Pracht“, „beste Stube“) für besondere Anlässe (Feiern, hohen Besuch etc.)

Portiere: schwerer Türvorhang

Presterfenne: Wiese des Pastors

Renommage: Ruf, Leumund, Ansehen

Rubikon: kleiner Fluss südlich von Ravenna in Italien, der Grundlage einer Metapher wurde. „Den Rubikon überschreiten“ bedeutet, sich unwiderruflich auf eine riskante Handlung einzulassen. Im Roman ist der Rubikon ein Sielzug bei Emmelsbüll, der für die Handlung eine wichtige Rolle spielt

Schlumperjahn: meistens geschrieben Schlumperjan; nach dem Grimm'schen Wörterbuch ein unordentlicher Handwerker, nachlässiger Arbeiter

Schulpforta: im 16. Jahrhundert gegründetes Internatsgymnasium in der ehemaligen Zisterzienserabtei in Pforta, Sachsen-Anhalt

Sielzug: kleiner Entwässerungskanal in der Marsch

Speziestaler: bis ins 19. Jahrhundert verbreitete Silbermünze

Springstock, an anderer Stelle Klüwerstock: langer Stock, der beim Überspringen der Gräben in der Marsch half, auch Klootstock genannt

Staket: Lattenzaun

stjampig: Wiedingharder Friesisch: albern, närrisch

Subhastation: Zwangsversteigerung, -verkauf

Südwesthörn: ursprünglich ein kleiner Hafen, durch das dortige Siel entwässerte auch der große Gotteskoogsee in die Nordsee

Syringe: Flieder

Teepunsch: nordfriesisches „Nationalgetränk“: blonder Tee

mit Zucker und Köm (Kümmelschnaps); nördlich der Arlau nimmt man gelben, südlich dagegen weißen Köm

Trift: Weg, der zum Viehtrieb genutzt wird

Uhl: plattdeutsch: Eule

Unschlittkerze: aus Rinderfettgewebe gefertigte Kerze, preisgünstiger als eine Wachskerze

Warft: aus Erde aufgeschütteter Siedlungshügel zum Schutz von Menschen und Tieren bei Sturmflut; anstatt der in der Originalausgabe benutzten älteren Bezeichnung „Werft" wird in dieser Ausgabe das heute übliche Wort „Warft" verwendet

Zoll: alte Maßeinheit, zwei bis drei Zentimeter

Zugrunde gelegte und weiterführende Literatur

Arno Bammé: Die Familie Kühl in Eiderstedt. In: Nordsee-Museum Husum (Hrsg.): Carsten Kühl. Zwischen Realismus und Naturalismus, Husum 2008, S. 9–17

Arno Bammé: „Nordfriesland im Roman". Zur Soziographie einer Landschaft. In: Jørgen Kühl (Hrsg.): Klaar kiming. Festschrift für Thomas Steensen, Bräist/Bredstedt 2018, S. 46–56

Franz Brümmer: Lexikon der deutschen Dichter und Prosaisten vom Beginn des 19. Jahrhunderts bis zur Gegenwart, Band 3, 6. Auflage, Leipzig 1913, S. 329

Deutsches Literatur-Lexikon, Band VIII, Bern 1981, Sp. 438 f.

Deutsches Literatur-Lexikon. Das 20. Jahrhundert, Band XXII, Berlin 2014, Sp. 291 f.

Max Geißler: Führer durch die deutsche Literatur des 20. Jahrhunderts, Weimar 1913

Heinrich Hammer: Verzeichnis der Pastorinnen und Pastoren der Schleswig-Holsteinischen Landeskirche 1864–1976. Hrsg. vom Verein für Schleswig-Holsteinische Kirchengeschichte, Kiel 1991

Kirchengemeinde Emmelsbüll-Neugalmsbüll (Hrsg.): 250 Jah-

re Rimberti-Kirche. Festschrift, verfasst von Rolf Wiegand, Emmelsbüll-Horsbüll 2018
Olaf Klose, Eduard Georg Jacoby, Irma Fischer (Hrsg.): Ferdinand Tönnies – Friedrich Paulsen. Briefwechsel 1876–1908, Kiel 1961
Das Literarische Echo. Halbmonatsschrift für Literaturfreunde, Bd. 21 (1919), Sp. 636
Eckhard Lobsien: Die Welt als Hallig. Norddeutsche Heimatliteratur am Beispiel Wilhelm Lobsiens, Würzburg 2021
Wilhelm Lobsien: Die erzählende Kunst in Schleswig-Holstein von Theodor Storm bis zur Gegenwart, Altona-Ottensen 1908
Meerumschlungen. Ein literarisches Heimatbuch für Schleswig-Holstein, Hamburg und Lübeck. Hrsg. von Richard Dohse, Hamburg 1907 (darin Selbstbiografie Friedrich Jacobsens, S. 254, und ein Beitrag von ihm, S. 20 f.)
Henning Oldekop: Topographie des Herzogtums Schleswig, Kiel 1906
Franziska zu Reventlow: Briefe 1890–1917, München 1975
Franziska zu Reventlow: Autobiographisches, Novellen, Schriften, Selbstzeugnisse, Frankfurt am Main 1986
Claus Ritter: Anno Utopia – oder So war die Zukunft, Berlin 1982
Nessun Saprà: Lexikon der deutschen Science Fiction und Fantasy 1870–1918, Oberhaid 2005
Rudolf Schmidt: Deutsche Buchhändler. Deutsche Buchdrucker. Band 1. Berlin/Eberswalde 1902, S. 145–146 (über Hermann Costenoble)
Johannes von Schröder: Topographie des Herzogthums Schleswig, 2. Aufl., Oldenburg in Holstein 1854
Thomas Steensen: Im Zeichen einer neuen Zeit. Nordfriesland 1800 bis 1918. Geschichte Nordfrieslands, Teil 4, 4. Aufl., Bräist/Bredstedt 2009
Thomas Steensen: Weltuntergang in Emmelsbüll. Friedrich Jacobsen: Vor 100 Jahren nahm sich der Romanautor und Landgerichtsdirektor in Flensburg das Leben. In: Gesamt-

ausgabe des Schleswig-Holsteinischen Zeitungsverlags, 31.12.2018
Thomas Steensen: Nordfriesland – Menschen von A bis Z, Husum 2020, S. 193 f.
Ferdinand Tönnies: Strafrechtsreform. In: Ferdinand-Tönnies-Gesamtausgabe. Band 7. Hrsg. von Arno Bammé und Rolf Fechner, Berlin und New York 2009, S. 61–118
Ferdinand Tönnies: Der Zweckgedanke im Strafrecht. In: Ferdinand Tönnies: Schriften zur Rechtssoziologie. Hrsg. von Arno Bammé, München und Wien 2021, S. 191–212
Peter Zimmermann: Heimatkunst. In: Horst Albert Glaser (Hrsg.): Deutsche Literatur. Eine Sozialgeschichte, Bd. 8, 1982, S. 154–168

Einige Bücher Friedrich Jacobsens, die ganz oder teilweise in Nordfriesland spielen

Falsche Propheten. Socialer Roman, Leipzig? 1892 (weitere Auflage im Verlag von Georg Wigand, Leipzig o. J., 1914) – 2 Bände, 269 u. 286 S.
Im Weltwinkel. Roman, Verlag von Velhagen und Klasing, Bielefeld und Leipzig 1896/97 – 306 S.
Sturm. Schauspiel in 4 Aufzügen, Bloch, Berlin o. J. (1897) – 125 S. Für sämtliche Bühnen und Vereine im ausschließlichen Debit von Felix Bloch Erben in Berlin, von welchen allein das Recht der Aufführung zu erwerben ist.
Niflheim. Eine Romandichtung aus der friesischen Marsch, Verlag von Velhagen und Klasing, Bielefeld und Leipzig 1904 – 331 S.
Sand. Roman. Mit Illustrationen von Arthur Lewin, Kürschners Bücherschatz 518, Hermann Hillger Verlag, Berlin und Leipzig o. J. (1906) – 128 S.
Hans im Glück. Ein Studenten-Roman, Verlag von W. Vobach & Co., Berlin, Leipzig, Wien 1908 – 312 S.
Umnachtet. Roman, Verlag Franz Moeser Nachf., Leipzig 1919 – 272 S.

Danksagung

Über Friedrich Jacobsen und sein Werk gibt es bisher mit Ausnahme von kurzen Einträgen in Lexika usw. keine Darstellungen. Die Bemühungen um die Rekonstruktion seiner Biografie erwiesen sich als schwierig. Personalakten zu seiner Tätigkeit als Richter in Flensburg sind offenbar nicht erhalten, weder beim Landgericht in Flensburg und in dessen Gerichtshistorischer Sammlung noch beim Landesarchiv Schleswig-Holstein in Schleswig, nicht beim Oberlandesgericht in Schleswig, beim Justizministerium in Kiel und auch nicht in der Überlieferung des ehemaligen Reichsjustizministeriums im Bundesarchiv, Berlin. Im Thüringischen Landesarchiv existiert eine schmale Akte über seine Zeit als Richter in Thüringen. Im Geheimen Staatsarchiv Preußischer Kulturbesitz in Berlin fanden sich kurze Akteneinträge über seine Berufung nach Flensburg und zu seinem Tod.

Mehrere befreundete Regionalforscher halfen, den Schleier über Herkunft und Lebensweg Friedrich Jacobsens zu lüften. Dank gebührt namentlich Jens Uwe Nissen in Klixbüll, dem Experten für die Genealogie in Nordfriesland, der die Daten zu Jacobsen und seiner Familie mitteilte. Albert Panten in Niebüll beschaffte im Kirchenkreisarchiv Nordfriesland unter anderem den Geburtseintrag in Emmelsbüll. Ebenfalls Jens Uwe Nissen, außerdem der Emmelsbüller Pastor Gerald Rohrmann, der Kirchenchronist Rolf Wiegand sowie Sönnich Volquardsen aus Tetenbüll gaben Hinweise zu den Örtlichkeiten in der Wiedingharde.

Dr. Jens Ahlers, ehemaliger Direktor der Schleswig-Holsteinischen Landesbibliothek, half bei der „Fahndung“ nach Werken Friedrich Jacobsens und schaffte sie, sofern sie Bezug zu Schleswig-Holstein hatten, für die Bibliothek an. Gerd-Michael Rose in Erfurt, der Jacobsens Roman „Die letzten Menschen“ in einer bibliophilen Ausgabe nachdrucken ließ, gab erste Hinweise zur Biografie Jacobsens. Dr. Broder Schwensen und Tim Slejhar vom Stadtarchiv

Flensburg stellten insbesondere die Todesanzeigen aus dem Sterberegister und aus den *Flensburger Nachrichten* zur Verfügung.

Arno Bammé
(Oldenswort/Klagenfurt)

Thomas Steensen
(Nordstrand)